Knaur

Von der Autorin bereits erschienen:

Bint-Anat: Tochter des Nils
Sit-Ra. Weise Frau vom Nil

Über die Autorin

Birgit Fiolka wurde 1974 in Duisburg geboren. Nach der Realschule arbeitete sie als Justizangestellte und besuchte später das Abendgymnasium. Schon seit ihrer Kindheit befasst sich Birgit Fiolka mit dem alten Ägypten, das sie seither nicht mehr losgelassen hat. Mittlerweile lebt und arbeitet sie als freie Schriftstellerin in Duisburg.
Wenn Sie mehr über die Autorin erfahren wollen, besuchen Sie ihre Homepage: www.birgit-fiolka.de

BIRGIT FIOLKA

SIT-RA
DIE RACHE DER WEISEN FRAU

Roman

Knaur

Bitte besuchen Sie uns im Internet:
www.droemer-knaur.de

Originalausgabe 2004

Ein Unternehmen der Droemerschen Verlagsanstalt Th. Knaur
Nachf. GmbH & Co. KG, München

Redaktion: Dr. Gisela Menza
Umschlaggestaltung: ZERO Werbeagentur, München
Umschlagabbildung: Interfoto/Bridgeman Art Library
Satz: Ventura Publisher im Verlag
Druck und Bindung: Nørhaven Paperback A/S
Printed in Denmark
ISBN 3-426-62194-0

2 4 5 3 1

Ann and Arky
for your love, trust and support
and in special memory of Jürgen
who lives on in our hearts

Kriegsruf

Donner soll die Häupter spalten
Grimm und Wut gewinnt die Schlacht
Die Unwürdigen werden die Strafe erhalten
Die ich mir für sie erdacht
Das Feuer trennt das Fleisch vom Leib
Offenbart die Feigheit der Schwachen
Triumphieren werde ich allein
Mit der Weisheit des großen Drachen
Und wenn das Blut der Feinde klebt
Geronnen an meinen Händen
Werde ich lachend vorübergehen
Keinen Gedanken an sie verschwenden

Birgit Fiolka, *Tales from my Ka*

18. Dynastie

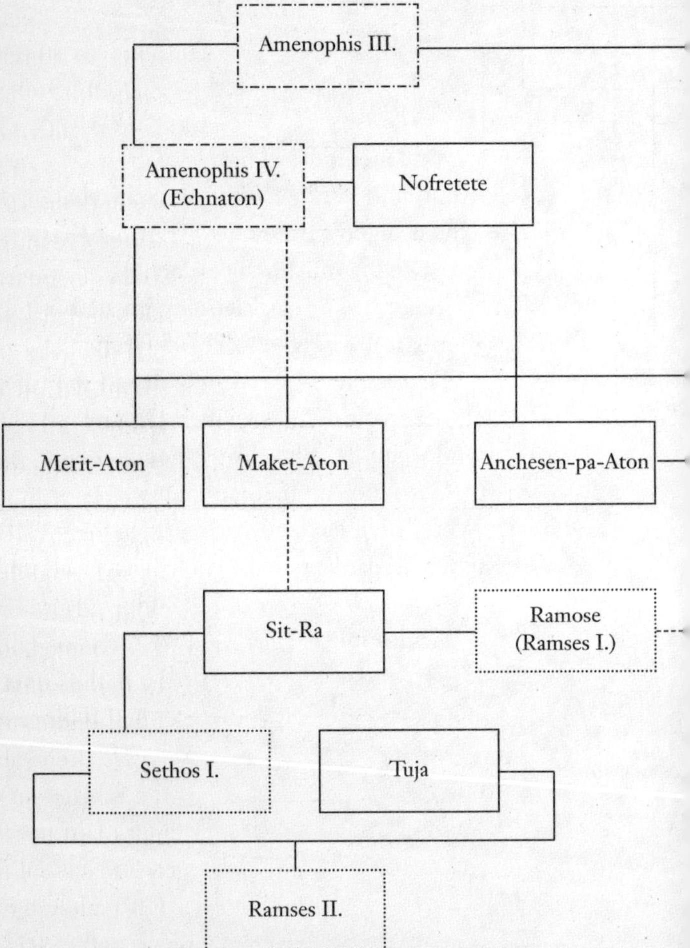
Amenophis III.
Amenophis IV. (Echnaton)
Nofretete
Merit-Aton
Maket-Aton
Anchesen-pa-Aton
Sit-Ra
Ramose (Ramses I.)
Sethos I.
Tuja
Ramses II.

Amenophis III. bis Tut-anch-Amun

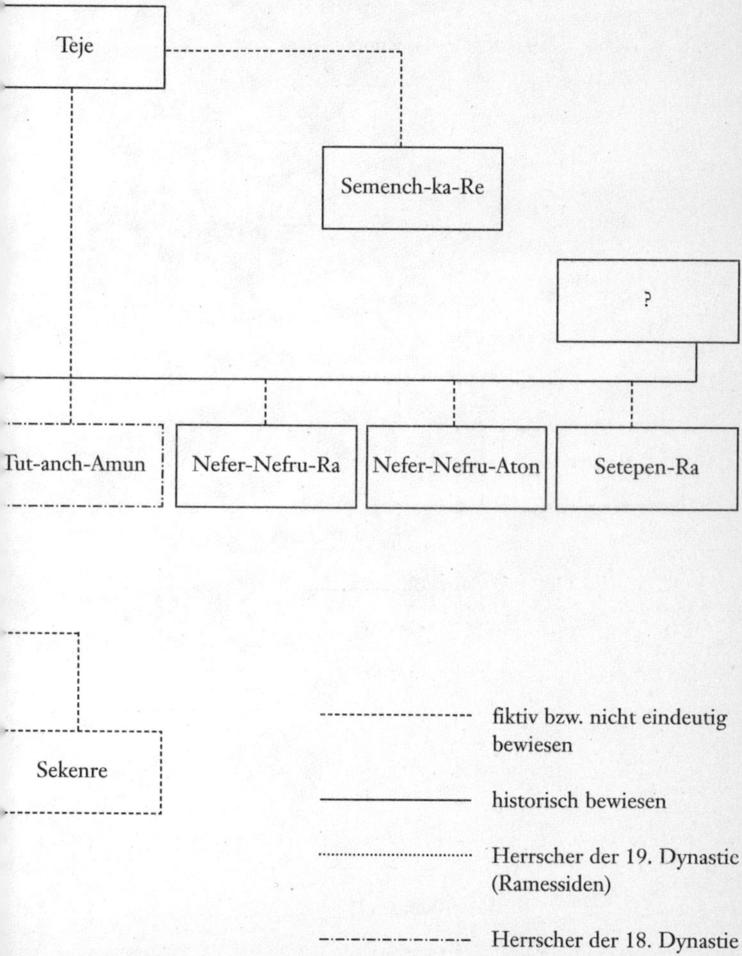

Heil dir, Isis, du Beschützerin der Frauen, du Göttin der Mutterschaft, die du stehst an meiner Rechten, wohlwollend blickend auf die Geschicke deiner Tochter Sit-Ra, Begleiterin und Richterin hinter dem Horusthron, die du mich gekrönt mit den hohen Federn und dem Gestirn der Sothis, die du mich erhoben über alle Frauen, die du mich berufen zur Gottesmutter und großen Königsgemahlin, die du mir gegeben die Waagschalen der Maat, die du mir verliehen Mut zur Stärke und Willen zur Rache, die du mir geschenkt Zorn und Kraft zu gehen meinen Weg der Vernichtung, die du mir Einblick gewährt in die Aufzeichnungen des Lebens meiner Namensgeberin, der Amme Sit-Ra, deren Schicksal du mir offenbart, als ich ein leichtgläubig Kind gewesen, als ich gelebt unter den versengenden Strahlen Atons, deren unbarmherzig Aufflackern ihre grausame Macht zu einem letzten grimmigen Feuer manifestierten, bevor alles zu Asche verging.

1.

Papyrus

Was ich von Sit-Ra bis zu jenem schicksalhaften Augenblick wusste, in dem Horemheb mir ihre Aufzeichnungen überreichte, war eigentlich nicht viel. Ich hatte Sit-Ra immer als schöne, machthungrige Frau wahrgenommen, die darunter litt, nicht in die königliche Familie hineingeboren worden zu sein. Sie und Merire waren ständig verstrickt gewesen in irgendwelche Palastintrigen, waren ständig aneinander geraten mit den Königinnen, meinen Tanten, und meinem Urgroßvater, dem mächtigen Stier, Pharao Eje. Ich mochte Sit-Ra, sie ersetzte mir zwar niemals die Mutter, aber ich lebte lange Zeit in ihrem Haushalt. Ich verdanke ihr mein Leben, ich hörte auf sie, doch ihr Leben war niemals das meine. Was sie erstrebte, ich hätte leicht danach greifen können, meine königliche Abstammung privilegierte mich dazu, aber es machte mir Angst, damals in jenen Zeiten, in denen es gefährlich war, von königlichem Geblüt zu sein. Die Aufzeichnungen ihres Lebens waren es schließlich, die mich dazu veranlassten zu kämpfen. Es geschah eine Verwandlung in mir, die zu beschreiben ich versuchen werde. Doch wo soll ich beginnen? Mit dem Tag, an dem wir Achet-Aton verließen und Sit-Ra mich mahnte, diesen

Augenblick niemals zu vergessen? Mit dem Tag, an dem ich meinen Gemahl kennen lernte, oder gar dem Tag meiner Hochzeit? Vielleicht auch sollte ich mit dem Tag beginnen, an dem mein Onkel Tut-anch-Amun ins Land des Westens gerufen wurde? Dies alles waren Tage, die ich nicht vergessen werde, doch scheint mir heute, sie waren nicht jener schicksalhafte Tag, der mein Leben verändern sollte.

Nein, ich beginne mit jenem schwülen Abend, an dem ich in den Palast gerufen wurde, um die Nachricht vom Tod meiner Amme zu empfangen, deren Hinrichtung kurz vorher vollstreckt worden war. Ich war gerade siebzehn Jahre alt geworden, und die Ereignisse hatten sich überschlagen. Zuletzt fiel König Eje einem Mordkomplott zum Opfer, das von Sit-Ra und Merire ausgegangen war. Merire wurde noch von Eje selbst verurteilt, Horemheb verurteilte Sit-Ra zum Tode. Es war eine Zeit des Unglücks. Meine Mutter war bei meiner Geburt gestorben, mein Vater wenig später, mein Onkel Tut-anch-Amun war ermordet worden, Nofretete und meine Tanten lebten in Verbannung im nördlichen Palast von Achet-Aton. Ich fühlte mich verflucht, denn die königliche Linie fraß sich selber, die gesamte Familie intrigierte untereinander, Giftmorde, hinterhältige Meuchelmorde, Verbannungen, mit all dem war ich aufgewachsen, und deshalb strebte ich nicht nach der Krone und hielt mich aus dem Palastleben fern. Ich hatte mich geweigert, meinen Sohn Sethos im Palast zur Welt zu bringen, um jegliche Aufmerksamkeit von uns zu lenken, ich hatte einen Bürgerlichen geehelicht, um zu zeigen, wie weit ich von der Krone entfernt war. Doch das Schicksal meinte es anders mit mir, und so traf ich mit unguten Gefühlen im Palast ein – an jenem Abend, an dem es so drückend und still war, dass es schien, die Götter hätten sich abgewandt, um das familienmordende Königshaus mit Verachtung zu strafen. Horemheb empfing mich in seinen Arbeitsräumen, in denen eine angenehme Kühle herrschte. Ich mochte diese Räume, sie waren frei von Hofschranzen, die ihre Ohren hier überall zu haben schienen.

»Prinzessin Sit-Ra, ich danke dir, dass du so schnell gekommen bist. Ich weiß, dass es unter diesen Umständen nicht leicht ist, den Palast zu betreten.«

Ich mochte auch Horemheb, und so sprach ich offen zu ihm.

»Du weißt, dass ich den Palast meide. Es scheint mir, jedes Mal, wenn ich hier verweile, passiert ein Unglück.«

Horemheb reichte mir einen Becher Wein und bedeutete mir, ihm in einen privateren Raum hinter den Amtsräumen zu folgen. Hier war es wohnlicher, die Wände zeigten wenn auch nicht üppige, so doch sehr geschmackvolle Jagdszenen – Horemheb, wie er einen Löwen tötete; Horemheb, wie er im Schilf Enten jagte; Horemheb, wie er neben Tut-anch-Amun auf dem Streitwagen stand. Beim Anblick dieses Bildes kam kurz Wehmut in mir auf. Ich hatte meinen Onkel sehr geliebt. Er war der Einzige aus meiner Familie, dem ich vertraut hatte.

»Wie geht es deinem Gemahl und eurem Sohn?«

Horemheb hatte wohl meinen Gemütszustand bemerkt und versuchte mich auf andere Gedanken zu bringen.

»Ramose geht es gut, denke ich. Er weilt zurzeit auf einem Grenzposten. Ich fürchte nur, dass er dort nicht viel Gelegenheit haben wird, die Ehren zu erlangen, die er sich ersehnt.«

Horemheb nickte leicht. »Und Sethos?«

Beim Gedanken an meinen vierjährigen Sohn musste ich lächeln. Er war mein ganzer Stolz. Trotz seines zarten Alters eiferte er schon seinem Vater nach, wollte Soldat werden.

»Sethos ist ein Ebenbild seines Vaters. Er ist furchtlos und eifert ihm nach, sooft es geht. Leider weilt Ramose die meiste Zeit fern von Achet-Aton, sodass er ihn nicht oft sieht.«

Horemheb blickte mich forschend an.

»Nun, es könnte sein, dass sich daran etwas ändern wird.« Er machte eine bedeutungsvolle Pause. »Die Nachfolge von König Eje muss geklärt werden.«

Mir stieg ein Kloß in den Hals. Ich wollte diese Nachfolge nicht, ich fürchtete sie wie eine ansteckende Krankheit, wie den Rachen Ammits, des Seelenverschlingers. Doch ehe ich um eine Antwort verlegen wurde, fuhr Horemheb auch schon fort.

»Prinzessin, wie mir scheint, gibt es nur zwei legitime Nachfolger. Da sich die Legitimation über die weibliche Linie vererbt, gibt es nur noch dich und meine Gemahlin Mutnedjemet.«

»Dann stehen wir also in Konkurrenz?«

Horemheb ließ sich mit der Antwort Zeit, taxierte mich stattdessen.

»Tun wir das, Sit-Ra?«

Ich war nicht dumm, ich verstand seine Anspielung sofort. Doch ich wusste, dass ich mich meines Standes gemäß verhalten musste. Ein bedingungsloser Thronverzicht hätte mir den Makel der Schwäche angeheftet, was mich nach und nach bei Würdenträgern und beim Volk meiner angeborenen Privilegien beraubt hätte.

»Ramose und ich sind jung und unerfahren. Doch wird die Priesterschaft den Grad der Legitimation prüfen. Mutnedjemets Thronanspruch ist durch Nofretete berechtigt, wobei man sich daran erinnern wird, dass Nofretete nur eingeheiratet hat und noch nicht einmal den Titel der großen Königsgemahlin trug. Ich jedoch, so werden die Priester sagen, bin berechtigt über meinen Vater König Echnaton, der wiederum durch seine Mutter, die große Königsgemahlin Teje, legitimiert ist.«

Horemheb blickte mich mit einem harten Lächeln an, wusste er doch, dass ich Recht hatte.

»Die Priester mögen auf deiner Seite sein, Sit-Ra, aber es sind die Soldaten, die Kemet erhalten, es vor Feinden schützen und seine Harmonie sichern.«

Ich wusste natürlich, dass ich im Falle eines Streites um den Thron nur geringe Chancen hätte, als Siegerin hervorzugehen. Auf die Loyalität der Soldaten konnte ich mich nicht berufen, ich war jung, eine Frau, hatte nichts Großes vollbracht. Horemheb war der große Feldherr, ihm würden sie folgen, auch wenn es ihnen den Tod bringen würde. Doch wollte ich auch gar nicht so weit gehen.

»Ich sagte bereits, dass Ramose und ich jung sind, Horemheb. Deine Hand ist unverzichtbar für Kemet. Ich bitte dich nur nicht zu vergessen, dass ich eine reinblütige königliche Prinzessin bin. Der Makel des Thronraubes ist ein Fleck, welcher unter Umständen nicht mehr zu beseitigen ist.«

Horemhebs Augen verdüsterten sich.

»Willst du mich bezichtigen, Prinzessin Sit-Ra?«

»Nein, Horemheb. Ich sage nur, dass eine schriftliche Zustimmung und das Wohlwollen meinerseits dir wichtige Türen öffnen würden, Türen, die man als Gemeiner mit der stärksten Axt nicht zerschlägt.«

Horemhebs Augen flackerten. Er hasste es, wenn er an seine bürgerliche Herkunft erinnert wurde, doch er verstand.

»Du willst eine gute Laufbahn für deinen Gemahl? Er wird sie bekommen, ebenso wie euer Sohn zu seiner Zeit.«

Ich nickte. Doch allein damit durfte ich mich nicht zufrieden geben.

»Außerdem wäre es unbedingt erforderlich, dass du die Priesterschaft, die Soldaten und das Volk deines Vertrauens in meinen Gemahl versicherst. Ramose muss zu deinem engsten Kreis gehören.«

Horemheb nickte. »Vorerst müssen du und er sich mit dem Titel des königlichen Stallobersten begnügen. Wenn er fähig ist, steht ihm einer Laufbahn unter mir nichts im Wege.«

Ich nickte und wollte mich erheben, doch Horemheb hielt mich zurück.

»Einen Augenblick noch, Sit-Ra.« Er zog etwas aus einer Truhe hervor, die an der Wand stand, und reichte es mir. »Ich habe der Amme Sit-Ra versprochen, dir das hier zu geben.«

Ich blickte ihn stirnrunzelnd an. »Was ist das?«

»Es scheint wohl ihre Lebensgeschichte zu sein, auf jeden Fall habe ich ihr versprochen, sie dir zu geben. Ich habe diese Frau immer geachtet, sie war eine Kämpferin. Mag sein, dass diese Geschichte Enthüllungen birgt, die ich für immer vergessen machen würde, wenn diese Entscheidung bei mir läge, doch ich stehe in Sit-Ras Schuld, da sie getan, was getan werden musste, obwohl sie wusste, welch einen Preis sie zahlen würde.«

Mit diesen Worten überreichte er mir eine kleine vergoldete Zedernholzschatulle, und wir verabschiedeten uns für die Trauerzeit von Pharao Eje voneinander, denn erst danach würden wir die Verträge über die Thronfolge unterzeichnen.

Auf dem Weg nach Hause dachte ich nicht viel über Sit-Ras Niederschriften nach. Mich beschäftigten ganz andere Dinge. Ich würde nicht in den Palast zurückkehren müssen, mein Leben würde sich nicht ändern. Ich würde mein schönes Haus und meine Landgüter weiter bewohnen dürfen, sorglose Feste für meine Freunde geben und meinen Gatten bald wieder in Achet-Aton begrüßen können. Das war mir genug für mein Glück. Sethos brauchte seinen Vater, und Ramose brauchte eine Aufgabe. Seit Sethos ungefähr ein Jahr alt gewesen war, sahen wir beide seinen Vater nur selten. Ramose hatte sich auf einen Außenposten versetzen lassen, um seine erhoffte Karriere zu verwirklichen. Weder unter Tut-anch-Amun noch unter Eje war ihm hierbei großes Glück beschieden gewesen.

Ich hatte Ramose mit zwölf Jahren geehelicht, und von meiner Seite aus war es eine Liebesheirat gewesen, auch wenn ich bewusst nach einem bürgerlichen Gemahl gesucht hatte. Er war Hauptmann der Palastwachen und hätte es niemals gewagt, mich auch nur anzusprechen. Für ihn war die Heirat eine Aufstiegsmöglichkeit, doch das war mir völlig klar. Ich war mit zwölf Jahren äußerlich noch mehr Kind als andere Mädchen meines Alters, innerlich aber war ich reif für diese Verbindung. Das Überleben innerhalb der Königsfamilie hatte dies bewirkt. Ramose, oder Paramessu, wie er sich damals genannt hatte, war mir in unserer Verlobungszeit höflich begegnet, Konversation fand nur über Belanglosigkeiten statt. Es tat mir manchmal weh, dass eine derartige Distanz zwischen uns war. Ich wusste, dass er in mir ein Kind sah, das er vor wirklich wichtigen Dingen schützen musste. Doch vorerst gab ich mich damit zufrieden.

Die nächste Enttäuschung erlebte ich in unserer Hochzeitsnacht. Nachdem meine Familie mich an Ramose in das schöne Stadthaus, das wir damals in Theben bewohnten, übergeben hatte, verbrachte ich dort meine erste Nacht und viele weitere allein in meinem Schlafgemach. Ramose rührte mich nicht an. Er begegnete mir höflich und respektvoll, doch seine Abende verbrachte er alleine oder mit Freunden in der Stadt, erzählte mir auch nicht, wo er hinging. Ramose war zweiundzwanzig Jahre alt, ein junger Mann, und ich forschte bewusst nicht nach, was er allabendlich unternahm. Es hätte mir unendlich wehgetan, wenn ich hätte erfahren müssen, dass er Erfüllung in den Armen anderer Frauen suchte. Also ertrug ich alles still und wartete darauf, dass mein Körper weiblicher werden würde. Ich nahm Ramoses belanglose Gespräche mit mir hin, nickte nur zustimmend, als er mir wie nebenbei verkündete, dass er seinen Namen von Paramessu in Ramose ändern lassen werde, da ihn die Hochzeit mit mir dazu legitimiere, einen Namen zu führen, der ihn als Angehöriger des Königshauses ausweise. Als ich dreizehn Jahre alt wurde, begann endlich das, worauf ich so lange gewartet hatte. Ich bemerkte, wie mein Körper weicher und runder wurde, die Lippen voller, meine Beine geschmeidiger, und mein Gesicht ließ die Ahnung von Weiblichkeit erkennen. Ich beobachtete diesen Vorgang ein paar Wochen und ließ dann die Schneiderin kommen, damit sie mir neue Gewänder anfertigte. Die Stoffe wurden durchsichtiger, das Dekolletee wurde einen Hauch tiefer und der Gürtel in der Taille enger, damit man die Hüften erkennen konnte. Als ich zufrieden war, ließ ich mir neue Perücken anfertigen, lange mit Zöpfen und kurze, die vorne halb lang über die Schultern fielen, den Nacken aber aussparten. Ich begann die neuen Sachen aufzutragen, aber nicht sofort, jeden Tag etwas mehr. Zuerst bemerkte Ramose die Veränderungen überhaupt nicht, und es blieb alles, wie es war. Irgendwann gewahrte ich, dass er mich manchmal länger musterte, nur einen Bruchteil länger als früher. Es lag immer noch keine Bewunderung in dem Blick, doch irgendetwas schien ihn zu verwirren.

Vor einem Bankett, das Ramose für seine Freunde gab, kam er unangemeldet in meine Gemächer und bat mich, das rote Seidengewand und die Zöpfchenperücke zum Fest anzulegen. Dies war der Augenblick, in dem ich wusste, dass ich im Begriff war zu siegen. Bis dahin war es Ramose egal gewesen, was ich trug, wenn seine Freunde erschienen. Natürlich tat ich ihm an diesem Abend den Gefallen, und Ramose blieb öfter an meiner Seite als sonst. Ich fühlte mich erstmalig akzeptiert und ließ mich von Ramose überreden, dem Wein verstärkt zuzusprechen, ganz so, wie es erwachsene Ägypter tun, und mein Geist wurde leicht und begann zu schweifen. Mir wurde klar, was ich an meinem Gatten anziehend fand. Es war sein markantes Gesicht, ebenso wie es sein gestählter Körper war. Schon früher auf dem Exerzierplatz hatte ich die Körper der Soldaten betrachtet, wenn sie von ihren Hauptmännern gedrillt wurden. Ramose war zwar längst kein einfacher Soldat mehr, der Tag für Tag harten Drill hätte erfahren müssen, doch legte er großen Wert auf Leibesertüchtigung; Verweichlichung war ihm ein Gräuel. Das alles sah ich an diesem Abend in meinem Gatten, die Träume meiner Jugend, und ich fühlte, wie das Kind sich langsam von der Frau zu differenzieren begann.

Als die letzten Gäste schließlich gingen, war es fast Morgen. Ramose begleitete sie selbst zur Tür. Wir hatten unsere Diener und Sklaven in ihre Unterkünfte geschickt. Freunde schüttelten den Kopf über unsere Unkonventionalität, die wir bezüglich unserer Dienerschaft an den Tag legten, doch in diesen Dingen waren Ramose und ich uns von Anfang an einig gewesen. Die Reste von Gelagen konnten ebenso gut am nächsten Tag entfernt werden, wenn wir noch schliefen.

Ich lehnte mich in die Kissen zurück, die überall verstreut auf dem Boden lagen. Nach einer Weile hörte ich Ramose, der zurückkam. Ich hielt meine Augen geschlossen. Ich war einfach zu müde für belanglose Konversation. Doch plötzlich spürte ich seinen Atem an meinem Hals. Die Müdigkeit wich sofort von mir, doch ich wagte nicht, die Augen zu öffnen. Ich hatte dies so lange ersehnt, und jetzt hatte er mich überrumpelt. Er drängte weiter. Seine Hand fuhr unter mein Kleid, schob es hoch, seine andere Hand zog mir die Perücke vom Kopf und griff in mein Haar. Es ging so schnell, dass ich es überhaupt nicht richtig nachvollziehen konnte. Meine Hände machten sich selbstständig, öffneten seinen Schurz.

Was danach geschah, dauerte nicht lang, sodass es mir weder als besonders schön noch als besonders schlimm in Erinnerung geblieben ist. Das Einzige, dessen ich mich noch erinnere, ist Ramoses Gesicht nah an dem meinen und mein Gebet zu Hathor, der Göttin der Liebe, dass ich ihm endlich nahe sein durfte.

»Herrin, Herrin, Euer Sohn hat schon wieder den Lehrer beleidigt. Der ehrwürdige Lehrer hat gedroht, Euren Sohn nicht mehr zu unterrichten.«

Jäh wurde ich aus meinen Erinnerungen gerissen, als meine Dienerin May den Vorhang der Sänfte beiseite schob. Ohne es zu bemerken, war ich in Gedanken versunken bis nach Hause gelangt.

»Der Lehrer würde sich lieber die rechte Hand abhacken, als sich eines königlichen Schülers zu entledigen. Außerdem wird Sethos bald das Kap besuchen. Lass ihn nur reden, den alten Dummkopf. Wahrscheinlich will er sich auf seine alten Tage wichtig machen.«

May verbeugte sich und ging hinter mir her.

»Gibt es etwas Neues, May?«

»Ein Brief Eurer Schwiegereltern ist eingetroffen, Herrin; außerdem die Liste mit den jährlichen Zuteilungen des Palastes und einige Einladungen.«

Ich nickte gelangweilt. Es war das Übliche, womit sich die Herrin des Haushaltes herumzuschlagen hatte. Allerdings hatte Ramose bisher darauf verzichtet, Nebenfrauen und Konkubinen in den Haushalt mit aufzunehmen, deren Zuteilungen ebenfalls meine Aufgabe gewesen wäre.

»Herrin, werden wir jetzt in den Palast umziehen müssen?«

May war gleichaltrig und meine Dienerin, seit ich Ramose geheiratet hatte, weshalb sie eine Sonderstellung genoss und mich derart offen fragen durfte.

»Nein, May, ich denke nicht.«

Mir fiel das Holzkästchen mit Sit-Ras Aufzeichnungen wieder ein, das ich mit mir herumtrug. Ich drückte es May in die Hände.

»Bring das in meine Gemächer.«

May blickte das Holzkästchen irritiert an. Wahrscheinlich wären ihr die Throninsignien lieber gewesen, doch sie tat, wie ihr geheißen, und fragte nicht weiter.

Ich ging in den Garten, in dem mein Sohn trotzig mit verschränkten Ärmchen neben seiner Amme saß. Als die Frau mich sah, zog sie sich außer Hörweite zurück.

Sethos war ein kräftiges Kind, sowohl körperlich als auch geistig. Wenn er etwas nicht wollte, setzte er fast immer seinen Willen durch. Als er mich sah, wurde seine Miene etwas freundlicher.

»Du brauchst mich nicht zu tadeln, Mutter, ich mag diesen Lehrer einfach nicht. Und ich mag seinen Unterricht nicht. Er bringt mir nichts bei, was ich nicht ohnehin schon weiß.«

Ich ließ mich neben Sethos nieder.

»Nun, wenn das so ist, vielleicht ist es an der Zeit, dass du das Kap besuchst. Ein Prinz muss das Kap besuchen. Ich werde mit deinem Vater darüber sprechen, er soll dich nach Memphis bringen.«

Sethos war frühreif, und so benahm er sich nun auch.

»Mein Vater ist höchstens zweimal im Jahr in Achet-Aton. Wann soll er mich da noch nach Memphis bringen?«

»Nun, er wird bald nach Achet-Aton zurückkehren und auch hier bleiben.«

Sethos sah mich mit großen Augen an. »Er kommt zurück? Wird er denn hier Soldat sein können?«

Ich zog Sethos auf meinen Schoß.

»Soldat ist man mit dem Herzen, Sethos. Man kann überall Soldat sein, sogar im Palast.«

Sethos begann zu schmollen. »Und gerade wenn mein Vater zurückkehrt, muss ich fortgehen.«

»Du bist doch ein großer Junge und der Sohn deines Vaters. Und du willst doch später einmal Soldat werden. Im Kap wirst du alles lernen, was du wissen musst.«

Sethos nickte tapfer. Er würde sich nicht mehr beschweren. Ich kannte meinen Sohn. Er hatte viel von der Stärke seines Vaters geerbt.

Ich gab der Amme ein Zeichen, dass sie sich wieder nähern durfte, und ging zurück ins Haus. Es war an der Zeit, meinem Gemahl einen Brief zu schreiben, in dem ich ihm die Neuigkeiten mitteilte. Horemheb würde schon bald ein Sendschreiben an Ramoses General schicken, und ich wollte nicht, dass Ramose dann überrascht wäre. Ich griff nach einem Papyrus und begann zu schreiben.

»Gegrüßt seist du, mein Bruder,
von deiner Schwester Sit-Ra.
Mein Herz vermisst dich, ebenso wie das Herz deines Sohnes dich misst. Wisse, dass ich am heutigen Tage im Palast gewesen und vom Reichsverweser Horemheb empfangen wurde. Siehe, dass es der Wunsch Horemhebs ist, dass du nach Achet-Aton zurück-

kehrst, um in den Dienst des Palastes einzutreten. Möge dein Fuß festen Tritt finden und die Götter an deiner Rechten sein, auf dass mein Herz dich schon bald in deinem Hause begrüßen darf.«

Ich übergab das Schreiben einem Diener, damit er es Ramose bringe, und richtete mich darauf ein, dass er wohl fünf Tage dafür brauchen würde. Da ich keine Lust hatte, mich mit den Güterlisten oder den Einladungen zu beschäftigen, ging ich in meine Gemächer. Dort fand ich auf meinem Ruhebett das Holzkästchen mit den Aufzeichnungen. Ich warf mich aufs Bett und betrachtete es gedankenverloren. Das Kästchen erinnerte mich an jenes, welches mir Ramose zur Geburt unseres Sohnes geschenkt hatte; es hatte eine traumschöne Goldkette mit den dazu passenden Ohrgehängen enthalten. Sie war feinste Schmiedearbeit gewesen, eine Sonnenscheibe als Anhänger für die Kette und zwei detailliert ausgearbeitete Enten mit Einlegearbeiten in Fayence und Türkis als Ohrgehänge. Beides zusammen stellte meinen Namenszug dar. Sit-Ra. Die Ente für Tochter und die Sonnenscheibe für Ra, den Sonnengott. Ich war zu Tränen gerührt gewesen. Ramose war glücklich, da ich ihm zuerst einen Sohn geschenkt hatte. Er hatte ihn Sethos genannt.

Ich kann nicht sagen, ob Sethos in unserer ersten gemeinsamen Nacht gezeugt wurde, aber viel mehr Nächte hatte es nicht gegeben. Ramose und ich verhielten uns nun nicht mehr übertrieben distanziert, doch ich war ihm noch immer nicht Frau genug, als dass ich ihm als Gesprächspartnerin genügt hätte. Er wurde zwar ruhiger, seine abendlichen Ausflüge in die Stadt verloren an Regelmäßigkeit, aber wer vermag schon zu sagen, wonach sich das Herz eines dreiundzwanzigjährigen Mannes sehnt. Anscheinend war es nicht meine gerade aufknospende Weiblichkeit, denn bei Banketten schweiften seine Blicke des Öfteren zu den Damen ab, die die Natur mit Üppigkeit und Weiblichkeit gesegnet hatte.

Nach Sethos' Geburt geschah dann eine wesentliche Veränderung in meinem Körper. Meine Brüste wurden durch den Milchfluss schwerer, und die Hüften gewannen an Form. Zuerst war ich unglücklich, fühlte mich deformiert, doch mein junger Körper erholte sich problemlos, behielt aber die gewonnenen Vorzüge. Mit vierzehn Jahren war ich endlich zur Frau geworden. Ramoses Besuche in meinem Schlafgemach wurden nun regelmäßiger, seine Lust fordernder, seine Reden mir gegenüber offener. Wahrscheinlich hatten die äußeren Veränderungen und die Tatsache, dass ich die Mutter seines Kindes war, ihn in der Einsicht reifen lassen, dass er mich nun wie seine Frau behandeln durfte, mit allen Rechten und Pflichten, die sich für mich aus dieser Tatsache ergaben. Einerseits genoss ich es, dass er mich nun zu wichtigen Fragen oder Problemen, die unseren Haushalt, unsere Freunde und Verwandten und auch die Situation unseres Landes beinhalteten, heranzog, andererseits verzweifelte ich zuerst an der aufgelasteten Bürde, Mutter zu sein, einen Haushalt zu führen und meinem Gemahl zu gefallen. Die kindliche Romantik angesichts des so lange Angestrebten und schließlich Erreichten war gänzlich verfallen. Ab und an dachte ich sogar daran, wie leicht mein Leben im Palast sein würde. Umgarnt von unzähligen Dienerinnen und Sklaven, die mir jeden Wunsch von den Augen ablesen würden. Doch die Erinnerung an meine Jugendzeit schreckte mich jedes Mal auf, wenn ich mich derart müßigen Gedanken hingab.

Ich drehte mich auf den Rücken. Erst jetzt bemerkte ich die Anstrengungen des Tages. Ich war müde. Es war drückend und schwül gewesen, und die Ereignisse hatten sich überschlagen. Ich warf noch einen Blick auf die Aufzeichnungen Sit-Ras und fragte mich, ob ich anfangen sollte sie zu lesen, entschied mich jedoch dann, es an diesem Tag nicht mehr zu tun. Ich wollte nur noch schlafen. Es gab noch genug Lebenszeit, um die Lebenszeit einer anderen Person in sich aufzunehmen.

Der nächste Morgen brachte eine erholsame Frische mit sich, sodass ich beschloss, einen Tempelbesuch zu tätigen, bevor die glühenden Strahlen Atons sich wieder unbarmherzig über Achet-Aton verbreiten würden. Seit Eje tot war, tauchten in den Straßen wieder Götterstatuen der alten Götter auf, der Götter, die mir zu diesem Zeitpunkt noch recht fremd waren. Auch wenn ich zeitweise in Theben unter Amun und seinen Getreuen gelebt hatte, so war ich doch eigentlich mit Aton aufgewachsen, genau wie Tut-anch-Amun auch. Aber meine Neugierde war groß, und deshalb rief ich May, und wir machten uns auf den Weg in die Stadt. Ich erwartete Ramose innerhalb der nächsten zehn Tage zurück, und so hatte ich Sklaven mitgenommen, die meine Einkäufe nach Hause schaffen sollten. Obgleich ich mehr als genug vom Palast bekam, bemühte ich mich, hier und da etwas Besonderes zu finden, was es im Palast nicht gab. Ramose wusste das zu schätzen. Er war nicht mit all dem Prunk aufgewachsen, seine Eltern, Sutan und Tia, waren bürgerlich, wenn auch wohlhabend. Ich hatte wenig Kontakt zu meinen Schwiegereltern, ich weiß nicht, weshalb. Sie waren mir nicht unsympathisch, doch ich fühlte mich auch nicht zu ihnen hingezogen. Außerdem hatte ich ständig irgendetwas zu tun, sodass mir für Höflichkeitsbesuche kaum Zeit blieb. Ich erstand frisches Brot und stark geräuchertes Fleisch. Ramose bevorzugte meist schlichte Kost und fettarme Speisen. Er achtete peinlichst darauf, dass er nicht verfettete wie die Hofschranzen, die ihre Massen durch die Hallen des Palastes wälzten. So verbrachte ich fast den ganzen Vormittag durch die Straßen schlendernd, auf die Tische der Händler blickend, bis ich an einem Tisch stehen blieb. Eine kleine vergoldete Holzstatue hatte mich seltsam angezogen. Der Händler war ein schmieriger Kerl, dem mein Interesse nicht entgangen war, weshalb er sofort mit Schmeichelreden begann.

»Herrin, Ihr besitzt einen erlesenen Geschmack. Dieses ist ein ganz besonderes Stück, es stammt aus dem Tempel der Isis, der unter dem Hund Echnaton zerstört wurde.«

Er spie aus und sandte dem Namen meines Vaters einen Fluch hinterher. Hinter mir spürte ich, wie May zum Gegenschlag ausholte. Ich griff unbemerkt nach ihrer Hand und drückte sie. Sie verstand und fasste sich wieder.

»Was willst du für diese Figur haben?«

Der Mann wand sich gekonnt.

»Da Euer Geschmack so erlesen ist und Euer Antlitz den Göttern zu gefallen scheint und sie Euch so zielstrebig zu meinem Stand führten, an dem Ihr nur erlesenste Auswahl seht, bin ich geneigt, Euch einen Sonderpreis zu geben – zwei Silberringe.«

Hinter mir hörte ich Mays scharfes Einatmen. Ehe sie sich vergaß, griff ich nach meiner Schnur, auf der ich die Ringe aufgezogen mit mir herumtrug, und löste zwei, um sie dem Händler zu geben.

Salbungsvoll lächelnd reichte er mir die Figur. Wir setzten unseren Weg fort. Als wir außer Hörweite waren, flüsterte May mir zu: »Herrin, Ihr habt Euch von diesem Sohn einer Hure betrügen lassen. Diese Figur ist nicht einmal einen Kupferring wert.«

»May, diese Figur hat für mich einen anderen Wert. Sie hat mich irgendwie angezogen. Außerdem sind wir reich, wir müssen nicht geizig sein.«

May gab ein verächtliches Geräusch von sich. Ich liebte sie wie eine Schwester, aber sie hätte wirklich sehr gut in das Palastleben gepasst. May hätte sich dort hervorragend zurechtgefunden.

Als wir nach Hause kamen, war da schon ein Sendschreiben des Palastes an mich, dessen Siegel ich eilig erbrach. Haremheb teilte mir mit, dass er einen Boten zum General meines Mannes gesandt hatte, um ihn mit sofortiger Wirkung von seinem Posten zu entlassen und nach Hause zu schicken. Mein Herz schlug schneller. Ich ersehnte Ramoses Rückkehr und konnte es kaum ertragen, noch einen Tag länger zu warten. Seltsamerweise mischten sich in die Gefühle der Freude die Gedanken an das Vermächtnis meiner Amme. Ich fühlte mich schuldig, noch nicht mit dem Lesen angefangen zu haben. Mehr pflichtbewusst als neugierig ging ich in meine Gemächer und fand dort ungeöffnet die Schatulle mit den Aufzeichnungen. Ich erbrach das Wachssiegel und nahm die erste Schriftrolle heraus. Ich begann langsam zu lesen, bemüht, meine Gedanken nicht abschweifen zu lassen. Doch nach ein paar Minuten war ich in die Aufzeichnungen versunken. Von Sit-Ra war hier die Rede, wie Nofretete und Eje sie verführt hatten – ich konnte es kaum glauben. Eje war für mich nur ein alter kranker Mann gewesen, Nofretete eine gebrochene Frau. Ich las immer schneller, entsetzt ob der Enthüllungen, die sich mir boten. Die Wahnvorstellungen meines Vaters und die Vergewaltigung Sit-Ras durch ihn erfüllten mich mit Ekel, doch seltsamerweise glaubte ich Sit-Ra jedes Wort. Ich vergaß völlig die Zeit. Gegen Mittag kam May und fragte, ob sie das Essen auftragen solle. Ich wollte nur eine Schale Obst und bat sie mir erst am Abend ein warmes Essen in meine Gemächer zu bringen. Ich war gefesselt von den Aufzeichnungen meiner Namensvetterin. Am Abend wusste ich alles über den Tod Tejes, Semenchka-Res und die Abstammung Tut-anch-Amuns. Ich hörte meinen Magen rebellieren. Hungrig griff ich nach dem mittlerweile erkalteten Essen und verschlang es. Dann las ich weiter. Ich las bis in die Nacht, lernte Merire kennen, Anchesen-pa-Aton, litt mit meiner Amme, die mit der grausamen Königin um Merire und Tut-anch-Amun stritt. Ich brach an der Stelle ab, als Sit-Ra und ich von unserer Barke aus zurück nach Achet-Aton blickten, um nach Theben aufzubrechen. Hier überwältigten mich meine Gefühle. Fast alle, die ich damals gekannt hatte, waren nun tot. Ich weinte hemmungslos und wusste nicht einmal, warum. Ich hatte in diesen Zeiten ständig Angst gehabt, doch nun fühlte ich mich, als wäre ich aus dem Kreis der Verschworenen einfach ausgeschlossen und zur Bedeutungslosigkeit verdammt worden.

Noch nie zuvor hatte ich so empfunden. Völlig erschöpft schlief ich ein.

»Herrin, es ist die Schneiderin, Eure bestellten Kleider sind eingetroffen.«

Nicht im Geringsten erholt, wachte ich durch Mays Stimme auf. Die Gedanken waren sofort wieder in meinem Kopf. Mein Blick wandte sich den überall auf dem Bett verstreuten Schriftrollen zu. Dann sah ich zu May.

»Ich fühle mich heute nicht gut, May. Sie soll ein anderes Mal wiederkommen. Ich lasse nach ihr schicken. Ich stehe heute nicht auf. Bring mir nur das Essen.«

May schaute mich verwundert an, wagte aber nicht zu fragen.

»Wie Ihr wollt, Herrin.«

Sobald sie draußen war, suchte ich wie eine Besessene nach der zuletzt gelesenen Schriftrolle, um dort anzusetzen, wo ich am Vorabend aufgehört hatte. Der Tag zog wiederum an mir vorbei. Tut-anch-Amun starb, Anchesen-pa-Amun wurde verbannt, Eje gekrönt. Was mich am meisten betroffen machte, war aber die Tatsache, dass mein geliebter Onkel Tut-anch-Amun mich beinahe aus meinem behüteten Leben gerissen, mich Ramose weggenommen und an seine Seite berufen hätte, wäre er nicht ermordet worden. Die Tragik, dass Sit-Ra ihren Sohn zu Grabe tragen musste und seinen Vater und gleichzeitigen Mörder dafür grausam bestrafte, vermochte mich nach dieser Erkenntnis kaum mehr zu bewegen. Meine Erschöpfung, die von der vergangenen Nacht herrührte, ließ mich schon am frühen Abend einschlafen.

Als ich May am nächsten Morgen zu verstehen gab, dass es

mir immer noch nicht besser gehe, wagte sie leichten Protest. Ich bekam einen Wutanfall, und May ließ mich für den Rest des Tages in Ruhe. In den nächsten Stunden erfuhr ich das ganze tragische Ende der Geschichte, die Aufopferung Merires und Sit-Ras, um Tut-anch-Amun zu rächen und Kemet einem besseren Schicksal entgegenzuführen. Und ich erfuhr, dass Horemheb alles wusste. Ich legte die Aufzeichnungen zur Seite. Horemheb profitierte von Merires und Sit-Ras Schicksal. Mutnedjemet hatte nach der Krone gegiert. Sie war eine ebenso falsche Schlange wie ihre Schwester Nofretete. Horemheb war kein aufrichtiger Mann. Es war mein Erbe, so spürte ich plötzlich, das ich so einfach abgelehnt hatte. Es war meine Mutter, die durch Nofretete gestorben war, es war mein Leben, das sie zerstört hatten. Sie hatten Horemheb den Weg geebnet, und er hatte es hingenommen, wenn auch mit vorgetäuschtem Protest, aber er hatte die Menschen dafür aufs Spiel gesetzt, an denen mir etwas lag – und sie waren gestorben. Ich raffte die Aufzeichnungen zusammen und legte sie wieder in das Kästchen. Dann versteckte ich die Schatulle unter der Kleidung in meiner Truhe, rief May und wies sie an, nichts von den Aufzeichnungen Ramose gegenüber zu erwähnen. Sie versprach es mir. Danach ging ich in mein Badehaus und badete ausgiebig. Dabei vergoss ich letzte Tränen um Sit-Ra und Merire, die ich so verkannt hatte. Vor allem Sit-Ra verdankte ich mein Leben. Sie hatte mich in ihren Haushalt aufgenommen, als Teje starb, und mich so vor Nofretete und meinen Tanten geschützt.

Als ich mein Badehaus verließ, war ich nicht mehr zufrieden meines Lebens und der Sicherheit, in der ich mich wiegen durfte. Ich fühlte mich wie ein junges törichtes Ding, dem man ein Königreich für einen schönen Haarschmuck abgeschwatzt hatte. Ich musste etwas unternehmen, solange noch Zeit dafür war. Ich musste mir Gedanken darüber machen, was ich überhaupt erreichen konnte. Völlig aufgewühlt verschlang ich mein Abendessen – ich hatte mindestens drei Mahlzeiten ausgelassen –, ohne darauf zu achten, ob ich mir in Fett gebackene Ente oder in Honig gebratenen Mais einverleibte. Danach zog ich mich wieder in meine Gemächer zurück, um nachzudenken. Doch es wollte in mir kein sinnvoller Gedanke reifen. Verzweifelt schlief ich ein.

»Herrin, Herrin, wacht auf!«

Wieder war es May, die sanft an meinem Arm zog. Schlaftrunken blinzelte ich sie an.

»Herrin, Euer Gemahl ist eingetroffen.«

Ich fuhr hoch.

»Was denn, jetzt? Es ist mitten in der Nacht.«

»Er sagte, er wäre den ganzen Tag unterwegs gewesen, hätte zwei Pferde zerschunden.«

Ramose war da. Ich hatte ihn bei all meiner Verzweiflung fast vergessen. Ich hatte einen Empfang für ihn bereiten wollen, und jetzt war ich mir noch nicht einmal sicher, ob ich wenigstens Reste der letzten Mahlzeit im Hause hatte, die ich ihm anbieten könnte. Ich sprang aus dem Bett.

»Wo ist mein Gemahl?«

»Er ist in seinen Gemächern, Herrin.«

»Es ist gut, May, du kannst schlafen gehen.«

May verbeugte sich und zog sich zurück. Ich warf mir nur ein Nachtgewand über, dann machte ich mich auf den Weg zu Ramoses Gemächern.

Unser Haus war groß, einer königlichen Prinzessin angemessen, und so musste ich einen langen Gang durchqueren, bevor ich Ramoses Gemächer endlich erreicht hatte. Ramose lag angekleidet auf seinem Ruhebett, den Blick zur Decke gerichtet. Man sah ihm seine Müdigkeit sofort an. Er war siebenundzwanzig Jahre alt und hätte eigentlich schon längst einen Posten bekleiden müssen, der ihm ein angenehmes Leben ermöglichte. Doch Ramose hasste Bequemlichkeiten. Er meinte, sie würden einen zu schnell altern lassen. Ich trat an sein Bett. Er bemerkte mich zuerst gar nicht, doch dann wandte er mir den Kopf zu. Sein Haar war schwarz und kurz geschoren. Sein Nemes-Tuch hatte er achtlos neben sich gelegt. Ich hatte ihn seit fast einem Jahr nicht mehr gesehen. Überhaupt hatte ich ihn selten gesehen, seit Sethos ein Jahr alt gewesen war und er sich auf einen Außenposten hatte versetzen lassen. Er lächelte matt.

»Wie schön du bist. Wie hätte ich das ahnen können, als ich das Kind ehelichte, das du damals gewesen bist. Ich wusste nicht, wie glücklich ich mich schätzen durfte.«

Ich nahm seine Hand. »Soll ich dir etwas zu essen auftragen lassen, mein Gemahl? Hättest du doch einen Boten vorausgeschickt, dass ich dich angemessen hätte empfangen können.«

»Du empfängst mich durchaus angemessen, Sit-Ra. Ich bin weder hungrig noch durstig. Ich bin nur müde. Leg dich zu mir, der Geruch deines Haares kann vielleicht die Erinnerung an den Staub und den Schmutz der Reise vertreiben.«

Ich legte mich zu ihm auf das Ruhebett, und er schlief fast augenblicklich ein. Während er ruhig atmend neben mir lag, erinnerte ich mich an die Zeit nach Sethos Geburt.

Ramose war immer rastloser geworden, unzufrieden ob der Tatsache, dass weder Tut-anch-Amun noch Eje ihm den Aufstieg ermöglichen wollten. Er hatte viel getrunken und war schließlich auf die Idee gekommen, sich auf einen Außenposten versetzen zu lassen, der vom Feind oft angegriffen wurde. Er dachte, wenn er erst einmal ruhmreich in der Schlacht sein würde, könnte der König ihn nicht mehr ignorieren. Er hatte sich wieder fremden Frauen zugewandt, dieses Mal äußerst indiskret, sodass ich von Freunden davon hörte. Es schmerzte mich sehr, ihn so zu sehen. Deshalb ließ ich ihn ziehen. Doch der Außenposten erwies sich als ruhig und befriedet, sodass Ramose dort noch unzufriedener war als in Achet-Aton. Seine Besuche waren von Selbstmitleid und Alkoholexzessen begleitet, von Freudenhausbesuchen und Interesselosigkeit, was mich betraf. Ich wünschte mir wieder ein Kind, doch Ramose argumentierte im angetrunkenen Zustand, dass er einem Kind nichts zu bieten habe und somit kein Grund für ihn bestehe, mein Lager zu teilen. Ich hielt ihm nicht vor, dass er das Lager von diversen Liebesdienerinnen teilte, während er mir dieses Privileg entzog. Ich ertrug einmal mehr mein Leid klaglos. Doch als er etwa sechsundzwanzig Jahre alt war, beruhigte sich das jugendliche Gemüt in ihm, und er schien sich mit seinem Los abgefunden zu haben. Bei seinen Besuchen widmete er sich seinem Sohn und teilte wieder mein Lager. Auch seine Stadtbesuche hörten auf. Ramose entwickelte sich zum musterhaften Ehegatten und Vater. Doch seine Besuche waren zu selten, als dass er meinen Schoß mit Leben hätte füllen können. Ich hoffte, dass sich das nun ändern würde.

Plötzlich regte er sich neben mir. Er schlug die Augen

auf und wandte sich mir zu. Ich beschloss, ihm meinen Wunsch mitzuteilen. Seit seinen Ausschweifungen hatte ich kein Wort mehr über meinen Kinderwunsch verloren.

»Ramose, ich möchte wieder ein Kind.«

Er blickte mich ernst an, sodass ich fürchtete, den alten Einwand erneut zu hören, doch dann begann er mein Nachtgewand abzustreifen. Ich sagte nichts, mir schien der Augenblick zu kostbar, um ihn mit Reden zu zerstören. Er küsste mich und flüsterte in mein Ohr: »Einen Prinzen?«

»Einen Kronprinzen«, flüsterte ich zurück und schlang die Beine um seine Hüften.

2.
Papyrus

Als ich am nächsten Morgen erwachte, war Ramose schon längst aufgestanden. Ich fand ihn im Garten, wo er mit Sethos an ein paar Pfeilen für seinen Kinderbogen schnitzte. Sethos betete seinen Vater an. Ich ging zu ihnen, und Ramose legte seinen Arm um meine Hüften.

»Sieh nur, Sethos, deine Mutter ist endlich aufgewacht.«

Sethos schüttelte altklug den Kopf. »Mutter, während du noch geschlafen hast, haben Vater und ich schon die Geburt Res zelebriert.«

Ich ließ mich neben Sethos auf einem der Klappsessel, die unter unserem Baldachin standen, nieder.

»Dein Sohn ist recht vorwitzig für sein Alter, mein Bruder. Ich denke, es wäre an der Zeit, ihn ins Kap zu schicken.«

Ramose blickte Sethos hinterher, der mit seinem Kinderbogen auf unsere zahmen Ziertauben schoss. Die Tiere stoben aufgeregt auseinander.

»Du hast ihn jeden Tag um dich, Schwester meines Herzens, ich muss mich hier auf deine Meinung verlassen. Wenn du es wünschst, bringe ich Sethos nach Memphis.«

Ich seufzte gequält. »Ich wünsche es nicht, Ramose. Ebenso wenig, wie jede andere Mutter sich wünscht, ihr Kind fortzugeben. Aber Sethos muss seinen Platz in der Familie einnehmen.«

Ramose blickte mich belustigt an. »Seit wann kümmern dich familiäre Verpflichtungen? Darf ich dich daran erinnern, Sit-Ra, dass du vor Sethos' Geburt heftige Auseinandersetzungen mit den Priestern hattest, die dich drängten, Sethos im Palast zur Welt zu bringen, damit sein Thronanspruch nicht gefährdet würde? Wenn ich mich recht entsinne, wolltest du gerade das vermeiden – Sethos dem Thron nahe zu bringen, meine ich. Und jetzt plötzlich dieser Sinneswandel.«

Ich ergriff Ramoses Hand. »Ich denke, damals war ich einfach verunsichert und ängstlich. Im Nachhinein frage ich mich, ob ich nicht Fehler begangen habe.«

Ramose runzelte die Stirn. »Es dürfte schwierig werden, diese Fehler ungeschehen zu machen. Ich hoffe doch, du versuchst keinen Putsch gegen Horemheb, um den Thron an dich zu bringen. Horemheb hat das gesamte Militär auf seiner Seite und außerdem den Großteil der Bevölkerung. Vergiss nicht, meine Liebe, für das Volk und die Priester bist du die Tochter des Ketzers Echnaton. Horemheb hat seine Führerfähigkeiten tatkräftig unter Beweis gestellt. Weder du noch ich kann das von sich behaupten.«

Ramoses Worte leuchteten mir ein, versetzten mir aber dennoch einen tiefen Stich ins Herz.

»Es ist nicht deine Schuld, dass du kein Ehrengold trägst. Mir scheint, meine Familie hatte sich gegen dich verschworen.«

Ramose zuckte mit den Schultern. »Vermutlich schätzten sie mich gering, da ich bürgerlich von Geburt bin. Horemheb jedoch scheint nicht derart voreingenommen zu sein. Er entstammt selber nicht dem Königshaus.«

»Ich habe mit Horemheb um deinen Aufstieg gefeilscht.«

Ramoses Augen blickten mich forschend an. »Du hast was getan?«

»Dein Aufstieg für den Thron Ägyptens.«

Ramose stand wütend auf und fuhr mich an: »Du hast auf deinen Erbanspruch verzichtet? Du hast unseren Sohn seines Erbanspruchs beraubt?«

Ich fühlte mich schlecht, jetzt, da Ramose es aussprach. Wie wenig Gedanken hatte ich mir noch vor ein paar Tagen über die Konsequenzen meines Handelns gemacht.

»Offizielle Verträge sollen erst nach Ejes Bestattung besiegelt werden; erst dann soll Horemheb bestätigt werden.«

Ramose setzte sich wieder und stützte den Kopf auf seine Hände.

»Horemheb weiß genau, dass keine Eile geboten ist. Du hast keine andere Wahl. Er ist mächtiger. Du besitzt das königliche Blut, doch er besitzt die Macht.«

Ich versuchte ein letztes Aufbegehren. »Aber du wirst Ehren unter Horemheb erlangen. Dann bist du ihm ebenbürtig.«

»Bis dahin ist Horemheb gekrönt und bestätigt. Niemand darf an der Legitimation eines Königs zweifeln.«

Plötzlich kam mir die rettende Idee.

»Aber nur, wenn er gekrönt und von den Göttern bestätigt wurde.«

»Was nach Ejes Bestattung unverzüglich geschehen wird.«

Ich stand auf und kniete vor Ramose nieder. Dann ergriff ich seine Hände.

»Mein Bruder, zürne nicht der, die jung und dumm gewesen. Vielleicht weiß ich Rat und eine Möglichkeit, diese Dummheit zu tilgen.«

Ramose blickte mich versöhnlich an und legte seine Hand unter mein Kinn.

»Mag sein, dass ich dich damals ehelichte, weil du dem Königshaus entstammtest. Doch glaube mir, meine Schwester, du bist mir lieb und teuer. Was auch geschieht, ich bin an deiner Seite.«

Ich legte meinen Kopf auf seinen Schenkel.

»Ich muss nach Theben reisen, so bald wie möglich. Ich möchte dort mit jemandem reden.«

»Mit wem?«

»Frage mich nicht danach. Es ist besser, wenn du nicht mehr weißt, denn wenn es fehlschlägt, würde ich dich und Sethos mit ins Verderben reißen.«

»Du weißt, dass ich dich unter diesen Umständen nicht gehen lasse.«

Ich stand auf, und meine Stimme gewann an Festigkeit. »Du und ich, wir leben für unseren Sohn. Wir müssen tun, was immer in unserer Macht steht, völlig uneigennützig. Außerdem musst du sofort deinen Dienst unter Horemheb antreten. Nur dann kannst du mich schützen. Wenn Horemheb von meiner Abwesenheit möglichst nichts bemerkt.«

Ich weiß nicht, ob Ramose überzeugt von meiner Rede war, aber er nickte. Ich beschloss, dass er genug wusste. Die Geschichte meiner Familie, die ich in Sit-Ras Aufzeichnungen erfahren hatte, betraf nur mich – ebenso wie meine Verpflichtung der Vergeltung.

Am nächsten Tag hatte ich mich auf einer Barke eingeschifft, hatte einfache Kleider angelegt und meine höfischen Gewänder möglichst gut in einer unscheinbaren Truhe verstaut, ebenso wie das kleine Diadem mit der Kobra und mein Siegel, welches mich als Angehörige des Königshauses ausweisen sollte. Ich war nicht sicher, welche Art von Empfang mir bereitet werden würde, jedoch würde man nicht erfreut sein, mich zu sehen, so viel war mir klar. Zuerst mein Vater Echnaton und dann auch noch Eje, der die alten Götter geschmäht und Theben den Rücken gekehrt hatte. Das Vertrauen des Volkes wiederzugewinnen war das eine, doch Theben war ein Moloch. Es hatte am meisten unter meiner Familie zu leiden gehabt. Es war geschmäht, gedemütigt und geplündert worden, um Achet-Aton, den Traum meines verrückten Vaters, erstehen zu lassen. Ich hatte mich auf eine Reise von vier bis fünf Tagen eingerichtet, die ich möglichst unauffällig unter den anderen Reisenden verbringen wollte. Dies fiel mir auch nicht besonders schwer, da ich mir selber genug war und die vorüberziehende Landschaft genießen konnte. Zu meiner Überraschung legten wir für einige Stunden in Abydos, der Stadt, in der Osiris und seine Gemahlin Isis verehrt wurden, an, um Lebensmittel an Bord zu nehmen. Mir fiel wieder die kleine Statue der Isis ein, die mich auf dem Markt in Achet-Aton auf so seltsame Weise angezogen hatte. Ich beschloss, das Heiligtum der Isis zu besuchen. Meine Statuette führte ich seit dem Tag, an dem ich sie erstanden hatte, ständig mit mir. Manchmal zog ich sie hervor und betrachtete sie lange, manchmal betete ich leise zu ihr.

Als ich den Tempel der Isis betrat, herrschte geschäftiges

Treiben. Die Tatsache, dass Ejes Körper kaum erkaltet und erstarrt war, und das Volk nicht gezögert hatte, seine göttlichen Erlasse zu ignorieren, erfüllte mich mit einer gewissen Befriedigung. Doch deshalb war ich nicht hierher gekommen. Ich wollte die Göttin kennen lernen, deren Ruf ich so selbstsicher gefolgt war. Ich wollte Zwiesprache mit ihr halten. Es störte mich ein wenig, dass ich den Tempel nicht für mich allein hatte und dass ich keinen Zutritt zum Allerheiligsten bekommen konnte. Ich hätte diesen Zustand sofort ändern können, wenn ich meine Staatsgewänder angelegt hätte, doch die Kunde, dass die königliche Prinzessin Sit-Ra sich auf einer Reise nach Theben befand, hätte sich wie ein Lauffeuer verbreitet und wäre auch Horemheb nicht verschlossen geblieben. Also mischte ich mich unter die Tempelpilger und begnügte mich mit dem Anblick der großen Isisstatue, die sich im Vorhof des Tempels befand. Ihr Anblick überwältigte mich. Ihre schlanke Gestalt erstreckte sich etwa einen halben Chet in die Höhe, sodass ich den Kopf in den Nacken legen musste, um das milde Lächeln, das ihren Mund umspielte, sehen zu können. In ihrer Hand hielt sie den Aanch, das Symbol ewigen Lebens.

»O Isis!«

Nur leise waren mir diese Worte herausgerutscht, doch ein altes Weib wandte sich mir zu.

»Sie ist die Mutter aller Frauen. Wenn eine Frau Hilfe sucht, so tut sie gut daran, zu Isis zu beten. Amun mag den Männern geneigt sein, doch die Frauen gehen zu Isis, denn nur sie weiß um ihre Ängste und Nöte.«

Die Alte gab mir zwei von den Lotosblüten, die sie mitgebracht hatte, um sie der Göttin zu opfern.

»Hier! Du kannst die Göttin nicht ohne Opfergabe um Beistand bitten, um was immer es sich auch handeln mag, was du von ihr begehrst. Ich gebe dir etwas von meiner Opfergabe, denn ich bin alt und habe nicht mehr viel zu erhoffen oder zu erwarten. Du jedoch bist jung und wirst noch viele Bürden zu tragen haben, von denen die Männer nichts wissen. Du wirst Isis' Beistand brauchen.«

Damit drehte sich die Alte um und verschwand in der Menge. Ich kniete mich vor die Statue und begann ein stilles Gebet.

O Isis, mit welch unbedeutender Gabe tritt vor dich deine Tochter. Nichts hat sie darzubringen, das dir gemäß wäre. Unbedarft gleich einem Kinde hat sie ihr Erbe vertan. Jetzt kniet sie in Demut vor dir und fleht dich an, ihr wohlwollend zu begegnen. Siehe, deine Tochter ist jung und töricht. Gehorchen und dir folgen will sie ab jetzt ewiglich. O Mutter, geleite deine Tochter zu ihren Ahnen, wenn einst ihre Zeit gekommen ist. Lass sie nicht vergehen wie ein unbedeutend Lichtlein, beraubt ihrer Rechte, gebeugt und geschmäht vom Volke, auf dass es spotte ihrer als die Ketzerin, die die Götter vom Thron verstießen. Wisse, dass deine Tochter dienen will ihrer Mutter und Kemet und dass ihr Herz rein auf der Waage der Maat ist und ihr Mund güldene Wahrheit verkünden will. Erhebe deine Tochter, o Isis, segne die Frucht ihres Leibes, o Isis, lass ein Band der Liebe sich binden, auf dass das Herz der Isis fesselt das Herz ihrer Tochter Sit-Ra auf immer.

Als ich mein Gebet beendet hatte, fühlte ich mich besser. Ich ging zurück auf die Barke und setzte meine Reise fort. Einen Tag später erreichten wir Theben.

Ich hatte keinesfalls vor, länger als nötig zu verweilen. Die Barke würde in zwei Tagen wieder ablegen und nach Achet-Aton zurückkehren. Aus Angst, nicht empfangen zu werden, hatte ich mich nicht anmelden lassen. Ich legte meine königlichen Gewänder noch auf der Barke an; jetzt musste ich es riskieren, Aufmerksamkeit zu erregen. Würde mein Plan gelingen, war es ohnehin egal, würde er missraten, so würden die Amunpriester schon dafür sorgen, dass ich in Ungnade fiel. Ich hatte einen tollkühnen Plan ins Auge gefasst, mich des alten Oberpriesters des Amun erinnernd. Sein Name war Neb-Amun, und er war seinerzeit von der königlichen Gemahlin Anchesen-pa-Amun brüskiert worden. Dementsprechend schlecht war er auf die königlichen Frauen zu sprechen. Mein Vater Echnaton und mein Urgroßvater Eje hatten ihriges dazu beigetragen. Mein Plan war sehr unberechenbar, denn ich würde bei ihm erscheinen, um mich als legitime Thronerbin in Erinnerung zu rufen. Allerdings hätte er auf Mutnedjemet ebenfalls nicht gut zu sprechen sein dürfen, war sie doch die Schwester der verhassten Nofretete. Mein zweites Argument war die nicht königliche Abstammung sowohl Mutnedjemets als auch Horemhebs. Es waren immer die Priester gewesen, die auf eine geregelte Erbfolge bestanden hatten. Die Reaktion des senilen Amunpriesters auf mein Erscheinen war also sehr schwer abzuschätzen.

Der alte Königspalast in Theben wurde von ein paar hohen Beamten aus dem untergeordneten Adel verwaltet. Von hier ließ ich mir auch mein Gefolge kommen. Dieses bestand aus einer Sänfte, der Standartenträger vorauseilten, und einer Leibgarde. So ließ ich mich zum Tempelbezirk bringen. Dort angekommen, zeigte man erst einmal Verwunderung. Ein untergeordneter Priester empfing mich respektvoll, doch nicht überschwänglich, und brachte mich ins Allerheiligste. Es war mein Recht und meine Pflicht zugleich, als Mitglied des Königshauses und inkarnierte Göttin meinen Vater Amun zu begrüßen. Pflichtgemäß tat ich meine Schuld. Sodann geleitete man mich zum Oberpriester.

Neb-Amun empfing mich in seinem Privathaus, das inmitten des Tempelbezirks stand. Irritiert stellte ich fest, dass er in größerem Prunk lebte als ich, die ich Angehörige des Palastes war. Neb-Amun war sehr alt, ich schätzte ihn auf über achtzig Jahre, doch seine Augen verrieten, dass sein Geist hellwach war. Er musterte mich durchdringend, wobei er auf einem bequemen Ruhebett lag und seine alten, verkrümmten Hände mit dem Mundstück einer Wasserpfeife spielten, die auf einem Beistelltisch stand. Seine knochigen Finger waren mit goldenen Ringen besetzt, die riesige Edelsteine schmückten. Das Leopardenfell, das über seinem weißen Leinenhemd lag, wirkte viel zu schwer für seine eingefallenen Schultern. Sein gelblicher, von Altersflecken gezeichneter Kopf war kahl rasiert wie bei allen Priestern. Jetzt bewegte er sich unter Schmerzen.

»Komm näher, Prinzessin Sit-Ra. Es ist lange her, dass ich ein Mitglied des Königshauses vor Augen hatte, und ich kann nicht sagen, dass ich traurig darüber gewesen wäre.«

Seine Stimme hatte den Ton von rostigen Ketten. Ich trat näher an ihn heran und verbeugte mich mit vorgehaltenen Händen.

»Mich macht es traurig, ehrwürdiger Oberpriester des

Amun. Und dich sollte es ebenfalls traurig machen, denn die Umstände sind unglücklich. Die Konstellation für Kemet verheißt Unglück, sind die Schalen der Maat nicht im Gleichgewicht.«

Neb-Amun ließ eine kurze Pause entstehen, so als würde er mich ignorieren, fuhr dann jedoch fort zu sprechen.

»Es war nicht Amun, der sich abwandte, sondern das Königshaus. Amun zeugte dein Geschlecht, Prinzessin, doch es waren dein Vater und dein Urgroßvater, die sich anmaßten, ihn zu schmähen. Die großen königlichen Gemahlinnen ...« Neb-Amun hielt erneut kurz inne, um seinen Worten Nachdruck zu verleihen »... ihre Anmaßungen standen denen ihrer Gatten in nichts nach.«

Ich richtete mich auf und trat noch näher an den Oberpriester heran.

»Ich bin die Letzte meines Geschlechtes. Die letzte Prinzessin des königlichen Geschlechtes, das von den Göttern erwählt wurde. Ich trage Rechenschaft für die Anmaßungen meiner Vorfahren, doch ich bin nicht bereit, ihre Makel zu tragen.«

»Es dürfte dir schwer fallen, sie zu entfernen, Prinzessin.«

»Ja, Oberpriester, das ist es. Dazu bedarf es der Hilfe der Götter – und der Fürsprache bei ihnen durch einen, auf den sie hören werden.« Ich neigte meinen Kopf. »Sie schweigen, Neb-Amun. Sie zürnen ihrer Tochter, doch siehe, Oberpriester, ihre Tochter ist allein. Sie war nicht an der Seite ihrer Vorfahren, als diese den schrecklichen Frevel vollzogen. Sie war ein Kind, das um sein Leben fürchten musste. Geduldig harrend, auf dass ihre Zeit kommen würde, flehte sie bei Isis um Schutz. Doch Isis setzte keinen Fuß ins verfluchte Achet-Aton, um ihre Tochter zu erhören. So blieb ich allein, voller Angst und Hoffnungslosigkeit.«

Neb-Amuns blutunterlaufene Augen durchbohrten mich forschend.

»Auch dein Vater vermochte schön daherzureden, Prinzessin. Die Frucht seines Leibes bist du wahrlich.«

»Ich ehelichte einen Bürgerlichen, Neb-Amun. Mein Gemahl besitzt zwar kein königliches Blut, jedoch Liebe und Aufrichtigkeit zu den Göttern.«

»Ich hörte von ihm. Sein Vater Sutan war Amun treu, auch als dies die Todesstrafe bedeuten konnte.«

»Ramose ist sein Sohn. Und Sethos, unser Sohn, ist der Sohn des Ramose.«

Neb-Amun nahm einen kräftigen Zug aus seiner Wasserpfeife und blies den Rauch genüsslich aus.

»Horemheb ist kein Anhänger des Aton.«

Ich verlieh meiner Stimme Festigkeit. »Horemheb ist weder Anhänger des Aton noch Anhänger des Amun. Horemheb ist Soldat.«

»Jedoch ist er tüchtig und kann Kemet in friedliche Zeiten führen. Kemet hat geblutet, es wird sich nur langsam erholen können.«

»Horemheb ist ein Gemeiner, ebenso wie seine Gemahlin Mutnedjemet. Mutnedjemet ist die Schwester der Nofretete.«

Wiederum zog Neb-Amun an seiner Pfeife.

»Was hättest du Kemet zu bieten, Prinzessin? Was hättest du Amun zu bieten? Kemet braucht eine starke Hand. Kemet ist geschwächt, es blutet aus vielen Wunden. Und selbst wenn es so ist, wie du sagst, du vergisst, dass auch Amun geschwächt ist. Er hat nicht mehr die Bedeutung im Volk, die ihm zukommen sollte.«

Ich streckte ihm meine Handflächen entgegen.

»Oberpriester, was ich dir biete, ist nicht viel, doch es ist alles, was ich habe. Ich biete dir meine Loyalität und ich biete dir einen Thronfolger. Ich biete dir meine Hand – dir und Amun. Ich stehe vor dir hier in Theben, und bald wird auch Horemheb das wissen. Ich versprach Horemheb meinen Thron, doch ich bin bereit zu kämpfen. Gib mir einen ehrenwerten Platz unter meinen Vorfahren am Sternenhimmel, wenn ich einst meine Barke besteige. Gib mir die Möglichkeit, meine Aufrichtigkeit und Liebe zu meinem Land unter Beweis zu stellen. Lass mich teilhaben an meines Vaters Liebe, schließe mich nicht aus der göttlichen Familie aus, da ich schon eine irdische missen muss.«

Neb-Amun starrte mich lange wortlos an, und mein Herz schlug mir bis zum Hals. Hatte ich ihn überzeugen können? Alles hing davon ab. Mein Leben und das Leben meines Sohnes. Ramose hätte als Verräter in Ungnade fallen können und zum Tode verurteilt werden. Sein Kopf saß am wackligsten auf seinen Schultern. Endlich sprach Neb-Amun wieder.

»Kehre zurück nach Achet-Aton, Prinzessin Sit-Ra. Ich werde über deine Worte nachdenken und später entscheiden, ob sie es wert sind, mich auf meine letzten Tage den Gefahren eines Kampfes auszusetzen.«

Damit wandte er sich um und schloss die Augen. Ich wusste, dass alles Bitten und Flehen nichts gebracht hätte. Ich musste tun, was er sagte. Ich musste zurückkehren nach Achet-Aton. Entweder erwartete mich dort der Thron oder der Tod.

Bei meiner Heimkehr schlug mir das Herz abermals bis zum Hals. Den ganzen Weg zurück hatte ich mir darüber Gedanken gemacht, wie ich in Achet-Aton empfangen werden würde. Vor meinem geistigen Auge malten sich schreckliche Bilder ab. Palastwachen, die mich am Landungssteg in Empfang nahmen und mich auf direktem Wege in den königlichen Palast brachten, damit ich dort mein Todesurteil in Empfang nehmen konnte. Ich sah meinen Sohn, erschlagen in unserem Haus, und Ramose, sein Schwert noch in der blutigen Hand, neben ihm auf dem Boden liegend, ermordet bei dem Versuch, unseren Sohn zu schützen. Ich zwang die Bilder aus meinem Kopf. So schnell konnte Horemheb uns nicht beseitigen. Das königliche Blut schützte uns vor derart brutalen Racheakten. Und tatsächlich war der Landungssteg nicht von Soldaten gesäumt, als wir anlegten. Nichtsdestotrotz machte ich mir keinerlei Illusionen darüber, dass mein Verschwinden unbemerkt geblieben war und ich einer Konfrontation mit Horemheb entgehen konnte. Ich begab mich nach Hause. Meine Diener schickte ich mit meinen Sachen vor, folgte ihnen aber unverzüglich. Suchend blickte ich mich um. Dann endlich sah ich May, die mir entgegenkam.

»May, wo sind mein Gemahl und mein Sohn?«

May beruhigte mich. »Euer Sohn ist in seinen Gemächern, Prinzessin. Euer Gemahl weilt im Palast.«

Ich nahm May beiseite. »Weiß Horemheb, dass ich fort war?«

»Ganz Achet-Aton weiß es inzwischen. Das Volk spricht nur noch darüber. Spekulationen über Eure Absichten machen überall die Runde.«

»Und wie ist die Reaktion des Volkes?«

»Die Meinungen sind gespalten. Einerseits ist der Ruf nach einer festen Hand, die Kemet in friedliche Zeiten führen kann, sehr laut, andererseits wehrt sich das Volk gegen die Vorstellung, einen Gemeinen als Abbild Amuns auf den Thron Ägyptens zu erheben.«

»Und Horemheb?«

May schüttelte den Kopf. »Er hält sich zurück. Er bezieht keine Stellung.«

Ich nickte. »Also sind die Würfel noch nicht gefallen.«

Ich begab mich in mein Badehaus, um den Schmutz der Reise abzuwaschen. Bewusst verbrachte ich eine längere Zeit in dem kühlen mit Lotosblüten angereicherten Wasser, denn sobald ich dieses Badehaus verließ, würde ich mich verantworten müssen. Und so war es dann auch. Als ich frisch gesalbt, geschminkt und angekleidet aus meinen Privatgemächern kam, wartete schon ein königlicher Bote auf mich, um mich in den Palast zu bringen. Er las mir ein höfliches, aber bestimmtes Schreiben des Reichsverwesers Horemheb vor, dass mein sofortiges Erscheinen im Palast unverzichtbar sei – ein in höfliche Worte gepackter Befehl; sogar eine Sänfte hatte Horemheb mir geschickt.

Horemheb war erfüllt von verhaltenem Zorn. Er begegnete mir mit dem nötigen Respekt, doch seine übertrieben höfliche Wortwahl und der Empfang in der offiziellen Empfangshalle verrieten ihn.

»Prinzessin Sit-Ra, ich war sehr erstaunt, von Eurer Reise nach Theben zu hören.«

»Diese Reise war schon unlängst fällig gewesen.«

Mir fiel auf, dass Horemheb zu einer förmlichen Anrede zurückgekehrt war; ein weiteres Zeichen seiner unbändigen Wut.

»Wie ich hörte, habt Ihr Frieden mit Amun geschlossen, Euch von den Taten Eures Vaters und Urgroßvaters distanziert.«

Ich neigte zustimmend den Kopf.

»Warum diese Eile, Prinzessin? Dafür wäre nach der Bestattung von Pharao Osiris Eje Cheper Cheperu Re noch Zeit genug gewesen.«

»Ich verspürte den Wunsch. Es drängte mich danach.«

Horemheb trat mit hinter dem Rücken verschränkten Händen vor mich. Mir fiel auf, dass er ein Nemes-Tuch in den königlichen Farben Blau und Weiß trug. Es wunderte mich, dass er nicht gleich den Stirnreif mit dem Uräus dazu angelegt hatte. Auf jeden Fall zeigte er seine Ambitionen auf den Thron überdeutlich.

»Kann es sein, dass dieser Wunsch, der Euch so unvorhersehbar überfiel, mit dem Studium gewisser Schriften zusammenhängt, die Ihr aus meiner Hand empfangen habt?«

Horemheb war zwar ein Gemeiner, aber er war klug, sonst hätte er niemals Reichsverweser werden können. Doch ich ließ mich nicht von ihm überrumpeln.

»Die Aussöhnung mit Amun war ich meinem Sohn schuldig, Reichsverweser Horemheb.«

Er nickte mehr aus einer Geste heraus als aus Überzeugung. Ich hatte diese Wortklaubereien satt. Ich hatte genug von den Höflingen, die ihre Ohren spitzten, und von Horemhebs Schreiberlingen, die jedes Wort unserer Unterhaltung auf Papyrus festhielten.

»Ich will, dass diese Menschen hier verschwinden. Sie rauben mir den Atem.«

Horemhebs Züge umspielte ein sarkastisches Lächeln.

»Ich mag sie, Prinzessin. Ich möchte, dass sie bleiben.«

Jetzt musste ich alles riskieren.

»Es ist der Thronsaal meiner Familie, in dem du stehst. Siehst du den Horusthron?«

Ich zeigte auf den goldenen Thronsessel, der auf dem Podest stand. Die Augen der Höflinge folgten meinem Fingerzeig, während Horemhebs Augen auf mich gerichtet blieben. Ich verlieh meiner Stimme Schärfe.

»Es sind die Namen *meiner* Vorfahren, die ihn zieren. Die Reliefs in der Thronhalle ehren die Taten meiner Familie, nicht die der deinen. Du hast meiner Familie treu gedient und Anerkennung dafür geerntet, weil du niemals anmaßend warst. Ich erkenne den Freund meiner Familie nicht wieder.«

Die Augen der Höflinge richteten sich auf Horemheb, gespannt auf seine Reaktion.

Nach einer Weile gab er den Höflingen ein unwirsches Handzeichen, sich zu entfernen. Ich hatte einen kleinen Sieg errungen.

Dann waren wir allein. Horemheb blickte mich eine Weile an, ehe er zu sprechen begann.

»Was ist nur in dich gefahren, Prinzessin? Ich dachte, wir hätten uns verstanden.«

»Ich habe dich verstanden, Horemheb. Und du hast mir den Schlüssel zu diesem Verstehen in die Hand gelegt.«

Horemheb stieß einen Fluch aus, der eines zukünftigen Königs unwürdig war. Das Soldatenleben hatte ihn geprägt.

»Also doch! Ich hätte die Aufzeichnungen verbrennen sollen.«

»Ja, das hättest du. Du hättest sie ebenso vernichten sollen wie Sit-Ra und Merire, um deinen Weg zu ebnen.«

»Ich stand loyal hinter Tut-anch-Amun.«

Damit hatte er zwar Recht, doch hatte er auch nie erfahren, dass Tut-anch-Amun nicht königlicher Abstammung war. Hätte er es gewusst, hätte er schon früher nach dem Thron gegriffen.

»Dann respektiere den Thronanspruch meines Sohnes Sethos.«

Horemheb lachte kurz und hart auf.

»Sethos ist ein Knabe von vier Jahren. Und Kemet wird von außerhalb der Grenzen und sogar aus seinem Inneren heraus bedroht. Nur ich kann Kemet befrieden.«

Ich ballte meine Hand zur Faust und fauchte ihn an: »Nur die Götter können Kemet befrieden. Und die Götter haben deinesgleichen nicht dazu auserkoren.«

Nun verlor Horemheb seinerseits die Beherrschung. »Die Götter, Prinzessin? Hatten sie deinen schwachsinnigen Vater und deinen senilen Urgroßvater dazu auserkoren? Ja nicht einmal Tut-anch-Amun schienen sie gewogen zu sein. Mir scheint eher, als versuchten sie dein Geschlecht unwiederbringlich auszutilgen.«

»Mag sein, dass es mir nicht bestimmt ist, den Thron Ägyptens zu besteigen. Doch mein Sohn hat ihr Wohlwollen.«

»Dazu muss er an meinen Soldaten vorbei. Womit willst du mir drohen, Sit-Ra? Mit Worten? Wo ist deine Armee, die den Thronanspruch deines Sohnes verteidigt? Sie liegt mir zu Füßen, bereit, mir den Weg zum Thron mit ihren Schwertern zu erkämpfen.« Horemheb ließ sich provokant auf dem goldenen Thronsessel nieder. »Du willst herrschen, Prinzessin? Du willst deinen Sohn auf dem Thron von Kemet?« Er griff nach einem Becher Wein und leerte ihn in einem Zug. »Nun, es gibt eine Möglichkeit, Prinzessin. Entsage deinem Gemahl, und werde meine große Königsgemahlin. Ich brauche einen Erben. Du bist jung und hast deine Fruchtbarkeit schon unter Beweis gestellt. Schenke mir einen Thronerben, und ich erhebe dich über alle Frauen.«

Horemhebs Worte hatten einen leidenschaftlichen Ton bekommen. Dies war also Horemhebs schwache Seite. Woher einen legitimen Thronerben nehmen? Mutnedjemet war zu alt, und außer mir stand keine königliche Prinzessin mehr zur Verfügung.

»O Horemheb! Wie alt bist du? Fünfunddreißig Jahre? Wie viele Frauen lagen in deinen Armen? Gelang es dir, den Schoß einer Einzigen von ihnen mit Leben zu füllen? Ich bin mir ziemlich sicher, dass auch ich dir nicht zu einem legitimen Erben zu verhelfen vermag. Es scheint, als hätten die Götter es dir untersagt, deine Nachkommenschaft auf den Thron Ägyptens zu bringen.«

Horemheb schleuderte den Becher von sich und schrie mich an: »Schweig!« Dann stand er auf und kam die Stufen vom Thron herunter. Seine grobschlächtige Hand ergriff unsanft mein Kinn. »Ich werde herrschen, Prinzessin, mit dir oder ohne dich.«

Er wandte sich ab, um die Halle zu verlassen, überlegte es sich aber noch einmal und drehte sich zu mir um.

»Bis auf weiteres stehst du unter Hausarrest, Prinzessin – du und dein Sohn. Ich werde euch im Palast behalten. Es ist mir lieber, wenn ich euch in meiner Nähe weiß.«

Und so bezog ich mit Sethos Gemächer im Palast. Ich wurde zwar nicht wie eine Gefangene behandelt, aber es bestand kein Zweifel daran, dass ich eine war. Ich durfte Ramose nicht sehen und auch meine Gemächer nicht verlassen. Ich war in einem bequemen Gefängnis mit einer Schar von Dienerinnen zu meiner Unterhaltung eingeschlossen. Doch nach ein paar Tagen tauchte Horemheb unangemeldet auf, einen Papyrus in der Hand haltend. Ich erkannte das erbrochene Siegel. Es war das Siegel der Tempelstadt Karnak, dem obersten Heiligtum des Amun, es war das Siegel des Oberpriesters des Amun. Nun würde sich entscheiden, wie ich in Zukunft leben sollte oder ob ich überhaupt leben sollte. Neb-Amun hatte eine Entscheidung getroffen.

»Prinzessin, vielleicht habe ich dich unterschätzt.«

Horemheb ging vor mir auf und ab. Wieder trug er den pharaonischen Schurz und erlesensten Schmuck. Wieder waren es nur die Throninsignien, die er aussparte – die er aussparen musste. Er nahm unaufgefordert meine Hand und betrachtete ihre Innenfläche.

»Ich habe diesen schwachen Händen keine derartige Tatkraft zugetraut. Es war mein Fehler.«

Ich entzog ihm bestimmt meine Hand.

»Wie ich sehe, erreichte dich eine Nachricht aus Karnak.«

Horemheb lächelte eisig. »Der Oberpriester Neb-Amun ist auf dem Wege nach Achet-Aton.« Er griff ungefragt nach meiner Weinkaraffe und schenkte sich ein. Sodann nahm er einen großen Schluck. »Du hast das vermocht, Prinzessin, was dein Vater und einige nach ihm so vergebens zu erreichen versuchten. Ein Amunpriester setzt seinen Fuß auf den verfluchten Boden von Achet-Aton.«

Ich lächelte innerlich, ohne mir jedoch etwas anmerken zu lassen. Genau genommen bedeutete das noch gar nichts.

»Und teilte er dir seine Ambitionen mit?«

Horemhebs Mund umspielte ein belustigtes Lächeln. »Nein, Prinzessin, das tat er nicht. Wir haben beide noch Grund zu hoffen.« Er stellte den Becher ab und ging hinüber zu meinem Ruhebett. »Wir könnten uns das hier ersparen. Du weißt ebenso gut wie ich, dass du deinen Thronanspruch nicht durch ein paar Priester durchsetzen kannst.«

Ich konterte sofort. »Und du weißt ebenso gut wie ich, dass niemand anders als die Amunpriester dir die Krone aufs Haupt setzen können. Was willst du tun, wenn sie dir ihre Zustimmung versagen? Dich den Atonpriestern zuwenden?« Ich lächelte. »Nein, Horemheb. Wir beide wissen, dass der einzige Grund, weshalb das Volk einen Gemeinen auf dem Thron Ägyptens dulden würde, der ist, dass sie sich eine Neuordnung und Stabilität, Frieden und Wohlstand von dir erhoffen. Ein Bündnis mit Aton würde das Volk in Panik versetzen. Sie würden dich ebenso schnell loszuwerden versuchen wie Eje.«

Horemheb winkte mich zu sich heran. Ich war auf der Hut, doch durch eine Weigerung, mich ihm zu nähern, hätte ich Angst und Schwäche eingestanden. Also ging ich langsam auf ihn zu, blieb jedoch in gebührendem Abstand vor ihm stehen. Mit der Brutalität und Schnelligkeit des Soldaten ergriff er meinen Arm und drehte ihn so, dass ich auf mein

Ruhebett fiel. Er war sofort über mir. Nur mühsam hielt ich meine Angst im Zaume.

»Nun, Prinzessin, wer ist jetzt der Stärkere von uns beiden? Magst du dich auch diplomatisch noch so gerissen zeigen, in der direkten Konfrontation mit mir kannst du nicht bestehen.« Er riss den Stoff meines Gewandes auf und zog es mir vom Leib. »Ich bin es gewohnt, dass meine Anweisungen befolgt werden – bedingungslos. Und da kommst du daher, und von einem Tag auf den anderen verwandelst du dich in ein Weib, einer Göttin gleich. Dabei meinte ich die Weiber zu kennen. Doch du hast einen lange totgeglaubten Instinkt in mir wieder beseelt – die Lust zur Jagd, die Beute zu erlegen und die Trophäe nach Hause zu bringen.«

Er presste seinen Mund auf den meinen, und mit einer Kraft, der ich nichts entgegenzusetzen hatte, drückte er meine Hände und meinen Körper auf das Ruhebett. Ich wusste, wenn ich ihn jetzt gewähren ließe, würde er sich alles nehmen, was er wollte. Meine Hände konnte ich unmöglich befreien, zu schwer lag er auf mir, also biss ich ihm mit aller Kraft in die Lippen, während er mir einen unfreiwilligen Kuss entrang. Er ließ sofort von mir ab, ein unterdrückter Schmerzensschrei entfuhr ihm, und ich konnte mich wieder bewegen. In meinem Mund schmeckte ich sein Blut. Ich hatte so kräftig zugebissen, dass seine Unterlippe nur noch eine stark blutende Wunde war. Fluchend griff er nach meinem zerrissenen Gewand, um seine Blutung damit zu unterdrücken. Ich blickte ihn zornig an.

Dann, urplötzlich, begann er lautstark zu lachen, und sofort wurde mir auch bewusst, weshalb. Immer noch völlig entblößt auf meinem Ruhebett sitzend, machte ich wohl den

Eindruck eines gehetzten Tieres auf ihn, dem ein letzter Sieg gelungen war, ehe es sich doch dem Stärkeren unterwerfen muss und schließlich zur Beute wird. Horemhebs derber Humor fand das unglaublich belustigend.

»Du bist ein prächtiges Weib, Prinzessin. Und ich werde deinen Widerstand bis zur letzten Minute auskosten, ehe ich mir schließlich nehme, was ich begehre.« Er warf mir mein zerrissenes, blutiges Gewand aufs Bett. »Hier! Bedecke dich. Dein Fleisch werde ich früh genug genießen. Es gibt keinen Grund, den Hunger weiter heraufzubeschwören.« Im Gehen richtete er die letzten Worte an mich. »Neb-Amun wird voraussichtlich morgen in Achet-Aton eintreffen. Dann werden wir uns einen Kampf liefern, bei dem die Kräfteverhältnisse ausgeglichener sind.«

»Prinzessin Sit-Ra, ich bin erstaunt, dich hier im Palast anzutreffen. Deinen Appell hielt ich für dringlich, doch jetzt scheint mir ein Einvernehmen zwischen beiden Parteien zu bestehen.«

Neb-Amun saß auf einem bequemen Sessel im kleinen Empfangssaal, als ich eintraf. Horemheb saß ihm gegenüber. Auf einem Tisch, der zwischen ihnen stand, lag das Sendschreiben Neb-Amuns. Ich erkannte die Situation sofort. Horemheb hatte Neb-Amun empfangen und mich erst später dazukommen lassen. Wahrscheinlich hatte er schon längst versucht ihn von seinen Ansprüchen zu überzeugen.

Ich setzte mich in einen bereitgestellten Sessel und warf Horemheb einen geringschätzigen Blick zu.

»Ich weile nicht auf eigenen Wunsch im Palast, Oberpriester. Es ist vielmehr der Befehl des Reichsverwesers

Horemheb, der mich dazu veranlasste. Des Weiteren hält Horemheb meinen Sohn, den Kronprinzen Sethos, hier unter Hausarrest. Meinen Gemahl habe ich seit ein paar Tagen nicht mehr gesehen. Man verbietet es mir und meinem Sohn, Kontakt zu ihm zu haben.«

Neb-Amun blickte Horemheb forschend an.

»Du übersteigst deine Kompetenzen, Reichsverweser. Die Prinzessin und der Kronprinz sind Angehörige des Königshauses und damit unantastbar. Ihre Verpflichtung besteht ihrem Volk und den Göttern gegenüber – nicht dir.«

Horemheb lächelte mild.

»Neb-Amun, das Verhalten der Prinzessin zwang mich dazu, gewisse Vorsichtsmaßnahmen zu treffen. Außerdem, wie du schon sagtest, Oberpriester, besteht eine gewisse Verpflichtung der Prinzessin gegenüber ihrem Volk. Und diese gebietet es ihr, in diesen schweren Zeiten, in denen Kemet ohne einen mächtigen Stier dasteht, der die Geschicke Kemets lenken kann und die Schalen der Maat in Waage hält, im Palast zu verweilen, damit das Königshaus nicht verwaise.«

Neb-Amun wandte sich wieder mir zu. »Hören wir auf mit diesem Wortgeplänkel. Wir alle wissen, warum ich hier bin. Horemheb begehrt etwas, das die Prinzessin ihrerseits begehrt. Die Prinzessin begründet ihren Erbanspruch auf ihr königliches Blut und ihre Abstammung von den Göttern, Horemheb jedoch überzeugt durch seinen ihm vorauseilenden Ruf und das Vertrauen der Soldaten. Was das Volk betrifft, so sind die Meinungen gespalten. Einerseits begrüßt es einen Herrscher, der ihm Wohlstand und Frieden bringen kann, andererseits fürchtet es den Zorn der Götter, würde der legitime Erbanspruch der Prinzessin übergangen werden. Also blickt es hoffnungsvoll auf die Entscheidung Amuns, dessen Vertreter ich auf Erden bin.«

Sowohl Horemheb als auch ich wagten nicht, Neb-Amun zu unterbrechen.

»Wie immer Amuns Entscheidung diesbezüglich ausfallen wird, müsst ihr beide euch darüber im Klaren sein, dass ein sofortiger Umzug des Herrscherhauses nach Theben unbedingt erforderlich ist. Achet-Aton soll verlassen und verflucht sein und sein Name getilgt werden, ebenso wie der Name des verhassten Aton sowie seiner sämtlichen Anhänger getilgt werden muss. Der Pschent von Ober- und Unterägypten wird allein durch die Hand Amuns verliehen. Der zukünftige König und die zukünftige Königin müssen das bedingungslos akzeptieren.«

Neb-Amun blickte uns bestimmt an, und wir erwiderten seine Worte mit einem Nicken. Neb-Amun nickte ebenfalls.

»So sei es denn beschlossen. Amun strebt eine sehr einfache Lösung des Problems an. Er gedenkt dem Volk zu geben, wonach es verlangt. Horemheb mag ihm den Frieden bringen, wonach es sich so sehr sehnt, die Prinzessin mag ihm den legitimen Thronerben geben, um ein Wohlwollen der Götter zu sichern. Entsage deinem Gemahl, Prinzessin Sit-Ra, und wähle Horemheb zu deinem von Amun bestimmten Herrn. So ist dann die Maat wiederhergestellt.«

Ich traute meinen Ohren kaum. Obwohl Horemheb sich nichts anmerken ließ, konnte ich sein innerliches Gelächter hören. Es war genau die Lösung, die ihm am besten gefiel.

»Nein!«, entgegnete ich eindringlich. »Die Götter bestimmten Ramose zu meinem Gemahl, und ich folgte ihrem

Ruf. Es kann nicht Amuns Bestreben sein, dass ich meinen Schwur nun breche. Außerdem hat es Horemheb nicht vermocht, in all den Jahren den Schoß seiner Gemahlin mit Leben zu füllen, und auch seine Nebenehen blieben kinderlos. Mir scheint, die Götter versagten ihm Nachfahren aus einem guten Grund.«

Wieder vermochte meine Bemerkung in Horemheb Zorn hervorzurufen. Ich konnte es an dem Aufflackern in seinen Augen erkennen. Neb-Amun schlug seine Faust mit einer Wucht auf den Tisch, die ich seinem greisen Körper nicht zugetraut hätte.

»Prinzessin, ich sehe, du bist nicht reif für die Last, Ägypten auf deinen Schultern zu tragen. Ich kenne deinen Gemahl nicht. Er hat nichts vollbracht, was seine Thronbesteigung rechtfertigen würde. Deine Gefühle und Bedürfnisse stehen hinter denen Kemets und denen deines Volkes. Den Thron bietet dir Amun nur, unterwirfst du dich seinen Bedingungen. Ohne einen starken Gemahl an deiner Seite versagt er ihn dir.«

Trotzig verschränkte ich die Arme.

»So sei es denn, Oberpriester. Setze dich dem Zorn des Volkes und der Götter aus, und hebe einen Unwürdigen auf den Thron Ägyptens.«

Horemheb seinerseits lächelte nun versöhnlich.

»Es liegt an dir, Prinzessin. Erwähle mich zu deinem Gemahl, und ich lege dir Ägypten zu Füßen. Weise mich ab, und Amun wird tun, was für Kemet das Richtige ist.«

Neb-Amun mischte sich wieder ein.

»Nun, Reichsverweser, auch deine Euphorie muss ich zügeln. Amun kann dir zwar sein Wohlwollen schenken,

Ägypten zu stärken und ihm seine innere Kraft zurückzugeben – Amun ist dir geneigt, Horemheb, du sollst Ägypten ein Führer und Freund sein, dein Platz soll hier im Palast sein, und Amun wird an deiner Rechten sein, um deine Geschicke zu lenken –, doch die Krone kann er dir nicht geben. Ohne einen legitimen Thronerben und eine geistige und körperliche Vereinigung mit der Prinzessin, die weder ich noch du erzwingen können – denn die Prinzessin ist göttlich und somit unantastbar –, vermagst du dich nicht in die Annalen einzureihen.«

Neb-Amun blickte uns beide missmutig an.

»Horemheb wird die Geschicke Kemets lenken – als Reichsverweser. Du, Prinzessin, wirst mit deiner Familie, deinem Gemahl Ramose sowie dem Kronprinzen Sethos, deine alten Gemächer im Palast beziehen. Prinzessin Sit-Ra wird von nun an den Rang der Kronprinzessin innehaben sowie ihr Sohn den des Kronprinzen. Amun hat entschieden. Es wird keine weiteren Entscheidungen geben, ehe sich nicht einer von euch anders besinnt. Entweder die Prinzessin, indem sie Horemheb ihre Hand reicht, oder Horemheb, indem er den Sohn der Prinzessin anerkennt und somit auf seine eigene Legitimation verzichtet. An den Umständen würde sich bis auf weiteres nichts ändern. Horemheb wird die Geschicke Kemets im Namen des unmündigen Prinzen lenken. Jedoch wäre eine offizielle Adoption nötig.«

Neb-Amun stand mit Hilfe zweier niederer Amunpriester, die ihn begleitet hatten, auf.

»Ich werde diese verfluchte Stadt nun verlassen. Bestattet den letzten Ketzer, und fangt danach umgehend an, den

Hofstaat und die Bevölkerung nach Theben umzusiedeln. Amun erwartet seine Familie in seiner Stadt.«

Er drehte sich noch einmal um, bevor er auf einen Stock gestützt die Empfangshalle verließ.

»Ihm wäre es allerdings lieb, wenn er einen Sohn und eine Tochter in seinem Heiligtum begrüßen könnte, denen er Pschent und hohe Federn verleiht, wie es seit Generationen gewesen ist.«

3.

Papyrus

Horemheb musste sich den Anweisungen Neb-Amuns fügen. Er verstand sehr wohl, dass Amun im Begriff war, seine alte Machtentfaltung wiederzuerlangen. Sethos und ich durften Ramose wieder sehen, und ich war verwundert, dass dieser von all dem, was vorgefallen war, fast überhaupt nichts mitbekommen hatte. Horemheb hatte ihn aus allem herausgehalten. Ramose wusste nicht einmal, dass ich unter Hausarrest gestanden hatte, sondern dachte, ich wäre auf eigenen Wunsch im Palast gewesen, um mich für Sethos einzusetzen, und hätte niemanden sehen wollen. Ich beschloss, ihm ebenfalls nicht alles zu erzählen. Ich erklärte ihm, dass Horemheb das Land regieren solle, weil Sethos noch zu klein dazu sei und er selbst nicht genug Erfahrung dazu habe. Mit keinem Wort erwähnte ich, dass ich Ramose hätte aufgeben sollen, um an Horemhebs Seite die hohen Federn zu empfangen. Nach einer Weile gab sich Ramose mit diesen Antworten zufrieden, zumal ihn sein neuer Posten als Oberer der königlichen Pferdeställe sehr beschäftigte. Im Übrigen durfte ich meinen wenn auch formellen Anspruch auf den Thron behalten.

Vierzig Tage später war Ejes Grablegung. Wir fuhren den Nil entlang, und ich verließ Achet-Aton ein zweites Mal. Ich war nicht traurig darum. Während ich der Grablegung Ejes im Tal der Könige beiwohnen sollte, reisten Ramose und Sethos in die entgegengesetzte Richtung nach Memphis, wo Sethos von nun an das Kap besuchen sollte. Ich wusste, dass ich ihn schmerzlich vermissen würde, jedoch fühlte ich, dass meine Entscheidung genau richtig gewesen war, denn für Sethos könnte die Thronnähe nun gefährlich werden.

Die Stimmung bei Ejes Totenfeier war angespannt. Es war nur natürlich, dass niemand wirklich um Eje trauerte, jedoch lastete eine andere Anspannung auf den Höflingen. Immer noch brannte die Frage in den Gemütern der Menschen, inwieweit die Thronfolge nun geregelt wäre. Ich wohnte der offiziellen Trauerfeier nach der Grablegung nicht bei. Sie interessierte mich nicht. Stattdessen bezog ich meine Gemächer im alten Palast in Theben und richtete mich ein. May half mir dabei. Auch sie hatte von dem Geschehen der letzten Tage wenig mitbekommen und wagte nicht, mich danach zu fragen. Ein Teil ihres Gemüts war befriedigt, denn sie hatte schon immer davon geträumt, innerhalb des Palastes zu leben. May meinte, dass innerhalb der Palastmauern das wahre Leben stattfand, das wahre Ägypten. Hier wurden Beschlüsse gefasst, Befehle erteilt, hier weilten die Götter unter ihrer geliebten Familie.

Ich sah das alles nicht derart romantisch, doch meine neu gewonnenen Erkenntnisse und Lebensziele ließen es nicht mehr zu, dass ich mich aus dem gesellschaftlichen Leben gänzlich zurückzog. Das Einzige, wovor mir graute, war eine Begegnung mit Horemheb. Inwieweit würde er meine Ehe respektieren? Ramose würde nicht öfter bei mir weilen als früher. Seine Beschäftigung nahm ihn fast ganz in Anspruch. Außerdem schwanden meine Hoffnungen auf ein zweites Kind. In diesem Zusammenhang richtete ich allabendlich Gebete an meine Schutzgöttin Isis, der ich einen Schrein in meinem Schlafgemach zugedacht hatte, in dem ich die kleine Statue aufgestellt hatte.

Die Tage vergingen relativ ereignislos. Neb-Amun bestätigte Horemheb als Reichsverweser und Sethos und mich als Träger der königlichen Linie. Das Volk gab sich murrend damit zufrieden. Eine Eheschließung von Horemheb und mir wäre ihm lieber gewesen. Endlich, nach zweiwöchiger Abwesenheit, traf Ramose in Theben ein. Er bezog ebenfalls Prunkgemächer im Palast. Ich war glücklich, ihn wenigstens formell wieder an meiner Seite zu haben, doch privat sah ich ihn nicht oft. Was uns blieb, waren die Nächte, in denen Ramose mich entweder rufen ließ oder selbst zu mir kam. Zu meinem Kummer vermochte er es jedoch nicht, meinen Schoß mit Leben zu füllen. Zuerst spendete er mir Trost, doch als mein Leid ob meiner Unfruchtbarkeit immer größer wurde, zog er sich zurück und teilte wieder seltener mein Lager. Ich jedoch war untröstlich und konnte mich aus der Umklammerung meines Schmerzes nicht befreien. Bei Banketten sah ich hilflos zu, wie Horemheb Ramose immer näher zu sich hinzog; die beiden freundeten sich an. Mutnedjemet, Horemhebs Gattin, war eine leidenschaftliche Frau, die mit ihren dreiunddreißig Jahren schon verlebt wirkte. Sie sprach dem Wein zu, und vom Ruf ihrer sagenhaften Schönheit, den sie mit Nofretete teilte, war nur noch wenig übrig. Dennoch vermochten sie und Horemheb Ramose in ihren

Bann zu ziehen. Zusammen warfen sie den Tänzerinnen und Tänzern Silberringe zu und hielten sie an, ihre Hüften immer zügelloser zu bewegen. Mutnedjemet wurde nachgesagt, sich nicht nur Männern hinzugeben. Es war ein unbestätigtes Gerücht, doch ich glaubte es aufs Wort. Hatte ihre Schwester Nofretete nicht meine Amme Sit-Ra verführt, als sie gerade einmal zwölf Jahre alt gewesen war? Es fiel mir nicht schwer, meinen Hass, den ich auf Nofretete verspürte, auf Mutnedjemet zu übertragen.

Wir weilten nun seit etwa einem Jahr in Theben, als Ramose eines Abends unvermittelt meine Gemächer betrat. Seine Besuche waren ohnehin schon selten, und da er jetzt unangemeldet kam, schien es für mich kein gutes Zeichen zu sein.

Er sah gesund aus, der neue Posten war nicht halb so strapaziös wie der Soldatendienst. Er setzte sich zu mir aufs Ruhebett.

»Sit-Ra, ich muss mit dir sprechen.« Sein Ton klang entschuldigend, und mir schwante nichts Gutes. »Ich bin zum königlichen Gesandten befördert worden.«

Ich nickte leicht. »Horemheb scheint sehr großes Vertrauen zu dir zu haben. Ich gratuliere dir, mein Gemahl.«

Ramose nahm meine Hand. Er blickte mir nicht in die Augen.

»Ich werde nun noch öfter fort sein.«

»Du bist schon seit über einem halben Jahr fort. Ich sehe dich kaum noch.«

»Du hast es mir nicht leicht gemacht, seit wir in Theben sind.«

»Es war auch nicht leicht für mich.«

Ramose erhob sich und begann auf und ab zu gehen.

»Bei den Göttern, Sit-Ra! Du bist jung. Du wirst Kinder haben. Du hast bereits eines. Warum zerstörst du alles zwischen uns mit deinem übermächtigen Kinderwunsch?«

Ich ließ mich auf mein Ruhebett zurückgleiten und schloss die Augen.

»Ich bin einsam, Ramose. Außerdem bin ich zur Bedeutungslosigkeit verdammt. Dein Aufstieg hat begonnen, doch ich bin die bedeutungslose Prinzessin Sit-Ra, Überbleibsel eines verhassten Königshauses. Selbst Mutterschaft verweigern mir die Götter.«

Ramose kam wieder näher. Sein Blick war jetzt ernst.

»Vielleicht brauchen wir beide etwas Abstand. Es ist gut, wenn ich jetzt gehe.« Er nahm meine Hand und küsste sie. »Vielleicht wirst du mich als die Sit-Ra begrüßen, die ich so liebte, als wir in Achet-Aton wohnten.« Er zögerte, bevor er flüsterte: »Ich wünsche es mir.«

Dann ging er, und ich fühlte mich schrecklicher als je zuvor.

Einige Wochen nach Ramoses Abreise erhielt ich eine Einladung zu einem Bankett, die ich abzulehnen gedachte. Mir stand nicht der Sinn nach Feierlichkeiten oder Zerstreuungen. Ich wollte leiden, und das ganz bewusst. May überredete mich dann doch, mich standesgemäß zu präsentieren und somit den Thronanspruch meines Sohnes Sethos in Erinnerung zu rufen. Sie wusste ganz genau, wie sie es schaffen konnte, mich umzustimmen. Sethos als Argument anzubringen versprach meist Erfolg. Gekleidet in ein hauchdünnes nilgrünes Leinenkleid, goldenen Sandalen und meinem

Namensschmuck, den Ramose mir zu Sethos' Geburt geschenkt hatte, ließ ich mich als Kronprinzessin, geliebt von Amun, geliebt von Isis, Hoffnung Ägyptens, ausrufen, um Horemheb und Mutnedjemet möglichst deutlich zu brüskieren. Um meiner aggressiven Stimmung Ausdruck zu verleihen, trug ich das auffälligste Uräusdiadem, das ich hatte finden können, da ich ja wusste, dass es Horemheb und Mutnedjemet untersagt war, sich mit dem Uräus zu schmücken. Außerdem hatte ich darauf bestanden, auf dem erhöhten Podest zu sitzen, das allein der Königsfamilie vorbehalten war. Ich konnte Horemheb als Reichsverweser nicht verbieten, ebenfalls dort Platz zu nehmen, doch Mutnedjemet konnte ich es verweigern. Und das tat ich, indem ich meinen Platz dort einforderte. Abzuwarten blieb jetzt nur noch, wie Horemheb sich entscheiden würde. Würde er sich aus Rücksicht auf Mutnedjemet zu einem Tisch, der unterhalb von meinem stand, begeben, oder würde ihm sein Stolz gebieten, Mutnedjemet allein an einem Tisch sitzen zu lassen und seinen Platz als Mächtigster Ägyptens neben mir einzunehmen?

Das Bankett war schon in vollem Gange, als ich dazukam. Festen Schrittes ging ich auf meinen Platz zu und ließ die Sklaven und Diener die Speisen auftragen. Ich hatte es geschafft, kurz vor Horemheb zu erscheinen. Er kam mit Mutnedjemet und begriff die Situation sofort. Ich konnte verhaltenen Zorn in seinen Augen lesen, doch er ließ sich weiter nichts anmerken. Er ging mit Mutnedjemet durch die Reihe der Gäste und begrüßte sie. Dann jedoch wies er seiner Gemahlin einen Platz an einem der Tische zu und trat zu mir. Ich beobachtete Mutnedjemet aus dem Augenwinkel.

Ich konnte sehen, dass sie mich hasste, und ich genoss es. Horemheb ließ sich wie selbstverständlich neben mir nieder.

»Wie ich sehe, ist dein alter Kampfgeist zurückgekehrt, Prinzessin. Ich bin froh darüber.«

Ohne ihn direkt anzuschauen, erwiderte ich trocken: »Deine Gemahlin scheint nicht besonders erfreut.«

»Die Macht ist mit den Jungen, Prinzessin. Ihre besten Zeiten hat Mutnedjemet hinter sich, und damals stand ihr Nofretete im Weg.«

»Mutnedjemet ist jünger als du, Horemheb.«

Er lachte rau und griff nach dem gefüllten Weinbecher.

»Ich bin ein Mann, Prinzessin. Ich habe Macht, ich habe Reichtum; das allein sichert einen Mann. Eine Frau jedoch, mag sie noch so machtvoll sein, noch so reich – was sie auszeichnet, ist der Zauber der Jugend. Wahrlich, dann mag sie jeden Mann besiegen, große Siege erringen und viele Schlachten schlagen – ihr Zauber ist vergänglich –, und das genau macht ihren Zauber aus.« Er lächelte mich siegessicher an. »Deshalb ist eine junge Frau gut beraten, sich einen älteren Mann zu nehmen. Ein junger Mann mag ihren Körper und ihre Sinne reizen, sie wird jedoch nie erfahren, was es bedeutet, ihn alleine zu besitzen.«

Ich griff nach einem Stück gebackener Ente und tauchte sie in Honig.

»Ich bevorzuge Männer, die mich nicht im Alter von nur fünfundzwanzig Jahren als Witwe zurücklassen, da sie an Altersschwäche sterben.«

Horemheb lachte amüsiert. »Vielleicht möchtest du lieber deinen Platz für eine Jüngere räumen und ungeliebtes Hausinventar bleiben.«

»Im Gegensatz zu dir, der du Mutnedjemet schon früh einen ganzen Harem für dich zu verwalten aufgabst, hat Ramose mit mir vorlieb genommen.«

Horemheb beugte sich zu mir vor.

»O Sit-Ra! Hätte ich dich damals besessen, ich hätte sie alle zu Seth gejagt. Nicht einmal Mutnedjemet konnte es an Durchtriebenheit und Arroganz mit dir aufnehmen. Ich habe heute ein Schreiben deines Gemahls Ramose erhalten. Du weißt, er vertraut mir alles an, wir sind Freunde.«

Ich fauchte ihn wütend an: »Ein scheinheiliger Freund bist du ihm, der du seiner Gemahlin hinterhersteigst, nur auf einen unbedachten Moment wartend, alles an dich zu reißen.«

Er blickte mich nun ernst an. »Ja, Sit-Ra! Ich würde dich ihm nehmen. Ich würde die Freundschaft mit ihm beenden um deinetwillen. Ich würde dir jeden Wunsch erfüllen. Ich begehre schon lange nicht mehr nur die Königin, sondern die Frau. Es schmerzt mich, dich nicht strahlend auf dem Thron Ägyptens zu sehen. Ich würde dir Denkmäler und Tempel errichten, größer als alle, die je da gewesen sind. Ich würde dich für alle Zeiten vor den Göttern als größte Königsgemahlin, die es je gegeben hat, darstellen. Aber du schenkst dein Herz einem anderen. Doch glaube mir, Sit-Ra, er liebt dich nicht so, wie ich das tue.«

Seine Offenheit machte mir Angst. Ich wollte nicht, dass er so zu mir sprach. Ich wollte, dass er der grobschlächtige Soldat blieb, den ich abgrundtief hassen konnte. Horemheb zog eine Schriftrolle hervor.

»Hier, das Schreiben von Ramose. Er wird in einigen Tagen zurückkehren.«

Ich sah auf die Schriftrolle. Horemheb las meinen verständnislosen Blick.

»Er hat dir nicht geschrieben, nicht wahr? Nun, das verwundert mich nicht. Er wird nicht allein kommen, er bringt eine Frau mit.«

Ich wollte das nicht hören, mein Herz machte einen unkontrollierten Sprung.

»Sie ist vielmehr noch ein Mädchen, gerade vierzehn Jahre alt, mit den körperlichen Vorzügen einer Frau und dem unkomplizierten Gemüt eines Kindes – so schreibt er es wörtlich, Sit-Ra. Er hat sie auf seiner Reise kennen gelernt und mit ihr den Krug zerbrochen. Sie ist schwanger, Prinzessin. Ramose hat sie in Nebenehe zu sich genommen. Sie wird nicht im Palast wohnen. Ramose wird Tag für Tag in die Stadt gehen, um sie zu sehen. Wann glaubst du wird er noch bei dir sein?«

Ich hasste ihn. Er hatte es geschafft, den Anflug von Sympathie, den ich empfunden hatte, sofort wieder zunichte zu machen. Kraftlos blickte ich ihn an.

»Und wessen Verdienst ist das, Horemheb? Wer bejubelte mit ihm die Tänzerinnen, und wer machte ihn zum Gesandten und leitete somit seinen Fuß zu diesem Mädchen? Du warst es, Horemheb.«

»Es geht nicht um dieses Mädchen, Sit-Ra! Es hätte jedes Mädchen sein können.« Er sah mich mitfühlend und enttäuscht an. »Sie wird verdammt sein, Sit-Ra. Weil sie dich unglücklich macht, werde auch ich sie verdammen. Und ich verdamme deinen Gemahl.«

Ich stand auf und schüttete ihm den Inhalt meines Weinbechers ins Gesicht.

»Verdammt seist du, Horemheb, der du dich erheben willst, wie der Esel sich zum Ross zu erheben versucht. Deine Unreinheit verdarb meinen Gemahl, und deine schmutzigen Hände berührten mein Fleisch, welches nur einem Gott vorbehalten sein sollte. Doch meine Familie ist nicht mehr, und nun strafen die Götter mich. Mögen tausend Flüche über dich kommen.«

Mit diesen Worten stand ich auf und verließ das Bankett unter Hunderten von Höflingsaugen, die nur allzu gern gewusst hätten, was geschehen war.

Als Ramose mir Irjet vorstellte, war ihr Schicksal beschieden. Ich verdammte sie zur Bedeutungslosigkeit, ich verdammte sie dazu, eine Außenseiterin zu bleiben. Irjet war nicht besonders hübsch, wie Ramose sie in seinem Brief an Horemheb beschrieben hatte, doch sie war zierlich und hatte etwas seltsam Weibliches durch ihre Hilflosigkeit. Außerdem wirkte sie mit ihrem schwangeren Bauch hilflos. Trotzdem hasste ich ihn.

Ramose hatte mir letztendlich doch noch eine knappe Nachricht geschickt, in der er mich bat, eine Unterkunft für Irjet und das Kind in der Stadt zu suchen und ihren Hausstand einzurichten. Natürlich tat ich es. Es war meine Pflicht als Hauptgemahlin. Ich richtete Irjet ein schönes großes Haus ein, teilte ihr Diener und Sklaven zu und setzte einen angemessenen Unterhalt fest. Niemand konnte mich als kleinlich bezeichnen. Doch Irjets Haus stand in einem Außenbezirk von Theben, direkt neben den Plätzen, an denen der Abfall der ganzen Stadt gelagert wurde und die Straßen verstaubt und von Bettlern gesäumt waren. Irjets

Haus war viel zu schön, als dass es dorthin gepasst hätte, doch niemand konnte mir Vorwürfe machen. Sie hatte ein ihres Ehegatten standesgemäßes Haus mit allem Komfort bezogen, in einem Teil der Stadt, der ihrem eigenen Stande gemäß war. Ebenso war ich bei der Dienerschaft vorgegangen. Ich hatte ihr die Diener zugeteilt, deren Fähigkeiten zu wünschen übrig ließen. Für sie jedoch waren sie gut genug. Der Unterhalt reichte, um sie und das Kind zu ernähren, ja, mehr noch, sie konnte sich Dinge leisten, von denen sie vor ihrer Ehe nicht einmal zu träumen gewagt hätte – doch untersagte ich ihr jeglichen Zugang zum Palast oder zum höheren Adel. Ihre Kinder würden nicht das Kap besuchen dürfen, würden höchstens dem niederen Adel angehören. Ramose blickte nach Durchsicht des Ehevertrages wissend in meine Richtung, doch ihm war klar, dass er selbst das Mädchen in diese Situation gebracht hatte. Als heimliche Geliebte hätte er sie mit Gold behängen können, doch als Nebenfrau unterstand sie meinem Haushalt. Ramose war sich der Kränkung bewusst, die er mir zugefügt hatte, und er wagte nicht zu widersprechen.

»Hasst du sie wirklich so sehr?«

Abends war Ramose in meinen Gemächern erschienen. Jetzt blickte er mich verständnislos an.

»Ich hasse sie nicht, Ramose, aber sie ist ein Opfer.« Ich stand auf und reichte ihm einen Becher Wein. »Ich opfere sie, wie du mich geopfert hast.«

»Ich dich geopfert? Wir waren glücklich, Sit-Ra, bis du diesen Fluch zwischen uns gebracht hast.«

Ich ging auf die Terrasse hinaus.

»Mag sein, dass ich Fehler gemacht habe, aber dein Fehler war größer. Du hast mich brüskiert, vor dem Hof – vor Horemheb.«

»Was hat Horemheb damit zu tun? Er selbst hat einen ganzen Harem.«

Eine kurze Zeit spielte ich mit dem Gedanken, ihm alles zu sagen, ihm ins Gesicht zu schreien, wie ich mich Horemhebs Drängen erwehrt hatte, den Thron ausgeschlagen, um ihm treu zu bleiben. Doch ich ließ es. Es änderte nichts mehr.

»Wäre ich älter, wie Mutnedjemet vielleicht, würde niemand etwas sagen. Ich wäre unglücklich, doch gefügig. Ausgetauscht zu werden ist das Schicksal alternder Frauen.« Ich drehte mich zu ihm um und blickte ihn an. »Ich jedoch bin achtzehn Jahre alt. Mein Spiegelbild zeigt immer noch die junge Frau, der du ewige Liebe geschworen hast.«

Ramose trat auf mich zu, doch ich bedeutete ihm, stehen zu bleiben.

»Aber ich liebe dich noch immer! Nichts hat sich an meinen Gefühlen zu dir verändert. Ich hatte gehofft, wir könnten noch einmal von vorne beginnen.«

»Ja, mein Bruder, und Irjet sollte dabei sein.« Eine kalte Wut ergriff von mir Besitz. »Wäre es doch nur Tut-anch-Amun gewesen, der mich erwählt hätte. Oder hätte Eje mich zu sich gezwungen. Es wäre mein Vorrecht gewesen, einen Gott zu ehelichen. Es wäre keine Schande gewesen, der Besitz eines Gottes zu sein, der einen großen Harem und viele Nebenehen führt. Ein Gott hat diese Verpflichtung und auch das Recht. Du aber, Ramose, besudelst mich, die ich von göttlicher Geburt bin, mit dem Schmutz eines Straßenmädchens.«

Ramose starrte mich betroffen an. »Ich besudele dich?« Er drehte sich um, wandte sich wieder mir zu, nahm einen letzten Schluck aus dem Weinbecher, stellte ihn ab, küsste mich auf die Stirn und sagte: »Verzeih, ich werde dich niemals mehr besudeln, göttliche Hoheit.« Sodann verließ er meine Gemächer und warf die Tür ins Schloss.

May trat hinter einer anderen Tür hervor und sah mich betroffen an. Es machte mir nichts aus, dass sie unser Gespräch mitbekommen hatte. Ich blickte sie traurig an.

»Ich mache wohl alles falsch, nicht wahr?«

May führte mich zu meinem Ruhebett.

»Sorgt Euch nicht, er wird zurückkommen. Er ist beleidigt, weil Ihr ihm die Wahrheit so offen kundgetan habt.«

Tränen liefen meine Wangen hinunter und ließen das sorgfältig aufgetragene Kohol und die Mesdemet-Schminke verlaufen.

»War es die Wahrheit, May?«

4.
Papyrus

Ramose kam nicht zurück. Durch May erfuhr ich, dass Irjet einen gesunden Sohn zur Welt brachte, dem Ramose nach ihm selbst den Namen Paramessu gab. Ramose besuchte Irjet oft, und sie schienen glücklich. Ich aber litt unter der ungeklärten Situation, unter dem Gesagten, das zwischen mir und Ramose stand. Unser Sohn Sethos war mittlerweile sechs Jahre alt, und ich ließ ihn anlässlich des Neujahrsfestes aus Memphis kommen, damit er als Kronprinz das Wasser der Nilflut ehren konnte. Ich dankte den Göttern dafür, dass zwischen uns keine Distanz bestand, weil wir uns lange nicht gesehen hatten. Sethos war gewachsen. Ich erkannte ihn kaum wieder.

Natürlich kam auch Ramose, um Sethos zu sehen. Er war etwas gealtert, aber mit dreißig Jahren auf dem Höhepunkt seiner Kräfte. Er begegnete mir höflich, doch distanziert. Sethos schien das ebenfalls zu bemerken, aber noch war er nicht alt genug, um ernsthafte Fragen zu stellen. Ich kleidete Sethos in das Gewand des Kronprinzen. Er trug jetzt die Locke des Prinzen auf seinem kahl rasierten Schädel. Auf seiner Stirn bäumte sich die Uräusschlange auf, die Beschützerin der Könige. Sethos war sich des Augenblickes wohl bewusst, als er ein Gefäß mit geheiligtem Wasser dem Nilgott Hapi opferte. Horemheb stand als sein Vormund an seiner Seite. Ramose hatte Irjet und Paramessu auf meinen Wunsch hin nicht mitgebracht, obwohl Irjet wohl liebend gerne an den Feierlichkeiten teilgenommen hätte. Ich überließ Sethos nach der Zeremonie seinem Vater, sah er ihn ja noch weniger als mich. Ich war überrascht, als Mutnedjemet sich beim Festbankett an meine Seite setzte. Heute hatte ich darauf verzichtet, den gesamten Tag auf meinem erhöhten Podest zu bleiben; ich wollte mich unter die Menschen mischen und mich unterhalten.

»Sit-Ra, wie schön, dass wir einmal die Gelegenheit haben, miteinander zu reden.«

Ich blickte Mutnedjemet wenig interessiert an. Sie war die Schwester der verhassten Nofretete, und die Art, wie sie sprach, verriet Unehrlichkeit. Warnend klangen die letzten Worte meiner Amme in meinen Ohren: *Mutnedjemet hat mich verraten.* Vorsicht war geboten.

»Mutnedjemet, welch eine Überraschung. Nun, wir haben bei öffentlichen Banketten selten die Gelegenheit zur Konversation, da unsere unterschiedlichen Geburtsstände uns formell trennen.« Oh, wie sie mich hassen musste. Ich schürte das Feuer noch mehr. »Mit Horemheb habe ich des öfteren Gelegenheit zu sprechen, auch wenn mir seine anzügliche Art manchmal missfällt.«

Blitze zuckten in ihren Augen, dann lächelte sie wieder.

»Ja, Horemheb war schon immer ein Jäger, Prinzessin. Du solltest dir nicht zu viele Gedanken um seine Äußerungen machen. Er erblickt das Wild, ehe es bemerkt, dass es gejagt wird.«

»Nun, jeder Jäger wird älter und sucht sich ein warmes Plätzchen und eine Hand, die ihn füttert. Aber darüber sollten wir uns keine Sorgen machen – noch ist es nicht so weit.«

Mutnedjemet richtete ihre Perücke und lächelte erneut, wobei ihr Gesicht noch mehr Falten aufwies.

»Nein, gewiss nicht. Wie ich hörte, erringt dein Gemahl immer mehr Ansehen bei Hofe und auch beim Volk. Es ist schade, dass man euch immer seltener zusammen sieht – wenn ich es recht überlege, überhaupt nur bei öffentlichen Anlässen. Er ist sehr gut aussehend. Du solltest darauf achten, dass er dir nicht noch ein paar Nebenfrauen oder gar Konkubinen in den Haushalt bringt.«

»Ich stehe außer Konkurrenz, Mutnedjemet, das solltest du wissen. Die Götter verbieten es mir, mit sterblichen Frauen zu konkurrieren. Ramose schenkte mir den Thronfolger, meine Pflicht meinen Vätern gegenüber habe ich erfüllt.« Ich schob mir lächelnd eine Feige in den Mund. »Ramose kann zufrieden sein. Er braucht sich keine Sorgen zu machen, dass seine Linie ausstirbt. Jeder Mann beneidet ihn, Mutnedjemet. Der eine mehr, der andere weniger, und wiederum ein anderer würde töten für einen legitimen Thronfolger.«

Mutnedjemet rückte noch ein Stück näher an mich heran und flüsterte: »Sei dir deiner Stellung nur nicht zu sicher, Prinzessin. Ein Sohn ist kein Sohn, und eine Prinzessin macht noch keine Königin.«

Mit diesen Worten stand sie auf und verschwand in der Menge. Und ich wusste, dass ich ab jetzt auf meinen Sohn Acht geben musste. Ich hatte ihn mit seinem Erscheinen in Theben wieder in die Erinnerung der Menschen gebracht.

Nach dem Bankett zog ich mich in den Palastgarten zurück. Es war schon später Abend, und ich wusste, dass sich um diese Zeit höchstens ein paar Pärchen dort aufhalten würden. Ich liebte es, in dem abgelegenen See hinter meinen Gemächern zu baden. So zog ich auch an diesem Abend wieder meine Runden und ließ das kühle Wasser mein Gesicht streicheln.

»Du wirst nicht älter, sondern schöner, Prinzessin.«

Ich erschrak zutiefst, denn ich kannte die Stimme nur allzu gut. Horemheb lag bequem im Gras neben dem See.

»Was willst du, Horemheb?«

Er machte eine wegwerfende Handbewegung.

»Oh, nichts Besonderes. Zerstreuung finden, fliehen vor all den Hofschranzen, den verfetteten alten Weibern, den unterwürfigen jungen Dingern und vor allem vor meiner eigenen Hölle, der leibhaftigen Sachmet, die auf den schönen, aber unangemessenen Namen Mutnedjemet hört.«

Ich tauchte meinen Kopf unter Wasser, um einen Lachanfall zu unterdrücken. Ich wollte ihm diese Ermutigung nicht bieten. Als ich wieder auftauchte, lag er immer noch müßig im Gras.

»Du solltest gehen, ich bin verheiratet und die Kronprinzessin. Es könnte Gerede entstehen.«

»Mehr Gerede, als es ohnehin schon gibt? Der Gemahl der Prinzessin teilt seit langer Zeit nicht mehr ihr Lager, ihr Schoß wird leer bleiben. … Soll ich weitersprechen?«

Ich blinzelte ihn wütend an. »Nein! Ich will nichts mehr hören.«

Er nickte gespielt verständnisvoll. »Dachte ich mir!«

»Wirf mir mein Gewand herüber.«

Er griff hinter sich und hielt mein dünnes Badegewand in der Hand. Dann roch er daran und betrachtete es belustigt.

»Dieses hier?«

»Gib es mir.«

»Aber es wird nass werden – und durchsichtig, wenn es das nicht ohnehin schon ist.« Er nahm das Gewand hoch und versuchte durchzuschauen. »Da! Ich kann die Sterne durch den Stoff erkennen.«

Warum tat er das? Ich wollte ihn hassen, hassen, hassen.

»Es ist nur im Licht durchsichtig, also gib es mir, ich friere.«

Horemheb blickte mich an. »Ich liebe Frauen in nassen Gewändern. Dann verliere ich meist die Beherrschung. Bevor ich eines meiner Haremsmädchen zu mir kommen lasse, muss es ein nasses Gewand anlegen. Also steig lieber so aus dem Wasser. Es gibt ja nichts, was ich nicht schon kennen würde.«

»Ich hasse dich. Ich werde meinem Gemahl sagen, dass du mir nachstellst.«

»Oh, und seine Karriere damit beenden? Lass das lieber sein.«

Ich hasste diese jungenhafte Art an ihm. Ich wollte wieder den unbeherrschten, verachtenswerten Soldaten.

»Außerdem«, Horemheb legte sich auf den Rücken und blickte gen Himmel, »ist er schon morgen auf dem Weg zur Festung Tjaru, einem weit abgelegenen Grenzposten. Ich habe ihn zum General ernannt.«

»Du hast was?«

»Nun ja, es ist ein Aufstieg, oder?«

»Aber er wird sein Leben in Theben aufgeben müssen.«

Horemheb wandte sich mir wieder zu. »Ja, Prinzessin, genau. Er wird seine Nebenfrau aufgeben müssen und seinen Bastardsohn, den er mit ihr hat. Freut dich das nicht? Es müsste dir gefallen.«

Ich schwamm zum Rand des Teiches.

»Und er wird seine Hauptfrau aufgeben müssen, nicht wahr?«

»Ich gestehe, dass ich dies ebenfalls in Erwägung zog. Siehst du, Prinzessin, jetzt haben wir beide einen Grund, uns zu freuen. Sollten wir dieses freudige Ereignis nicht in dieser Nacht gebührend begehen?«

Ich fand einen Stein am Teichrand und warf ihn mit voller Wucht nach Horemheb. Obwohl ich auf seinen Arm gezielt hatte, traf ich ihn am Kopf. Ich glaubte zuerst, ihn wirklich ernsthaft verletzt oder sogar getötet zu haben, ein derart dumpfes Geräusch verursachte der Stein an seiner Schläfe. Doch Horemheb schüttelte sich kurz benommen und befühlte dann seine blutende Stirn.

»Du Dämon des Seth.«

Ich hatte ihn verärgert. Unwillkürlich stieg wieder Angst in mir hoch. Ich stieß mich vom Rand des Sees ab und schwamm mit kräftigen Zügen dem anderen Ufer entgegen. Da hörte ich das Wasser zusammenschlagen. Horemheb war mir hinterhergesprungen. Verzweifelt kämpfte ich meine letzten Kräfte aus mir heraus. Es war umsonst, Horemheb hatte mich mit ein paar Zügen erreicht und packte mich. Der See war nicht tief, sogar ich konnte stehen, doch er nahm mich hoch wie eine Feder und trug mich aus dem Wasser. Ich wehrte mich, es war Kraftverschwendung. Er warf mich unsanft ins Gras, und ich hätte alles für ein noch so durchsichtiges Gewand gegeben, um mich meiner Würde zu versichern. Ich war völlig nackt. Er griff in meine Haare und zog meinen Kopf unsanft zurück.

»Du bist ein bösartiges kleines Katzentier, Sit-Ra. Je mehr du dich verweigerst, desto mehr reizt du mich.«

Ich gab sofort jeden Widerstand auf und blickte ihn gleichgültig an.

»Es ist mir egal, was du tust. Meinen Körper kannst du bezwingen, meinen Geist niemals.«

Seine Hand strich meinen Hals entlang, verharrte kurz auf meinen Brüsten und fuhr dann über meinen Bauch und zwischen die Schenkel.

»Die Götter haben dich schön gemacht wie Isis, Hathor gab dir ihren Liebreiz, Bastet ihre Verlockung. Sie können dein Herz nicht hart wie das des Seth gemacht haben.«

Ich wollte, dass er abließ, wollte, dass er aufhörte zu reden.

»Die Götter gaben mir die Schönheit ihrer Abbilder, doch all ihre Schönheit ist Stein auf Erden, ist Granit, ist Quarz, ist Marmor. Wunderschön und kalt.«

Horemheb nahm seine Hand fort.

»Du wirst mir gehören, Sit-Ra, ich weiß es. Wenn deine Liebe zu Ramose erkaltet ist, wirst du wissen, dass du zu mir gehörst.«

Er reichte mir mein Gewand.

»Ich gehöre zu meinem Sohn, ich gehöre zu Ägypten. Und ich gehöre zu Ramose, ganz egal, wie er mich behandelt. Die Götter wiesen mir den Weg zu ihm.«

Ich stand auf, aber Horemheb blieb sitzen.

»Die Götter! O Prinzessin! Du bist klug, jedoch jung und unbedarft. Und Ramose hat nicht die starke Hand, dich deiner Bestimmung zuzuführen. Er versteht nicht einmal, welch kostbares Juwel die Götter ihm an die Seite gaben, damit er es schleife. Nun gut, ich werde das für ihn übernehmen. Finde dich morgen in meinen Arbeitsräumen ein, damit du lernst, Kemet eine Königin zu sein.«

Ich sah ihn misstrauisch an.

»Bringe von mir aus deine Dienerin mit, sie kann vor den Räumen auf dich warten. Ich will nur sichergehen, dass irgendwann einmal jemand die Geschicke Kemets leiten kann, wenn du mir schon keinen leiblichen Thronfolger schenken willst.«

Damit gab er mir ein Zeichen, dass ich gehen konnte.

»Ich will nichts hören, Paranefer. Händler, die falsche Gewichte benutzen, Soldaten, die junge Mädchen schänden, Priester, die sich an den Opfergaben ihrer Götter bereichern – wo soll das alles noch hinführen?«

Horemhebs Stimme klang wie Donner, während seine Generäle und sein Sekretär Paranefer nicht wagten, noch einmal Einspruch zu erheben.

»Ich werde das alles nicht mehr hinnehmen. Es hat mich Soldaten und eine Menge Gold gekostet, die Grenzen Kemets zu sichern, ich habe Unmengen von Arbeitskräften dazu aufwenden müssen, um den Namen des Aton und seiner Anhänger von allen Stelen, Pylonen und Tempeln zu tilgen. Nur weil ein paar senile Priester darauf bestanden, musste ich eine ganze Ernte ausfallen lassen, die Fellachen von ihren Feldern rufen – nicht um zu bauen, um zu zerstören.«

Horemheb machte eine ausufernde Handbewegung.

»Ich weiß selber, dass der innere Frieden Kemets noch immer nicht gesichert ist, aber ich werde nicht dulden, dass Beamte, die dem Palast unterstehen, sich weiter an unserem ausgebluteten Land bereichern. Das muss sofort ein Ende haben.«

Horemheb wandte sich an seine Generäle.

»Die Leibgarde soll alle bekannten Fälle von Korruption sofort festnehmen. Bringt sie alle in den Kerker, und macht ihnen den Prozess. Jeden Einzelnen von diesen Landesverrätern will ich hier sehen.«

Dann wandte er sich Paranefer zu.

»Halte dich bereit! Wenn ich wiederkomme, werde ich einen Erlass aufsetzen, in dem genau bestimmt wird, wie mit Fällen von Korruption zu verfahren ist.«

Nun wandte er sich mir zu. »Komm, Prinzessin, ich werde dir etwas zeigen.«

Er reichte mir energisch seine Hand, und ich wagte nicht, abzulehnen. Heute war das erste Mal, dass ich Horemheb bei der Arbeit zusah, und er war durchaus gründlich und umklammerte Kemet mit starker Hand. Ich konnte mich einer gewissen Bewunderung nicht erwehren.

Als wir den Palastvorhof erreichten, hielt ich nach einer Sänfte Ausschau, doch Horemheb winkte mich in Richtung der königlichen Pferdeställe.

»Heute wirst du nicht benebelt von parfümierten Kissen durch die Stadt getragen, geschützt durch Vorhänge, die dir den Blick auf das wahre Ägypten versagen.«

Ein junger Soldat führte Horemhebs Gespann, das in seinen Geschirren tanzte, herbei.

»Ich soll auf dem Streitwagen fahren? Wie ein Soldat?«

Ich konnte es nicht glauben. Horemheb jedoch blieb unerbittlich.

»Ein jeder, der es sich anmaßt zu behaupten, Ägypten mit fester Hand führen zu können, muss Soldat sein. Also, Prinzessin, keine falsche Bescheidenheit.«

Ich stieg vor Horemheb auf den Streitwagen und klammerte mich an dessen Brüstung.

»Ich stehe hinter dir, Prinzessin. Wenn du fällst, fällst du direkt in meine Arme.«

»Ich werde nicht fallen«, erwiderte ich fest.

Horemheb lachte. »Das dachte ich mir.«

Was ich an diesem Tag sah, prägte mich für mein weiteres Leben. Horemheb zeigte mir nicht die Wohnstätten der Reichen, er zeigte mir die Ärmsten der Armen, er zeigte mir Priester, die vor den Tempeln standen und den Ärmsten noch Opfergaben abpressten, damit sie zu ihrem Gott beten durften. Er zeigte mir die Kurtisanen, die sich den jungen Soldaten feilboten, und er zeigte mir Kinder mit aufgeblähten Bäuchen, die zu schwach waren, um etwas zu essen zu betteln.

»Siehe, Prinzessin, dies ist dein Volk! Dies ist das Volk deiner Väter! Das stolze Ägypten liegt in Schutt und Asche, und du schacherst um den Thron.«

Ich konnte nichts sagen. Tiefe Scham überkam mich. Was wäre nun geschehen, wenn Neb-Amun mich vor drei Jahren auf den Thron gesetzt hätte? Unerfahren, sorglos, unbedarft! Nichts wäre geschehen, es wäre alles noch schlimmer geworden. Vielleicht wusste Ramose mehr als ich, doch auch er war nicht reif für diese Bürde.

Horemheb zeigte mir auch die Stadtteile der Armen, Stadtteile wie der, in dem Irjet und ihr Sohn lebten. Der Unrat stank, und Fliegen und Ungeziefer trieben sich überall herum. Die Kinder hatten eitrige Augen, denn das Ungeziefer saß an ihren Augen und verursachte Entzündungen. Die Frauen wirkten kraftlos und abgearbeitet, die Sonne brannte erbarmungslos auf die Lehmhütten herab. Es war schlimmer, als ich es je anzunehmen gewagt hatte.

Als wir den Palast betraten, sah ich ihn mit anderen Augen. Die Verschwendung, die hier tausendfach herrschte, beschämte mich plötzlich anstatt mir selbstverständlich zu erscheinen. Horemheb bemerkte meine Schweigsamkeit.

»Bist du jetzt entsetzt, Prinzessin? Über dein Volk oder über mich, da ich dir die Wahrheit zeigte?«

»Nein, nicht über dich und nicht über mein Volk. Ich bin auch nicht entsetzt, ich bin beschämt … und hilflos.«

Horemheb nickte. »Ja, hilflos. Das ist genau das richtige Wort.«

»Was können wir tun? Wie sollen wir all diese Menschen aus ihrer Armut erretten?«

Horemheb schnaubte verächtlich. »Erretten, Prinzessin? Was du heute gesehen hast, war lediglich Theben. Und im Vergleich zu anderen Städten geht es den Menschen hier noch gut. Wir können nichts tun außer beten. Doch wenn du verstehst, Prinzessin, was ich dir heute sagen wollte, dann wurde diesen Menschen schon geholfen.«

Er wandte sich noch einmal um, bevor er sich in Richtung der Pferdeställe bewegte.

»Bitte deinen Sohn, den Kronprinzen, ein Wasseropfer für die Nilflut zu spenden und so laut zu beten, dass die

Götter ihn hören. Auf ihr Wohlwollen verlässt du dich doch so gern. Allerdings wird das auch nicht viel helfen, wenn die Amunpriester die Fellachen wieder zu irgendwelchen völlig unnötigen Zerstörungsarbeiten an längst vergessenen Heiligtümern heranziehen, um ihre Eitelkeit zu befriedigen.«

Mit diesen Worten gab er seinem Gespann ein Zeichen, und es trabte an.

Es waren ein paar Tage vergangen, und ich durchwanderte meine Gemächer wie ein gefangenes Tier. Ich wollte etwas tun, ich musste etwas tun, ich fühlte mich verantwortlich, das erste Mal in meinem Leben. Es ging hier nicht mehr um irgendwelche eigennützigen Gefühle, es ging um mein Land. Es ging um mein Volk. Es schrie mich um Hilfe an, und ich war doch so machtlos. Ich ließ mir Güterlisten von allen Tempeln, die es im Lande gab, kommen, sogar die Listen der Schatzkammern des Palastes, doch zu meiner Enttäuschung waren sie fast leer. Ich überlegte hin und her, stöberte in Paranefers Amtsräumen, obwohl er mich angefleht hatte, Horemheb um Erlaubnis zu fragen. Das tat ich nicht. Ich zwang Paranefer, mir aufgrund meines königlichen Status Einblick in alle Unterlagen zu gewähren. Ich fand nichts Brauchbares. Enttäuscht ließ ich mich auf seinen Stuhl sinken und stützte den Kopf resignierend auf die Hände, als mir plötzlich eine Liste auffiel, die zwanzig Papyrusrollen füllte und mit erlesensten Gütern versehen war.

»Was ist das?«

Ich hob ein Blatt auf und wedelte damit vor Paranefer herum.

»Die jährlichen Abgaben an Karnak, Prinzessin.«

Ich überflog die restlichen Blätter.

»Was denn, dies alles für nur ein Jahr? Gold, Zedernholz, Getreide, Olibanum, Vieh, Linnen und Öl? Das sind Güter mit erheblichem Wert. Bekommt Karnak diese Zuteilung jedes Jahr?«

Paranefer verbeugte sich.

»Jedes Jahr, Prinzessin.«

»Das heißt also, mindestens die letzten drei Jahre, seit der Palast nach Theben zurückgekehrt ist.«

Paranefer nickte.

»Und vorher? Hat man Karnak seine Schätze abgenommen, als mein Vater Theben verließ? Hat Eje den Tempel geplündert?«

»Sie wagten es nicht, dem Tempel das Vorhandene zu nehmen, jedoch verweigerten sie weitere Zuteilungen.«

Ich konnte es immer noch nicht fassen.

»Aber vorher, all die Jahre, Generationen. Die Listen haben einen derartigen Umfang, dass unter größter Prasserei nicht alles aufgebraucht werden könnte.«

Paranefer nickte vorsichtig. Ich warf die Listen auf den Tisch.

»Und Kemet hungert. Mein Volk hungert, während Karnak prasst.«

»Prinzessin, Karnak ist unantastbar. Mein Herr hätte schon längst gehandelt, wenn er eine Möglichkeit dafür sehen würde.«

Ich stand energisch auf.

»Ja, Horemheb ist nicht frei in seinem Tun. Er kann es sich nicht leisten, die Hand zu beißen, die ihn füttert. Kemet bedarf seiner starken Hand. Aber mir können sie nichts anhaben. Ich bin die Tochter ihres Gottes Amun, den sie verehren. Außerdem bin ich nutzlos für Kemet. Ich habe nichts zu verlieren, wenn ich mich gegen sie auflehne, Horemheb jedoch sehr wohl. Ich werde also gehen.«

Paranefer fiel vor mir auf die Knie.

»Prinzessin, bitte geht nicht. Ihr seid niemals nutzlos für Kemet gewesen. Euer Volk liebt Euch, es vertraut Euch. Wenn Euch etwas zustoßen würde, es würde in Panik ausbrechen.«

Ich war von Paranefers Geste gerührt. War es so, wie er sagte? Liebte mein Volk mich? Weshalb liebte es mich? Welchen Grund hatte es dazu?

»Das Volk liebt mich, sagst du? Dann ist es nur recht und billig, wenn ich ihm etwas für diese Liebe zurückgebe.«

Ich hatte Paranefer das Versprechen abgerungen, niemandem – vor allem nicht Horemheb – von meinem Vorhaben zu erzählen. Mir schlug das Herz selbst bis zum Hals, aber ich wollte diesen Weg unbedingt gehen.

Ich saß allein im Allerheiligsten des Amun, inmitten der Tempelstadt Karnak, in Zwiesprache mit dem Gott, hoffend, er würde meine Gebete und Entschuldigungen erhören.

Amun, mein Vater! Zürne nicht deiner Tochter Sit-Ra, die gekommen, um sich zu nehmen, was dein ist. Siehe, dein Volk leidet, es hat deine Tochter gerufen, und sie hat seine Rufe vernommen. In deinem Namen will sie ihnen geben, was dir gehört. Mein Vater, du bist gütig und sanft, sei meine Zunge, wenn ich spreche vor den Priestern, sei mein Herz, wenn ich versuche die Herzen der Priester zu öffnen. Blicke mit Wohlwollen auf deine Tochter, lenke ihre Schritte und ihr Ka.

Die Tür ging auf, und ich wurde aus dem Dunkel des Allerheiligsten wieder ins Licht geführt. Der Weg bis zu Neb-Amuns Privatgemächern kam mir unendlich lang vor. Schließlich durfte ich vor ihn treten.

Neb-Amun hatte sich nicht verändert, er war weder älter noch gebrechlicher geworden, wahrscheinlich hatte er schon ein Ausmaß an Vergreisung erreicht, das nicht mehr übertroffen werden konnte. Er blickte mich wie immer durchdringend an.

»Ich habe dich lang nicht mehr gesehen, Prinzessin Sit-Ra. Dieser Umstand lässt mich ahnen, dass dies kein belangloser Besuch sein kann.«

Ich senkte ehrerbietig den Kopf.

»Nein, Oberpriester! Dein Verstand ist scharf wie eh und je. Ich bin gekommen, um deinen und meines Vaters Beistand zu erflehen.«

Er wälzte sich auf seinem Diwan in eine bequeme Stellung.

»Nun, ich nehme an, dass du Amun deine Bitte bereits vorgetragen hast, bevor du zu mir kamst. Bleibt noch, mein Wohlwollen einzuholen.«

Ich nickte. »Oberpriester, das Volk leidet Hunger, bis vor wenigen Tagen wusste ich nicht, wie sehr. Ich sah das Elend meines Volkes und kann seitdem nicht mehr ruhig schlafen. Kein Tempel hat genug, als dass er die Armen speisen könnte, und die Staatskasse hat sich noch nicht wieder ausreichend gefüllt.«

Neb-Amun unterbrach mich scharf. »Und da hast du zufällig einen Blick auf die jährlichen Güterlieferungen deines

Vaters Amun geworfen und meintest die Lösung gefunden zu haben.«

»Es beschämt mich, dir zustimmen zu müssen.«

Neb-Amun kicherte belustigt. »Du kannst nicht wirklich erhofft haben, die Güterlieferung für das diesjährige Neujahrsfest für derart untergeordnete Dinge einzufordern? Amun würde die Nilschwemme zurückhalten.«

Ich versuchte auf ihn einzuwirken. »Amun ist gütig. Er sieht das Leid seines Volkes. Nur ein gesunder Fellache kann sein Feld bestellen, nur ein Fellache, der Saatgut besitzt, kann für das kommende Jahr vorsorgen.«

»Faul sind sie, die Fellachen, sonst wäre die letzte Ernte groß ausgefallen. Die Nilschwemme war besser denn je.«

Ich konnte diese Ignoranz nicht fassen.

»Die Bauern konnten ihre Felder nicht abernten, der Weizen, die Gerste und der Emmer verkamen auf den Feldern, weil sie damit beschäftigt waren, Inschriften des Aton zu tilgen – auf deine Anweisung, Oberpriester.«

Der greise Alte fuhr mich nun seinerseits an. »Wage nicht, dich mit mir zu messen, Prinzessin.«

Ich stand auf und trat vor ihn.

»Du bist alt, Oberpriester! Ich habe dich und Amun immer respektiert, und auch hier sehe ich, dass es nicht mein Vater ist, der mir seine Hilfe verweigert. Verweigerst du mir deine Hilfe, werde ich vor mein Volk treten und verkünden, dass es der Wille Amuns ist, dass sein Tempel es speist, dass jedoch der Oberpriester es verweigert.« Ich sprach nun sehr deutlich. »Höre, Oberpriester. Du wusstest genau, dass Horemheb allein nichts auszurichten vermag, ebenso wie ich allein nichts bewirken kann. Doch in dieser

Sache sind wir beide uns einig. Wir werden kämpfen, wenn es sein muss.«

Der Oberpriester sah mich wütend an.

»Ihr werdet es nicht wagen.«

»Ich habe es schon gewagt. Heute Morgen gab ich den Befehl, die Güter des Amun vorerst in die Schatzkammern des Palastes zu bringen.«

Neb-Amun raffte sich auf und fuhr mich mit kreischender Stimme an. »Du bist verflucht von den Göttern, Prinzessin – verflucht wie dein Geschlecht. Ich verfluche dich. Ich … ver…«

Plötzlich brach Neb-Amun zusammen und regte sich nicht mehr. Ein junger Priester kam herbeigelaufen und hob den Kopf des Oberpriesters an. Dann richtete er sich an mich.

»Er ist tot, königliche Hoheit.«

5.

Papyrus

So fand also auch Neb-Amun sein Ende und ich Ansehen in den Augen meines Volkes. Horemheb zürnte mir zuerst. Er argumentierte, wir könnten nicht auf die Unterstützung des mächtigen Karnak verzichten, ein Bruch mit ihm sei der Untergang des Königshauses. Doch als unsere Maßnahmen erste Früchte trugen, die Ernte im vierten Jahr unseres Aufenthaltes in Theben besser ausfiel denn je, Horemhebs Erlass gegen korrupte Beamte die Straßen säuberte, in Theben wieder fröhliches Kinderlachen zu ertönen begann, da beruhigten sich die Gemüter, zumal Karnak von unseren Reformen profitierte. Die Abgaben der Gläubigen, die aus dem ganzen Land herbeipilgerten, um ihrem Retter in der Not, Amun, Opfer zu bringen, waren so zahlreich, dass sie in unsere Nachbarländer veräußert werden mussten und somit neue Handelswaren nach Kemet kamen. Der Wohlstand schlich sich langsam wieder in Kemet ein. Ich hatte es geschafft, mir Achtung und Liebe meines Volkes zu sichern, und mein Herz war leicht. Abgefallen von mir waren alle Ängste, die Verzweiflung, die mich Jahre zerriss, und ich wurde milde und erinnerte mich des Unrechts, das ich Irjet und Paramessu angetan hatte. Ramose weilte seit über einem

Jahr fern von Theben, und Irjet hatte keinerlei Verwandtschaft, genau wie ich. Aus einem inneren Bedürfnis heraus wollte ich Freundschaft mit ihr schließen, nachdem ich mich mit mir selbst ausgesöhnt hatte.

Irjet hieß mich in ihrem Haus willkommen. Sie war ein verängstigtes Kind, das trotz ihrer mittlerweile sechzehn Jahre nicht erwachsen geworden war. Ihr Sohn Paramessu war nun zwei Jahre alt, und ich bemerkte die Ähnlichkeit mit Ramose. Schmerzlich erinnerte ich mich meines Sohnes Sethos, den ich dieses Jahr wiedersehen würde. Ich vermisste ihn sehr. Irjet bewirtete mich freundlich und respektvoll. Wahrscheinlich war sie mir für das Haus und meine Großzügigkeit noch dankbar. Sie verstand nicht, was ich ihr angetan hatte. Wieder einmal schämte ich mich.

»Ich bin glücklich, meine Schwester in meinem Haus begrüßen zu dürfen. Den Großmut, den du meinem Sohn und mir hast angedeihen lassen, wie könnte ich dir jemals dafür danken?«

Ich wusste nicht, was ich antworten sollte. Ich brachte es nicht übers Herz, ihr zu sagen, dass ich sie mit allem, was ich getan hatte, von Anfang an dem Gespött des Hofes und Ramoses Freunden ausgesetzt hatte. Ich würde ihre Welt zerstören, eine Welt, in der sie glücklich war. Sollte ich dieses Glück nun zunichte machen, um mein Gewissen zu entlasten? Sollte ich vor ihr auf die Knie fallen und ihr beichten, dass ich es war, die ihren gesellschaftlichen Aufstieg vernichtet hatte? Es würde an ihrer Situation nichts ändern, es würde sie sehend machen für ihr Unglück, es würde Bitterkeit in ihr Herz bringen; ich wusste nur allzu gut, was

Bitterkeit bedeutete. Sie hatte mein Leben verdüstert, sie hatte Ramose in Irjets Arme getrieben. Deshalb schwieg ich und fasste stattdessen einen anderen Entschluss.

»Dein Sohn ist kräftig und gesund.«

Irjet zog Paramessu auf ihren Schoß.

»Ich danke den Göttern dafür, dass ich ihn habe, gerade jetzt, wo wir seinen Vater vermissen.«

Sie wurde rot, als sie begriff, was sie gesagt hatte. Schließlich wusste sie ebenso gut wie ich, dass Ramose mich für sie verlassen hatte.

»Verzeih mir, Prinzessin! Ich bin ein törichtes, unbedarftes Ding. Nicht so gebildet und erhaben wie du.«

»O Irjet! Ich habe schon lange aufgehört um ihn zu trauern.«

Es stimmte nicht, doch ich war nicht hier, um ihr Vorwürfe zu machen.

»Ich will dir und deinem Sohn ein Geschenk machen.«

»Was könntest du uns noch geben, Prinzessin, was du uns nicht schon längst gegeben hast?«

Ich beschloss, deutlicher zu werden.

»Ich kann deinem Sohn eine Zukunft geben.«

Irjet sah mich verständnislos an. Sie vermochte sich nicht vorzustellen, dass es noch etwas anderes gab als ein schönes Haus und genug zu essen.«

»Er soll das Kap besuchen und lernen, die heiligen Zeichen zu schreiben, er soll Mathematik lernen und fremde Sprachen. Er soll seinen Platz in der Gesellschaft finden.«

»Aber Prinzessin! Er hat einen Platz.«

»Irjet, er wird einmal ein Mann sein. Vielleicht wird er die Tochter eines Höflings ehelichen wollen. Doch wie sollte er ernst genommen werden, wenn er noch nicht einmal seine Gefühle für das Mädchen seiner Wahl auf Papyrus festhalten kann, wie sollte er einer verwöhnten Edelfrau genügen, wenn er nicht ihren Geist zu bezwingen vermag?«

Irjets Gesicht zeigte einen Ausdruck der Bestürzung, doch dann flackerte die Erkenntnis in ihr auf.

»Du sprichst die Wahrheit, Prinzessin! Ich war dumm.«

Ich reagierte nicht auf ihre Selbsteinschätzung. Wäre ich höflich gewesen, hätte ich sie beruhigen und ihre Aussage dementieren müssen, doch zu lügen war nicht meine Art.

»Wenn er sein sechstes Jahr erreicht, werde ich ihn holen lassen.«

Sie nickte, und in ihrem Blick lag Dankbarkeit.

Ich schwebte auf einer Welle der Euphorie, in der ich abwechselnd Dankgebete an Amun und Isis, meine Eltern, sandte. Der Palast erschien mir wie ein Paradies, ich fühlte mich auf der Sonnenseite des Lebens. Ich war eine Prinzessin, die von ihrem Volk geliebt und von den Höflingen anerkannt wurde. Gab es Größeres, gab es Höheres als dies? Ich wohnte Horemhebs Besprechungen bei, die er als Reichsverweser mit den Generälen, den Wesiren, den Großen Ägyptens führte, und ich fühlte mich nicht mehr nur als Zier und Besitz des Palastes. Der neue Oberpriester des Amun hatte mich ehrerbietig behandelt, und ich hatte das Gefühl, als wäre es nicht nur eine Floskel gewesen. Ich freute mich darauf, meinen Sohn in die Arme schließen zu können, der mittlerweile acht Lenze zählte. Er versprach der Stolz Ägyptens zu werden, seine Lehrer lobten seine Klugheit, und seine Fertigkeit im Wagenlenken und Bogenschießen ließ erkennen, dass er ein mutiger, starker Herrscher sein würde. Beschwingt und guter Dinge betrat ich meine Gemächer und war in Gedanken schon längst in meinem Badehaus, in einem duftenden Meer aus Lotosblumen.

Doch meine Stimmung änderte sich schlagartig, als ich sah, welch unvorhergesehener Besuch mich erwartete.

Ramose stand vor mir, braun gebrannt, schlank und wohlgeraten an Gestalt, das Schönheitsideal eines ägyptischen Mannes. Sein Körper war glatt rasiert, sein Haar kurz geschoren und schwarz wie die Nacht. Sein weißer Schurz bot einen unerhörten Kontrast zu seinem Körper. Ich versuchte ihn nicht bewundernd anzublicken.

»Ramose, ich wusste nicht, dass du kommen würdest, sonst hätte ich dich erwartet.«

Er lächelte fahrig.

»Ich wollte dich nicht bemühen. Eigentlich hatte ich gehofft, Sethos hier zu treffen, ich war im Palast, um Horemheb zu besuchen, deshalb kam ich in deine Gemächer. Ich werde jetzt gehen, Irjet erwartet mich schon.«

Ein Dolch fuhr mir ins Herz. Ich konnte sehen, dass ihm meine Anwesenheit unangenehm war. Obwohl ich etwas anderes hatte sagen wollen, vermochte ich nichts dagegen zu tun, dass meine Lippen die Worte formten: »Dann lass dich nicht aufhalten, Horemheb wird sich ohnehin schon wundern, wo ich bleibe.«

»Ich habe gehört, dass er dich zu vielen Amtshandlungen hinzuzieht. Das ist gut. Ich bewundere dich dafür, wie du dich dem alten Neb-Amun entgegengestellt hast. Überall höre ich deinen Namen. Die Menschen preisen dich als wahre Tochter Amuns.«

»Es wird sich noch herausstellen, ob mir dieser Titel zum Ruhme gereicht.«

Ramose griff nach seinem Schwert, das er achtlos auf mein Ruhebett geworfen hatte, und legte es wieder an.

»Er wird dir zum Ruhme gereichen. Du strahlst eine dir eigene Kraft und Anmut aus. Leb wohl, Sit-Ra. Wirst du mich benachrichtigen, wenn Sethos im Palast weilt?«

»Natürlich. Er wird in ein paar Wochen eintreffen. Ich schicke dir dann eine Nachricht.«

Er nickte und wandte sich zum Gehen, nicht sicher, wie er sich von mir verabschieden sollte. Er entschloss sich für das formelle Heben der Hände.

»Prinzessin, was meint Ihr dazu?«

Ich schrak auf und blickte unwissend in die Runde. Paranefer hielt mir ein Dekret vor die Augen, und Horemhebs Generäle sahen mich abschätzig an. Nacht, der Vorsteher der königlichen Leibgarde, schien auf eine Antwort zu warten. Ich hatte nichts von dem Gesagten mitbekommen. Meine Gedanken weilten bei Ramose, und mein Herz weinte und wollte von Staatsgeschäften nichts wissen. Jetzt kam ein Rumoren unter Horemhebs Generälen auf, bei denen ich den schwierigsten Stand hatte, denn sie hielten nichts von Frauen, die am politischen Geschehen des Landes teilhatten. Ich versuchte mich so gut es ging herauszureden.

»Ich kann mir noch keine Meinung bilden.«

Nacht blickte mich verständnislos an.

»Aber Ihr müsst doch eine Meinung haben.«

Unruhig rutschte ich auf meinem goldenen Thronsessel hin und her.

»Natürlich habe ich eine Meinung, doch ich möchte mich noch einmal alleine mit dem Dekret vertraut machen, bevor ich mich übereilt öffentlich äußere.«

Einer von Horemhebs Generälen troff vor Sarkasmus.

»Aber wir sind unter uns, Prinzessin! Eure Meinung wird hier vertraulich behandelt. Nicht umsonst trägt diese Zusammenkunft den Namen Geheimrat.«

Er wollte mich bloßstellen, durfte jedoch nicht wagen, dies offenkundig zu tun, da er weit unter mir stand. Von der Seite bemerkte ich Horemhebs interessierten Blick, wie ich auf diesen Angriff reagieren würde. Das selbstgefällige Grinsen von Horemhebs Generälen missfiel mir. Sie behandelten mich wie ein Kind, das es zu bevormunden galt. Ich straffte meine Schultern und sprach so laut und fest ich konnte.

»General Menna, du weißt, ich müsste dich des Hochverrates bezichtigen, wenn ich Grund zu der Annahme hätte, deine Zunge läge dir schamlos im Munde. Schamlos gegenüber der Tochter Amuns und dem Horusthron. Doch ich bin mir meiner Pflicht gegenüber meinem Land und meinem Volk bewusst, als dass ich nicht aus einer Laune heraus einem loyalen Freund und Diener des Thrones den Kopf von den Schultern trennen lasse. Ich weiß um eure Trauer, dass Amun seinem Land in dieser schweren Zeit keinen Sohn, sondern eine Tochter gesandt hat. Ich weiß, dass ihr alle eure Augen auf mich gerichtet habt, strenger und misstrauischer, als ihr sie auf Amuns Sohn richten würdet. Doch ich tadle euch nicht dafür, denn die Zeiten gebieten mir, für mein Land mein Haupt zu beugen – und wenn ich das kann, so solltet ihr das auch können.«

Schweigen. Ich las in den Blicken der Männer Bewunderung und Sprachlosigkeit. Horemheb saß als Regent des Landes auf dem Thron neben mir.

»Die Prinzessin hat weise gesprochen. Auch ich mag mich zu diesem Dekret noch nicht äußern. Ihr werdet euch also zurückziehen und euch bereithalten, bis wir uns entschieden haben.«

Die Generäle, Nacht und Paranefer verbeugten sich und zogen sich zurück.

Horemheb blickte mich belustigt von der Seite an.

»Du hast dich sehr gut aus der Affäre gezogen.«

Ich richtete meinen Kopf stur geradeaus.

»Ich weiß nicht, wovon du redest.«

»Du weißt doch nicht einmal, worum es in diesem Dekret ging.«

»Ich weiß es sehr wohl.«

Horemheb ließ sich bequem in seinen Thronsessel zurücksinken und benutzte die kleine goldene Fußbank, um seine Beine auszustrecken. Anlässlich dieser absolut unpharaonischen Haltung warf ich ihm einen geringschätzigen Blick zu, doch er ließ sich nicht beeinflussen.

»Bist du Ramose heute begegnet?«

Da war er wieder – der Stich ins Herz.

»Nur sehr kurz. Er wollte Sethos sehen.«

»Ah, deshalb also deine Abwesenheit! Er wollte Sethos sehen, dich aber nicht.«

Ich ließ meinen Kopf herumfahren und fauchte ihn an: »Es geht nicht darum, ob er mich sehen wollte, vielmehr war es mein Wunsch, ihm nicht zu begegnen, weil es mir den Tag verderben würde.« Ich straffte meine Schultern wieder.

»Wie du unschwer erkennen kannst, ist es ihm gelungen, mir den Tag zu verderben.«

Horemheb grinste, und ich hasste ihn wieder einmal dafür.

»Der Duat kennt nicht so viel Wut wie ein verschmähtes Weib. Warum leistest du mir nicht heute Abend Gesellschaft, ich gebe ein privates Bankett in meinen Gemächern.«

Ich stand auf und ging hoch erhobenen Kopfes der Tür entgegen.

»Ein Bankett, ja? Warum benutzt du nicht das treffendere Wort, mit dem man deine Privatbankette bezeichnet? Eine Orgie.«

Horemheb lachte schallend. »Aber Prinzessin, du darfst nicht alles glauben, was man dir sagt. Außerdem, hast du schon einmal versucht an einem meiner Feste teilzunehmen? Nach der langen Zeit ohne deinen Gemahl würde es eine willkommene Abwechslung für dich sein, einem Fest beizuwohnen, bei dem man wirklich feiert, anstatt sich mit alten Weibern über ihre hängenden Euter und ihre welken Hinterteile zu unterhalten. Du bist zu jung für so etwas, Sit-Ra.«

Mein Kopf lief hochrot an.

»Du bist vulgär. Ich hasse dich. Feiere mit deiner Gattin Mutnedjemet. Sie passt zu dir.«

Horemheb warf mir eine Kusshand zu.

»Du hasst mich nicht, Sit-Ra, du liebst mich; du weißt es nur noch nicht. Überlege es dir. Während dein Gemahl sich mit seiner kleinen Nebenfrau vergnügt, trauerst du um ihn.«

Ich stieß die Tür auf und ging im Laufschritt davon. Hinter mir hörte ich Horemhebs Worte.

»Ich erwarte dich nach Sonnenuntergang und würde begrüßen, wenn du eines deiner Badegewänder tragen würdest.«

Nachdem ich in meine Gemächer zurückgekehrt war, bekam ich einen Wutanfall, und May gelang es nur schwer, mich zu beruhigen.

»Er ist unverschämt! Wie kann er es wagen, in diesem Ton mit mir zu reden. Ich bin die Tochter Amuns, er ist ein niederträchtiger alter Mann.«

May half mir in die Zeremoniengewänder, die ich zur Abendstunde anlegte, um Re im Tempel zu verabschieden, wenn er von Nut verschlungen wurde.

»Ich finde ihn überhaupt nicht alt, Prinzessin. Er zählt noch nicht einmal vierzig Lenze.«

»Alt!«, beharrte ich.

»Er hat einen kräftigen Körper. Wenn er sich bewegt, spielen tausend Muskeln in ihm.«

Ich drehte mich empört zu May herum.

»May, er ist ein grobschlächtiger Soldat.«

May hatte einen träumerischen Blick.

»Mit der Kraft eines Stieres. Ich würde mich nicht zweimal bitten lassen, sein Lager zu teilen.«

»May, du bist verdorben.«

May zuckte mit den Schultern. Sie genoss eine große Freiheit mir gegenüber.

»Mag sein, aber nicht verdorbener als die Männer. Sie nehmen sich ständig die Frauen, nach denen es sie gerade verlangt.«

»Mich verlangt es nach keinem Mann. Ich habe einen

Sohn, der auf Ägyptens Thron sitzen wird, was will ich mehr.«

May ergriff mein Gewand und tanzte damit durch den ganzen Raum. Theatralisch sprudelten die Worte aus ihr heraus.

»Liebe, Leidenschaft, begehrt zu werden, die Schönste unter allen Frauen für den Geliebten zu sein.« Sie seufzte tief. »Vielleicht ist es blasphemisch, das zu sagen, doch alle mächtigen Stiere, die je auf dem Thron Ägyptens gesessen haben, hätten so sein müssen wie er, männlich, stark und anbetungswürdig.«

»Genug jetzt! Ich bin entsetzt, May.«

Doch ich musste lächeln. May hatte etwas unglaublich Erfrischendes, was meinem Ka gut tat.

Während der Zeremonie im Tempel war ich wieder unkonzentriert und unzufrieden. Erst als der Oberpriester mir einen mahnenden Blick zuwarf, gelang es mir, mich etwas zu fassen. Ich musste ständig an Mays Worte denken. War Horemheb gut aussehend? Bisher hatte ich in ihm immer einen derben Menschen gesehen, weil ich ihn mit Ramose verglichen hatte. Ramoses Schritte muteten an wie die eines Gottes, seine Augen strahlten wie durchscheinende Jade, und sein Haar glänzte geheimnisvoll dunkel im Sonnenlicht. Sein Gesicht war denen der stilisierten Pharaonenstatuen zum Verwechseln ähnlich. Nach dem eigenwilligen Kunststil meines Vaters, über den sich hauptsächlich die Priesterschaft echauffiert hatte, war man zum traditionellen Stil zurückgekehrt, wonach jeder Pharao und seine große Königsgemahlin gleich und in vollkommener Schönheit dargestellt wurde.

Bei Ramose hätte man nicht zu stilisieren brauchen. Er entsprach dem ägyptischen Schönheitsideal haargenau. Ich war von Anfang an von ihm geblendet gewesen, so geblendet, dass ich für herkömmliche Schönheit kein Auge mehr hatte. Ja, selbst mich betrachtete ich kritisch, obwohl mir Männer wie Frauen stets große Schönheit nachgesagt hatten. Jetzt stellte ich mir Horemheb vor. Er war wirklich groß und muskulös. Er hatte nichts von Ramose, sein Schritt war hart und männlich. Wenn er nach einem Becher Wein griff, war es eine unbedachte Geste, nicht wie bei Ramose, bei dem jede Bewegung perfekt inszeniert erschien. Sein Lachen war laut und rau, doch es war herzlich. Seine Augen waren braun, und auf seinen Schultern waren Narben von früheren Schlachten zurückgeblieben, doch sie wirkten nicht abstoßend, sondern erweckten Neugierde auf ihre Geschichte.

Dann dachte ich an May und ihre offene Schwärmerei für Horemheb. Ich wusste, dass Horemheb viele Frauen besessen hatte, und dass sich die Frauen, die bei ihm gelegen hatten, damit brüsteten. Ich hatte sie nie verstehen können. Ich ertappte mich bei der Vorstellung, mich ihm hinzugeben.

Beschämt zwang ich mich, diesen Gedanken beiseite zu schieben, doch es gelang mir nicht völlig. Kurze Szenen zwangen sich in meinen Kopf, während ich die Hymnen für Re rezitierte. Mein Kopf führte einen Kampf gegen mein Herz, und ich fühlte mich übergangen und bezwungen. Du bist die Mutter des zukünftigen Herrschers, sagte ich mir immer wieder. Du gehörst nicht deinem Herzen, sondern Ägypten. Das, was dein Ka dir zeigt, widerspricht Maat. Doch die Stimme Seths wurde in meinem Innern laut und widersprach ihrerseits meinem Gewissen mit der Bemerkung, dass es ohnehin der Wunsch der Priester und des Volkes gewesen sei. »Du bist verheiratet, und dein Gemahl ist der Bruder deines Herzens.« – »Ja!«, antwortete der verschlagene Seth. »Aber leider bist du nicht mehr seine Schwester. Es steht dir zu zu wählen.«

Nach diesem inneren Dialog blickte mich endlich der Oberpriester so mürrisch an, dass ich die Stimmen für eine Weile zum Schweigen bringen konnte.

Nach der Zeremonie fühlte ich mich jedoch kein bisschen besser. Beket-Amun, die Tochter einer Nebenfrau meines Vaters, die ihren Namen nach der großen Reform klugerweise sofort von Beket-Aton in Beket-Amun hatte ändern lassen, sprach mich an.

»Du warst heute abwesend, Prinzessin Sit-Ra. Das ist ungewöhnlich für dich.«

Ich sah sie verwundert an. Beket-Amun und ich waren keine besonders guten Freundinnen, aber da wir beide uns unserer Familie beraubt fühlten, hatten wir uns immer geachtet und öfter auf Banketten zusammengesessen und geplaudert. Wahrscheinlich nahmen wir uns gegenseitig als letztes Band zu einer vergangenen Epoche wahr. Außerdem war Beket-Amun nur drei Jahre älter als ich, also jetzt vierundzwanzig Jahre alt. Sie war eine hübsche Erscheinung, der die Männer hinterherliefen, denn sie besaß Charme und wurde von den Höflingen heimlich Süße Hathor genannt. Natürlich wusste sie dies, doch sie brachte es nie zur Sprache, denn ihr Lieblingsspiel bei den Männern war es, unwissend und unschuldig zu wirken. Nun, ich wusste es besser. Beket-Amun hatte mir, als ich noch ein Kind gewesen war, durch ihre Geschichten geholfen, eine Vorstellung von dem zu bekommen, was Männer und Frauen alles miteinander tun konnten, und ich hatte ihr manchmal entsetzt, doch meistens staunend zugehört. Jetzt schnatterte sie unbarmherzig auf mich ein.

»Du siehst müde aus, Prinzessin. Du solltest dir öfter etwas Zerstreuung gönnen, du bist immer so ernst.«

Ich fühlte mich furchtbar. Sie war jetzt schon die Dritte, die so mit mir redete. Langsam fragte ich mich, was der Hofstaat von mir dachte. Wahrscheinlich erzählten sie sich untereinander, wie schade es doch um mich sei, so eine junge Frau und so verstaubt wie ein altes Weib. Ich ertrug das alles nicht mehr. Ich wandte mich an Beket-Amun.

»Vielleicht hast du Recht und ich sollte öfter Bankette veranstalten. Vielleicht sollte ich wieder öfter alte Freunde einladen.«

Beket-Amun lächelte aufmunternd. »So ist es richtig, Prinzessin! Und damit du wieder Geschmack an derartigen Dingen findest, komm doch gleich heute mit zu einem Bankett. Ich bin eingeladen, habe aber noch niemanden, der mich begleitet.« Sie lachte verschmitzt. »Du weißt doch, als Frau muss man auf seinen Ruf achten.«

Ich wusste, dass sie es nicht ernst meinte. Beket-Amun vertrat die Ansicht, dass man geboren war, um sich zu amüsieren – und wenn man dabei noch auf der Sonnenseite des Lebens stand, sprich, in die höchsten Kreise geboren worden war, dann war das erst recht eine Aufforderung der Götter, ihr Geschenk anzunehmen.

Ich bewunderte ihre Freizügigkeit, auch wenn ich es mir meist nicht eingestehen wollte. Ich überlegte kurz, ob ich ablehnen sollte, doch dann kam wieder der Gedanke an die Höflinge, und ich hörte ganz tief im Innern Beket-Amuns Stimme, wie sie mit den anderen Frauen über mich sprach: Ich habe die Prinzessin eingeladen, mitzukommen, doch wie immer lehnte sie ab. Tja, sie ist wohl doch eine langweilige, einfältige Person.

»Ich begleite dich«, gab ich schnell zurück.

»Gut!« Beket-Amun war sichtlich erfreut.

»Ich komme zu deinen Gemächern, wenn Nut Re verschlungen hat.«

Beket-Amun und ich liefen lachend durch die Gänge des Palastes. Ich war seltsam aufgeregt und fühlte mich befreit. Ich war froh, ihre Einladung angenommen zu haben.

»Wer gibt eigentlich das Bankett?«

Ich fragte mehr aus Anstand als aus Neugierde, denn die Gastgeber waren mir egal, ich wollte mich nur amüsieren.

»Horemheb.«

Ich blieb wie angewurzelt stehen.

»Horemheb?«

Ich glaubte meinen Ohren nicht zu trauen. Zu keinem Zeitpunkt hatte ich angenommen, Beket-Amun wäre auf Horemhebs Empfang eingeladen, denn mir war nicht bewusst, dass die beiden sich überhaupt kannten.

Beket-Amun zog mich weiter, ohne meinen Schrecken bemerkt zu haben.

»Seine Bankette sind einfach die schönsten. Er hat die besten Tänzerinnen, die besten Tänzer«, sie lächelte verschwörerisch, »er hat die besten Köche und die interessantesten Gäste. Ich kenne niemanden, der nicht dafür töten würde, auf einem von Horemhebs Banketten eingeladen zu werden.«

Ich konnte es nicht glauben. Waren denn alle außer mir diesem seltsamen Zauber erlegen? Nun ja, ich vermochte Horemheb durchaus eine primitive Attraktivität abzugewinnen, doch dass alle derart kopflos reagierten. Es hätte mich nicht gewundert, wenn Beket-Amun sich bei Horemhebs Anblick die Gewänder vom Leib gerissen und aus voller Kehle geschrien hätte: Hier bin ich, mächtiger Stier! Nimm mich.

Doch den Göttern sei Dank tat sie es nicht.

Außerdem waren so viele Gäste anwesend, dass wir Horemheb in der Menge gar nicht sahen. Mir fiel ein riesiger Stein vom Herzen. Ich hätte jetzt alles ertragen können, nur keine Anspielung von Horemheb auf mein nicht existentes Eheleben oder meine angebliche Prüderie. Ich blickte an mir hinunter. Ich hatte absichtlich etwas Auffälliges angezogen. Mittlerweile verzagte ich ob meiner Kühnheit. Ich trug zwar kein Badegewand, doch durchsichtig war mein Kleid trotzdem. Im Nachhinein hätte ich mich ohrfeigen können. Wahrscheinlich würde Horemheb sich nun einbilden, ich hätte dieses Kleid aufgrund seiner Aufforderung, ein Badegewand zu tragen, ausgewählt. Oh, hätte ich doch geahnt, dass es Horemhebs Fest sein würde, zu dem ich ging. Unbehaglich zupfte ich an meinem Wesech, doch es half nichts. Es gelang mir einfach nicht, ihn so weit hinunterzuziehen, dass er meine Brüste bedeckte. Kläglich blickte ich zu Beket-Amun. Im Gegensatz zu meinem Kleid war ihres wirklich ein Badegewand. Doch sie ging völlig unbefangen mit ihrem Körper um, und deshalb ruhten die Blicke auch nicht abschätzig auf ihr, sondern bewundernd oder neidvoll. Wenigstens hatte ich auf eine Perücke verzichtet, da ich zu dem Entschluss gekommen war, dass meine Aufmachung sonst wirklich wie die einer Kurtisane angemutet hätte; das überließ ich den Sklavinnen und Nebenfrauen der Adligen. Beket-Amun zog mich weiter. Sie stellte mich einigen ihrer Freundinnen vor, andere kannte ich selbst und plauderte ein paar belanglose Worte mit ihnen. Obwohl das Essen köstlich roch, war mir nicht danach zumute. Meine Augen suchten Horemheb, damit ich unter Umständen rechtzeitig die Flucht ergreifen könnte, wenn er meiner gewahr wurde. Es machte mich nervöser, nicht zu wissen, wo er gerade war, als wenn ich ihn ständig hätte beobachten müssen, um mich vor ihm verborgen zu halten. Er konnte überall sein, ja, er konnte sogar hinter mir stehen und mich siegessicher angrinsen.

Beket-Amun griff nach meiner Hand.

»Wo bleibst du denn, Prinzessin. Dort drüben beginnen gleich die Tänze, und Horemheb lässt den besten Oasenwein ausschenken. Komm schon, wir betrinken uns.«

Ich ließ mich mitziehen und mir von Beket-Amun einen Becher in die Hand drücken. Vorsichtig nahm ich einen Schluck. Der Wein war von erlesenster Güte, süß und weich wie die Sünde. Ich trank mutiger. Beket-Amun sorgte dafür, dass unsere Becher stets gefüllt waren. Jetzt kam eine Gruppe nubischer Tänzer und Tänzerinnen herein und begann einen ekstatischen Tanz zu einem wilden Trommelrhythmus. Beket-Amun rief den Männern ungeniert Obszönitäten zu und winkte sie zu sich heran. Sowohl die Mädchen als auch die Männer hatten schöne Körper – schlank und biegsam waren die der Mädchen, ebenso schlank, doch von knabenhaften Muskelansätzen geprägt waren die der Männer. Bewundernd folgte ich jeder ihrer Bewegungen mit meinen Augen und trank dabei unverhältnismäßig schnell meinen Wein. Schon begannen meine Wangen zu glühen, und meine Sinne verschleierten sich, sodass ich mutiger wurde. Ich vergaß mich und ließ mich von Beket-Amun dazu animieren, den Männern ihre Schürze wegzuziehen, wenn sie nahe genug bei uns tanzten. Wir kicherten wie zwei kleine Mädchen, die zum ersten Mal des Unterschieds der Geschlechter gewahr werden. Es folgten noch mehr Tänze, schöne ägyptische Jünglinge, Kindfrauen mit knospenden Brustansätzen, die sich radschlagend zu den Männern bewegten, um sich ihnen anzubieten. Dies war ein völlig normales ägyptisches Fest, wie es junge Männer und Frauen feiern. Bei seinen Festen ist das ägyptische Volk genau das Gegenteil von dem, was es im Alltag vertritt. Sind wir bei den Fremdländern als strebsam, sittsam, gottesfürchtig, gebildet und kulturell hoch entwickelt bekannt, so sind wir bei unseren Festen zügellos, freizügig und verrufen. Die verheirateten Frauen suchen sich Liebhaber, die Männer nehmen sich mehrere Tänzerinnen, mit denen sie sich immer wieder in die Gärten zurückziehen, um kurz darauf mit einem anderen Mädchen zu verschwinden. Ich hatte mich von solchen Festen stets fern gehalten, doch das ägyptische Blut fließt durch meine Adern, und manchmal rauscht es so heftig, dass ich mich selbst vergesse. So rauschte das Blut meiner Vorfahren auch an diesem Abend gleich einem reißenden Strom, und ich ließ mich immer weiter in diesen Sog der Euphorie und der Befreiung hineinziehen. Plötzlich jedoch merkte ich, wie der Boden sich unter mir zu bewegen begann. Ich blickte verstohlen zu Beket-Amun hinüber, aber diese war immer noch eifrig mit den Tänzern beschäftigt. Ich spürte eine Welle der Übelkeit in mir hochsteigen. Das Lachen der Menschen und der aggressive Trommelschlag wurden mir plötzlich unerträglich. Zu allem Überfluss vernahm ich nun auch noch Horemhebs Stimme. Ich blickte mich schwerfällig um, der Oasenwein schien meine Bewegungen zu verlangsamen. Ich konnte sehen, wie Horemheb sich nur ein paar Schritte von mir entfernt einen Weg zu mir durchbahnte. Er hatte mich entdeckt, daran bestand kein Zweifel. Im Gegensatz zu mir war er noch Herr seiner Sinne.

»Prinzessin, wie ich sehe, amüsierst du dich ausgezeichnet. Doch sage mir, was hast du mit dem Schurz dieses armen Tänzers vor? Willst du ihn gar selbst anlegen?«

Brennend wurde mir bewusst, dass ich noch immer den Schurz in der Hand hielt, den ich dem Tänzer weggezogen hatte. Und Horemheb, dieser Schuft, hatte alles von einem sicheren Platz aus beobachtet und sich bestens von mir unterhalten lassen. Aus einem plötzlichen Verlangen heraus bahnte ich mir einen Weg durch die jubelnden Gäste und torkelte in den Garten. Ich war mir ziemlich sicher, dass mir Horemheb folgen würde. In Anbetracht meiner eingeschränkten Bewegungsfähigkeit, die mich viel zu langsam machte, als dass ich Horemheb hätte entkommen können, suchte ich verzweifelt nach einem Versteck und fand es in einem dichten Hibiskusbusch, hinter den ich mich kauerte und mit pochendem Herzen abwartete. Schon konnte ich Horemheb hören, der lachend näher kam. Ich spähte durch die Blätter. Meine Flucht musste ihn so erheitert haben, dass er sich vor Lachen den Bauch hielt und sich mit der anderen Hand die Tränen aus den Augen wischte. Oh, wie ich ihn hasste. Jetzt hörte ich zwischen seinem unkontrollierten Lachen seine Stimme.

»Prinzessin, komm heraus. Es ist wirklich zu schön, dir zuzusehen. Dir ist es gelungen, mir den Abend zu versüßen, wie keine von den Tänzerinnen es vermocht hätte.«

Ich spürte neben dem Gefühl der Scham ein anderes in mir hochsteigen, welches ich krampfhaft zu unterdrücken versuchte. Ich beherrschte mich, so gut es ging, sandte Stoßgebete zu Isis und Amun, sie mögen mir diese Schmach ersparen. Nur dieses einzige Mal sollten sie mich noch entfliehen lassen. Doch es half nichts. Das Gefühl der Übelkeit übermannte mich, und schließlich musste ich diesem schändlichen Gefühl nachgeben und mich an Ort und Stelle erbrechen. Natürlich verriet ich mich dadurch. Horemhebs Gesicht erschien plötzlich hinter dem Busch, und als er das volle Ausmaß meiner Lage sah, warf er sich brüllend ins Gras und bekam vor Lachen fast einen Krampf. Ich für meinen Teil würgte kläglich die letzten Reste des Weines heraus, bevor ich mich ebenfalls ins Gras warf und mein Gesicht in den Händen verbarg. Langsam gelang es Horemheb, sich zu fassen. Er setzte sich auf und wischte sich die Tränen aus den Augen. Sodann begann er mit dem, was ich am meisten gefürchtet hatte – seinen sarkastischen Bemerkungen.

»Göttliche Hoheit, geliebt von Amun und Isis, Tochter von Amun und Isis, erhoben von den Göttern, Herrscherin beider Länder, strahlend von Angesicht.« Er gluckste noch einmal auf. »Du wirst deinen Eltern viele Tempel errichten müssen, damit sie dir dieses Abgleiten in menschliches

Verhalten verzeihen.« Von irgendwoher hatte er ein Leinentuch und warf es mir nun herüber. »Majestät, bitte reinigt Euer Antlitz, damit Ihr wieder in Göttlichkeit erstrahlt.« Unvermittelt begann er erneut zu lachen.

Ich griff wütend nach dem Tuch und wischte mir den Mund ab. Sodann nahm ich meine letzte Kraft zusammen und fuhr ihn an: »Genug! Du hattest deinen Spaß. Lass mich jetzt endlich alleine, oder willst du die ganze Gesellschaft auf mich aufmerksam machen?«

Ich versuchte aufzustehen, fiel jedoch direkt wieder hin.

Horemheb erhob sich und zog mich hoch wie ein unbeholfenes Kind. Noch immer drehte sich alles um mich herum.

»Sie würden dich sehr sympathisch finden, wenn sie einmal sehen könnten, dass du auch menschlich zu sein vermagst.«

Ich schlug mit meinen Fäusten auf seine Brust ein, was ihn wiederum zum Lachen brachte. Er ergriff meine Arme und hielt sie fest.

»Erlaubt mir, göttliche Hoheit, dass ich Euch in Eure Gemächer geleite, damit Euer Zustand kein Aufsehen erregt.«

Ohne mich zu fragen, hob er mich hoch und trug mich durch den Garten zu meinen Gemächern. Ich dankte Amun und Isis, dass der Wein noch immer meinen Verstand vernebelte, denn so war die Scham nicht zu unerträglich.

Auf halbem Wege wurde mein Kopf wieder klarer. Ich bedeutete ihm, mich hinunterzulassen. Er setzte mich ab, und ich stand auf wackligen Beinen, um gerade Haltung bemüht.

»Ich danke dir, Horemheb, aber es geht mir schon wieder besser; ich finde meinen Weg.«

Er blickte mich stirnrunzelnd an. »Lass dir helfen, Prinzessin. Ich vergreife mich nicht an vom Wein berauschten Frauen. Du kannst unbesorgt sein.«

»Ich bin nicht besorgt, aber May wäre es vielleicht, wenn sie uns zusammen sehen würde.«

»Wahrscheinlich wird sie ohnehin besorgt sein, wenn sie ihre Prinzessin derart aufgelöst in Empfang nimmt.«

Ich reckte meinen Kopf, um einen möglichst gefassten Eindruck zu erwecken.

»Na und, was soll die ganze Aufregung? Ich bin nicht die erste Prinzessin, die dem Wein zugesprochen hat, und ich werde nicht die letzte sein.«

Horemheb verbeugte sich in einer theatralischen Geste.

»Nun, königliche Hoheit, dann ruhet wohl, und mögen Eure Füße festen Tritt finden. Mir scheint, dieser Wunsch bedeutet für Euch in dieser Nacht mehr als eine bloße Floskel der Höflichkeit.«

Da war er wieder, der alte Sarkasmus.

»Ruhe wohl, Horemheb.«

Ich riss mich zusammen und schaffte es, halbwegs normal die Treppe zu meiner Sonnenterrasse zu bewältigen.

Der Morgen brachte mir Kopfschmerzen und ein furchtbares Gefühl der Übelkeit. May hatte mich in der letzten Nacht wortlos in Empfang genommen und mich zu Bett gebracht. Jetzt war ich schon eine Stunde in meinem Badehaus, aber die Kopfschmerzen wollten einfach nicht weichen. May kam besorgt herbeigelaufen.

»Prinzessin, der Reichsverweser Horemheb lässt fragen, warum Ihr Euch verspätet.«

Dieser Schuft wusste sehr genau, warum ich mich verspätete, und machte sich schon wieder einen Spass daraus.

»Richte aus, dass ich in Kürze in der Audienzhalle sein werde.«

Es half nichts. Ich ließ mich ankleiden und schminken und hoffte, dass man mir meine fürchterliche Nacht nicht allzu sehr ansehen würde.

Als ich meinen Platz neben Horemheb eingenommen hatte, bemerkte ich seinen interessierten Blick.

»Ich hoffe, die Prinzessin hatte eine angenehme Nacht.«

Ich warf ihm einen eisigen Blick zu.

»Meine Nacht war nicht besser und nicht schlechter als die Nächte davor.«

»Wie schön, das zu hören. Wir alle waren ob deiner Verspätung besorgt. Dieses Verhalten passt so gar nicht zu dir.«

Ich musste das Gespräch in eine andere Richtung lenken.

»Was gibt es Dringliches zu besprechen?«

Paranefer entrollte einen Papyrus.

»Königliche Hoheit, nachdem Kemet sich sichtbar erholt hat, wäre es nun an der Zeit, sich Bauvorhaben zu widmen und sich der einzelnen Heiligtümer anzunehmen, die in den letzten Jahren Vernachlässigung erfahren haben.«

Ich nickte stumm, und Paranefer fuhr fort.

»Memphis und Sakkara wären hier vorrangig vor allen anderen Heiligtümern. Die Stadt erwartet, dass das Königshaus sich seiner annimmt und dem Stadthalter einen Besuch abstattet. Außerdem wären die Riten des Apis zu zelebrieren, denn gerade wurde ein neuer heiliger Stier gefunden, nachdem zwei Jahre nach dem heiligen Tier gesucht wurde.«

Ich nickte wieder. Mir war heute alles egal. Außerdem

wäre es eine willkommene Abwechslung, einmal Theben zu verlassen.

»Bereite alles vor, Paranefer. Ich werde gehen«, erklärte Horemheb.

Paranefer verbeugte sich. »Es ist schon alles veranlasst. Der Stadthalter von Memphis erwartet die Prinzessin und den Reichsverweser.«

Ich blickte Paranefer fragend an, doch Horemheb kam mir zuvor.

»Prinzessin, der heilige Stier muss den Segen aus der Hand eines Mannes empfangen. Ihr seid mit den uralten Bräuchen vertraut.«

Ich versuchte ein schwaches Aufbegehren.

»Wer wird hier in Theben die Verwaltung übernehmen?«

Horemheb ließ sich nicht beirren.

»Paranefer wird das tun. Ich vertraue ihm.«

Wie um mein vorlautes Verhalten zu kritisieren, wandte sich Menna, Horemhebs General, an mich.

»Der Stadthalter wird sich nicht mit Eurem Besuch zufrieden geben, Prinzessin. Verzeiht mir meine Kühnheit, doch alle wissen, wer die Schatulle Ägyptens verwaltet.«

Ich gab meinen Widerstand auf. Ich fühlte mich einfach zu schlecht, um zu streiten.

»Wann werden wir abreisen?«

»In zwei Wochen, Prinzessin.«

6.

Papyrus

Ich hatte mich seit wir Theben verlassen hatten nicht auf Deck gezeigt. Horemheb hielt sich dort auf, und ich wollte ihm nicht begegnen. Ich schalt mich selbst dafür, war ich doch früher keiner Konfrontation mit ihm aus dem Wege gegangen. Ich war niemals um böse Worte verlegen gewesen, wenn er mich auf seine ihm eigene Art bedrängt oder verärgert hatte. Ich hasste mich dafür, dass mein Geist sich nun von ihm bezwingen ließ, und versuchte mit aller Macht dagegen anzukämpfen. Die Unsicherheit, die mich befallen hatte, ließ mich erahnen, dass mein ablehnendes Verhalten nur noch eine brüchige Fassade war. Betroffen stellte ich mir immer wieder die Frage, wie es so weit hatte kommen können. Ich erinnerte mich an unsere erste richtige Begegnung in Achet-Aton, bei der ich Horemheb den Thron versprochen hatte. Weder in ihm noch in mir war damals ein Feuer der Leidenschaft für den anderen entbrannt. Danach erinnerte ich mich seiner beinahe gelungenen Vergewaltigung, als er mich in Achet-Aton unter Hausarrest gestellt hatte. Damals war keine Liebe in ihm gewesen, sondern Lust. Ich fragte mich unwillkürlich, was er jetzt für mich empfinden würde, wenn ich damals ohne zu zögern eingewilligt hätte und seine große Königsgemahlin geworden wäre; wenn er sofort alles von mir bekommen hätte, was er wollte. Ich war mir ziemlich sicher, dass ich unter diesen Umständen nichts weiter als eine bloße Trophäe für ihn geworden wäre. Doch wer sagte, dass es jetzt anders würde sein? Ich verwarf diese Gedanken und stützte meinen Kopf in meine Hände.

»Isis, warum quälst du mich? Bitte hilf mir, von diesen Gedanken abzulassen.«

Leise, gleich einem Gebet, hatten meine Lippen die Worte geformt. Um mich abzulenken, griff ich nach dem Papyrus, auf dem unsere Reiseroute vermerkt war. Wir würden zuerst nilaufwärts Richtung Memphis reisen, wo uns der Stadthalter erwartete. Ich würde mit Horemheb den heiligen Apisstier bestätigen und Sakkara, der heiligen Metropole dieser Tiere, einen Besuch abstatten. Außerdem würde Sethos dort zu uns stoßen. Eigentlich hatte ich ihn im Palast erwarten wollen, doch aufgrund dieser Reise hatte ich beschlossen, dass er in Memphis mit uns die königliche Barke besteigen sollte. Auf dem Rückweg würde ich in meiner Eigenschaft als Vorsteherin des königlichen Harems, der eigentlich überhaupt nicht existieren durfte, weil es keinen legitimen Herrscher gab und Sethos noch zu jung war, um einen Harem zu unterhalten, der Oase Faijum einen Besuch abstatten. Der Harem fungierte mehr als wirtschaftlicher Betrieb denn als Hüter der Schönsten des Königs. Feinstes Linnen und andere kostbare Güter wurden hier hergestellt. Ich hatte verfügt, auch einen Zwischenhalt in Abydos einzulegen, wo ich den Tempel der Isis besuchen wollte. Danach würden wir Sethos in Theben absetzen und weiter ins Tal der Königinnen nilabwärts reisen, damit ich den Fortgang der Arbeiten an meinem Grab besichtigen konnte. Ich hatte erst kürzlich begonnen für meine Grabanlage Entwürfe zu begutachten, und die Arbeiten hatten kaum angefangen, doch es war die Pflicht eines jeden Mitglieds des Königshauses, seine Grabstätte von Zeit zu Zeit zu besichtigen, um etwaige Änderungen in Auftrag zu geben. Mir lag eigentlich nicht viel daran, mein Alter distanzierte mich sehr von der Vorstellung, das Reich der Lebenden zu verlassen und gen Westen zu blicken.

Verdrossen bemerkte ich, dass meine Gedanken schon wieder in Schwermut abglitten. Mein innerer Kampf machte mich krank an Leib und Seele. Ich beschloss, meine dunklen Schiffsgemächer zu verlassen und mich dem Licht Res auszusetzen, der in seiner Gestalt als Atum ein goldenes und sanftes Licht des Abends verbreiten musste. Außerdem war Horemheb nicht dumm. Er würde wissen, dass er auf dem besten Wege war, mich zu besiegen, wenn ich mich ängstlich wie ein Kätzchen hier unten verkroch. Ich überlegte kurz, ob ich May auffordern sollte, mitzukommen, doch ein Blick auf die Binsenmatte neben meinem Ruhebett und ihre ruhigen Atemzüge ließen mich erkennen, dass sie tief schlief. Ich verzichtete darauf, sie zu wecken, und ging allein an Deck.

Horemheb hatte sich einen Sessel unter dem königlichen Baldachin aufstellen lassen und studierte ein paar Karten. Er trug nur einen einfachen Schurz und leichte Sandalen, selbst auf das Nemes-Tuch hatte er heute verzichtet. Eine Reise hat etwas ungemein Privates an sich; während man den Nil hinauf- oder hinunterfährt, kann man müßig die Schönheit Ägyptens genießen. Auch ich hatte auf Schmuck verzichtet, ein schlichtes Leinengewand erfüllte seinen Zweck. Es herrschten eine wohltuende Stille und eine Ruhe und Harmonie, die nur der ausklingende Nachmittag bringen kann, der sich langsam in den Abend verwandelt. Der Kapitän des Schiffes und die Mannschaft waren unter Deck. Wahrscheinlich ruhte sich die eine Hälfte aus, während die andere in bedächtigem Tempo die Ruder betätigte, gerade so, dass wir gemächlich vorankamen. Ich wusste, dass man vom Baldachin aus den besten Überblick über das Schiff und auch über das vorbeiziehende Ufer hatte, und entschloss mich, mich hier nicht von Horemheb einschüchtern zu lassen, sondern mich in die Kissen unter dem Baldachin zu legen und einer Katze gleich selbstverständlich und müßig das Schauspiel der Natur zu beobachten, das sich mir hier überall bot.

Horemheb blickte nur kurz auf, um sich sofort wieder in seine Karten zu vertiefen. Ich war ihm dankbar für diese Zurückhaltung. Manchmal überraschte er mich durch eine seltsame Gabe, die ihn spüren ließ, wann Reden überflüssig war. Dann achtete und respektierte er die Stille und den Ernst, indem er mich einfach in Ruhe ließ. In diesen Zeiten war ich ihm sehr gerne nahe, denn dann fühlte ich mich seltsam beschützt und erfüllt durch seine Anwesenheit. So verging etwa eine halbe Stunde, in der ich Kraft aus der ausklingenden Wärme Res bezog, dessen liebevolles Licht mich sanft einlullte. Horemheb hätte wahrscheinlich bis in die Nacht so schweigsam neben mir gesessen, doch plötzlich überkam mich der Wunsch zu reden.

»So ist Ägypten am friedlichsten, und so liebe ich es am meisten. In Stunden wie diesen weint mein Herz Freudentränen, dass es ein Kind dieses Landes ist.«

Horemheb antwortete, ohne aufzusehen. »Ägypten ist von den Göttern gesegnet, Prinzessin. Mein Blut würde ich geben, damit Kemet leben kann, unberührt, in ewiger Herrlichkeit, in seiner Größe, unvergessen. Wo könnte ein Mensch glücklicher sein als in diesem von den Göttern gesegneten Land?«

Ich blickte ihn erstaunt von der Seite an. Diese Schöngeisterei hatte ich Horemheb nicht zugetraut.

»Deine Worte sind weise und wohlklingend, Horemheb. Wie überraschend, etwas Derartiges aus deinem Munde zu vernehmen.«

Horemheb ließ die Karten sinken und blickte mich stirnrunzelnd an.

»Vielleicht hast du dir bisher nur niemals die Mühe gemacht, mir zuzuhören.« Ich meinte eine leichte Traurigkeit in seinen Worten zu vernehmen, doch sogleich fasste er sich wieder und fügte hinzu: »Wir erreichen in zwei Tagen Abydos. Willst du dort Halt machen, um den Isis-Tempel zu besuchen?«

»Nein, wir können auf dem Rückweg nach Theben dort anlegen. Ich möchte Sethos so bald wie möglich in die Arme schließen; ich habe ihn viel zu lange entbehren müssen.«

Horemheb nickte. »Er ist jetzt acht Jahre alt. Wie schnell die Zeit an uns vorübergeflogen ist. Bald wird er ein Jüngling sein und ich ein alter Mann.«

Jetzt zeigte sein Gesicht wieder den jungenhaften Ausdruck, vor dem man sich hüten musste, wollte man nicht Gefahr laufen, von seinem sarkastischen Humor überrumpelt zu werden.

»Doch du, Sit-Ra, wirst immer noch schön und jung wie eine Göttin sein.«

Ich beschloss aus einer Laune heraus, ihn gleichfalls zu necken.

»Und du wirst mir immer noch nachstellen.«

Er lehnte sich in seinem Sessel zurück.

»Ja, aber dann wie ein altersschwaches Tier, das die Nähe der Menschen sucht, um eine gnädige Hand bettelnd, die sein krummes Rückgrat streichelt.« Er machte eine kurze bedeutungsvolle Pause. »Vielleicht bin ich deshalb Soldat geworden, um jung zu sterben und eine Horde kreischender und weinender Weiber zu hinterlassen, die meiner Manneskraft nachtrauert.«

Ich setzte mich auf und blickte ihn tadelnd an.

»O ja, das kann ich mir sehr gut vorstellen. Es entspräche deiner Arroganz und deiner Selbstherrlichkeit.«

Horemheb erhob sich und reckte sich im immer schwächer werdenden Sonnenlicht, wobei die rötlich goldene Farbe der Sonnenstrahlen ein Lichtspiel auf seine Muskeln zauberte. Merkwürdigerweise überkam mich bei dem Gedanken, dass er jetzt fortgehen würde, ein seltsames Gefühl des Verlustes und des Unbehagens. Doch er wandte sich nicht zum Gehen, sondern legte sich neben mich in die Kissen. Sofort war wieder das Gefühl der Unsicherheit da. Ich genoss Horemhebs Nähe, wenn er neben mir in einem Sessel saß, doch die greifbar gewordene Nähe zu ihm ließ mich verzagen. Obwohl er keine Anstalten machte, wie ein Barbar über mich herzufallen, hatte ich das Empfinden, von ihm bezwungen zu werden. Er schien es nicht zu bemerken, und ich dankte Isis dafür.

»So wie Frauen die Männer mit Unnahbarkeit quälen, so rächen sich die Männer an ihnen mit dem Gefühl des Verlustes, wenn sie sich dann doch hingeben und schließlich dafür verlassen werden.«

Da! Er hatte es geschafft, mit einem Satz das auszusprechen, was mich Monate gequält hatte. Es war die Antwort auf die Frage, die ich mir die ganze Zeit unbewusst gestellt hatte. Hier war sie greifbar nahe und bedrückend zugleich. Es war die Frage, die ich ihm so gern gestellt hätte, nämlich ob er vorhatte, mich zu nehmen, um schließlich das Interesse an mir zu verlieren und sich einer anderen Frau zuzuwenden – wie Ramose. Erst jetzt bemerkte ich, wie tief die Wunde eigentlich saß, die Ramose mir zugefügt hatte. Doch ich konnte ihm diese Frage nicht stellen. Sie hätte mich sofort zu seiner Sklavin gemacht, und dies war genau das, was ich nicht sein wollte. Ich hatte Angst, dass er mein Herr würde, mein sehnsuchtsvolles Seufzen in der Nacht, dass er mich bezwang wie einen Löwen, den er in einen Käfig sperrte und der fortan auf das Wohlwollen seines Herrn angewiesen war.

Ich hatte zu lange geschwiegen. Mein Schweigen veranlasste ihn, mich anzusehen. Sein Gesicht war dem meinen zu nahe, mein Blick vermochte seinen forschenden Augen nicht zu entfliehen. Ich konnte spüren, wie er mir die Wahrheit entrang, wie er tief in mein Ka drang und das ganze Ausmaß der Wahrheit schließlich aus mir herauszog. Ich sah den Ausdruck des Erkennens in seinen Augen und war bereit zur Flucht. Als ich aufstehen und mit einer lapidaren Entschuldigung in die sichere Dunkelheit meiner Gemächer fliehen wollte, um meine nach außen dringenden Gefühle tief in meinem Herzen zu verschließen, hielt er meinen Arm fest. Verzweifelt versuchte ich mich loszureißen. Ich wusste, dieses Mal würde er ohne Körperkraft gewinnen, und er wusste es auch. Es kostete ihn nur eine kurze Armbewegung, um meinen Körper kraftlos werden zu lassen, als er mich an sich zog. Er gab mir keine Zeit, sondern küsste mich und drückte mich hinunter in die Kissen. Mein Ka schrie mir entgegen, ich solle mich wehren. Ich bin mir sicher, er hätte von mir abgelassen, hätte ich es gewollt. Doch ich wehrte mich nicht. Ich fühlte die Kissen unter mir nicht mehr, ich war nicht mehr ich selbst, allein er war in diesem Moment da. Er ließ es nicht zu, dass sich irgendetwas zwischen uns drängte. Ich fühlte, wie er meinen Gürtel löste, nicht hastig, sondern langsam, sich jeder Bewegung bewusst. Ich konnte nichts tun. Ich konnte kaum atmen, jeder Atemzug störte das Gefühl der völligen Vereinigung und quälte mich. Ich konnte mich auch nicht selbst überwinden und ihn berühren, ich wollte nur Körper sein, nicht Geist. Sein Atem war heiß an meinem Hals, und mein Leib war ein einziger Aufschrei, als dieser Traum brutal unterbrochen wurde.

Vom Heck des Schiffes vernahm ich die Stimme des Kapitäns, der sich mit zwei anderen Männern dem Baldachin näherte. Auch Horemheb schrak auf und reagierte geistesgegenwärtig, denn er richtete seinen Schurz und ging ihnen entgegen, damit sie erst gar nicht um den Baldachin herumkommen konnten und meiner gewahr werden würden. Mühsam kämpfte mein Körper mit der Wirklichkeit, griffen meine zitternden Hände zum Gürtel und schlangen ihn um die Taille, die noch seine Berührungen spürte und ob der unsanften Behandlung durch meine eigene ungeschickte Hand mit einer Gänsehaut protestierte. Ich stand auf und ging schnellen Schrittes unter Deck. Ich war verwirrt und fühlte mich gedemütigt.

Beim Abendessen achtete ich darauf, dass ich weit von Horemheb entfernt saß. Mich ließ der Gedanke nicht los, dass er nun wusste, dass er mich leicht bezwingen konnte. Er würde es bei nächster Gelegenheit wieder versuchen. Horemheb unterhielt sich mit dem Kapitän und beachtete mich kaum. Ich hatte keinen Appetit und zog mich baldmöglichst zurück. Ich lauschte den Stimmen Horemhebs und des Kapitäns an Deck. Sie unterhielten sich, und erst als die Schritte sich entfernten und ich nichts mehr hören konnte, gab ich dem Gefühl der Müdigkeit nach und befahl May, vor der Tür zu schlafen, damit niemand diese unbemerkt öffnen könnte. May sah mich zwar kurz verständnislos an, doch schließlich nahm sie ihre Schlafmatte und legte sie quer vor die Tür. Etwas beruhigter schlief ich schließlich ein.

Mitten in der Nacht wachte ich auf, offenbar von einem Geräusch geweckt. Erschrocken richtete ich mich auf und wartete, bis meine Augen sich an die Dunkelheit gewöhnt hatten. Nichts! May schlief ungestört vor der Tür. Ich horchte, doch da war nichts. Auch an Deck war alles still. Ich war sofort wieder aufgewühlt. Es überkam mich der Wunsch, aufzustehen und nach oben zu gehen. Ich überlegte kurz, ob Horemheb mir dort auflauern würde, verwarf den Gedanken jedoch schnell wieder. Er war lächerlich. Ich schaffte es, mich an Mays Schlafmatte vorbeizudrücken und die Tür einen Spaltbreit zu öffnen, gerade so weit, dass ich hindurchschlüpfen konnte.

An Deck war es kühl, und ich hörte das Zirpen der Grillen, die eine leise Weise der Nacht anzustimmen schienen. Zuerst beruhigte ich mich etwas, nachdem ich mich umgesehen hatte und bemerkte, dass niemand an Deck war. Doch bald war die Unruhe wieder da. Ich richtete ein Gebet an Isis und fragte sie, warum sie mir das Herz einer Frau gegeben habe. Warum konnte ich nicht einfach verklärt sein wie sie selbst? Doch dann kam eine seltsame Resignation über mich. Es war keine deprimierende Resignation, vielmehr ein Zugestehen der eigenen Gefühle und der eigenen Weiblichkeit. Ich wandte mich um und ging das Deck entlang, bis ich zu Horemhebs Gemächern kam. Die Tür machte kein Geräusch, als ich sie öffnete, und meine Augen hatten sich längst an die Dunkelheit gewöhnt, sodass ich Horemhebs Ruhebett im hinteren Teil der Räumlichkeiten erkannte. Horemheb war alleine. Seinen Diener schickte er stets vor die Tür oder entließ ihn in seine eigene Unterkunft. Ich hatte mit wenigen Schritten das Ruhebett erreicht. Horemheb schlief fest. Sein Atem ging gleichmäßig, und unter dem dünnen Leinentuch sah ich das, was die Frauen von ihm begehrten, sich abzeichnen. Seine Brust lag frei. Ich wollte ihn betrachten, genau so, schlafend, wie er mir nicht gefährlich werden konnte. Nach einer Weile wurde ich kühner und legte meine Hand auf seine Brust, damit sie den Schlag seines Herzens spüren konnte. Es schlug kräftig und gleichmäßig. Ich wollte jetzt aufstehen und in mein eigenes Bett zurückkehren, doch meine Hand gehorchte mir nicht mehr. Ich zog mit dem Finger den Schwung seiner Lippen nach, als er plötzlich aus dem Schlaf heraus mein Handgelenk packte und mit einem Mal hellwach war. Ich erschrak zutiefst, und er konnte es sehen. Sofort ließ er meine Hand los und blickte mich erstaunt an.

»Ich hätte dich töten können. Ich habe zu viele Nächte auf Schlachtfeldern verbracht, als dass ich anders reagieren könnte.«

Ich fühlte mich plötzlich sehr einfältig.

»Ich hätte nicht kommen sollen, es war falsch.«

Er machte keine Anstalten, mich festzuhalten, doch ich stand auch nicht auf und ging.

Stattdessen verschränkte er seine Arme und blickte mich an.

»Und warum stehst du jetzt nicht auf und gehst?«

Ich konnte seine harten Worte nicht fassen. Er demütigte mich. Natürlich hatte ich mir seine Reaktion anders vorgestellt – nach all den Jahren. Ich kämpfte gegen die Tränen an und hasste mich dafür. Warum brachte er mich zum Weinen? Selbst Ramose hatte das nie vermocht. Schluchzend wandte ich mich ab. Dies war der Höhepunkt meiner Schande, die Horemheb jemals zu sehen bekommen würde. Doch dann spürte ich seine Hand auf meinem Rücken, seinen Arm, der sich um meine Taille schlang und mich zu sich zog.

»Sit-Ra, komm her! Du hast mich so lange um dich werben lassen, bis ich vor dir im Staub lag. Nur dieses eine Mal sollst du mich bitten.«

Ich blickte ihn verwundert durch meinen Tränenschleier an. War es so? Fühlte er sich ebenso gedemütigt, wie ich mich gefühlt hatte? Es war seltsam, doch plötzlich kamen mir die Worte leicht über die Lippen, als hätte Hathor sie mir zugeflüstert.

»Bitte, weise mich nicht zurück. Lass mich heute Nacht bei dir liegen.«

Ich fühlte plötzlich wieder das alte Verlangen des heutigen Abends in ihm aufkeimen, und ebenso schnell war mein Körper bereit. Als nichts mehr zwischen uns war, keine Gewänder und keine Missverständnisse, keine Angst und keine Befangenheit, war ich endlich wieder Sit-Ra – nicht die Prinzessin, nicht die enttäuschte Frau, einfach nur Sit-Ra. Ich begehrte ihn nicht, weil er Ägypten in den Händen hielt und es mir zu Füßen legen wollte, sondern weil ich ihm nahe sein wollte, und er liebte mich nicht, weil er einen Thronfolger aus meinem Schoß begehrte, sondern weil sein Ka nach mir dürstete.

Seine Küsse waren wie heißer Honig, und sein Körper war wie der Nil, der das dürstende Ufer mit fruchtbarem Schlamm zum Leben erweckt. Ich wagte erstmalig, die Augen zu öffnen, denn ich wollte sehen, ob sein Gesicht mir offenbarte, was er fühlte. Er hatte darauf gewartet, dass ich ihn anblickte. Erst jetzt zog er sanft meine Schenkel auseinander, um mich ganz zu besitzen. Seine Bewegungen waren weich und drängten nicht auf sofortige Erfüllung. Wenn ich mir früher vorgestellt hatte, Horemheb würde die Frauen besitzen wollen, wie Tiere sich besitzen, so war ich einem Irrtum erlegen. Besessen zu werden wurde nun zur Verlockung, der ich nachgab wie einer süßen Frucht. Erst als ich mich gegen den sehnsuchtsvollen Schmerz der Lust zu wehren begann und seinen Bewegungen nicht mehr entgegenwirken konnte, griff er um meine Taille und zog mich fest an sich, um meinem Körper so die letzten lustvollen Qualen zu entreißen und seine eigenen damit zu beenden.

So und nicht anders erinnere ich mich an meine erste Nacht mit Horemheb, vor der ich mich jahrelang gefürchtet und gegen das Unabänderliche angekämpft hatte, damit es sich schließlich als vergebens herausstellte. Der Morgen war wie eine Wiedergeburt; trunken noch von der vergangenen Nacht, atmete ich den Duft der Haut meines Geliebten und fühlte seine Nähe ohne Reue.

Der Wille der Götter und ihre Wege, ihn uns mitzuteilen, muten uns manchmal konfus und sinnlos an, doch letztendlich folgen wir ihnen und nehmen ihre Gaben wie auch ihre Strafen mit Demut an.

7.
Papyrus

Wir erreichten Memphis nach etwa zwei Wochen. In diesen zwei Wochen erlebte ich die Liebe wie ein Feuer, dessen Wärme trostvoll und verzehrend zugleich ist. Es konnte niemandem verborgen geblieben sein, dass ich meine Nächte bei Horemheb verbrachte und wir plötzlich einen Großteil der Zeit zusammen waren. Auch wenn wir uns vor May und den anderen distanziert wie immer gaben, mochten unsere Augen nicht voneinander ablassen, und unsere Kas zogen sich an, als wären sie einst mit dem Schwert getrennt worden und wollten die Wunde nun durch erneute Vereinigung heilen. Doch alle waren sehr diskret. Vielleicht hatten sie auch Verständnis, vielleicht dachten sie auch nur, es hätte sich endlich zusammengefügt, was zusammengehört. Sobald wir allein waren, berührten wir uns und flüsterten uns gegenseitig Bezeugungen der Liebe ins Ohr, die im verzweifelten Versuch endeten, unsere Körper zu vereinen. Oh, wer kennt nicht die Qualen der Liebe und ihre zu kurzen vereinigenden Momente. Die Liebe beschenkt uns mit Glück, um uns gleichzeitig unsere Unvollkommenheit zu zeigen, die wir in verschwindend kurzen Momenten in der Vereinigung mit dem Geliebten auszugleichen versuchen.

Memphis erwartete uns. Das Volk jubelte uns zu, als wären wir das königliche Paar. Es war ihm egal, dass ich nur eine Prinzessin und Horemheb ein Gemeiner war, der die Macht Kemets in Händen hielt. Für sie zählte einzig, dass in Kemet langsam wieder der Wohlstand einkehrte, und dies rechneten sie Horemheb und mir an. Für den Weg zum Haus des Stadthalters mussten wir uns trennen. Horemheb fuhr in seinem Streitwagen, während auf mich eine Sänfte wartete. Ich erinnerte mich an den Ausflug nach Theben, als ich vor ihm auf dem Streitwagen gestanden hatte, krampfhaft darauf bedacht, nicht zu stolpern und damit seinen Körper zu berühren. Jetzt war alles anders, die Vorstellung, mich gegen seinen muskulösen Körper zu lehnen und seine Kraft zu spüren, erregte mich. Doch hier war ich nun wieder die Kronprinzessin und er der Reichsverweser. Wir hatten unsere Rollen zu spielen.

Der Stadthalter von Memphis war ein beleibter Mann mittleren Alters, der die Freuden des Lebens genoss. Sein derber Humor erschreckte möglicherweise den feinsinnigen Ägypter, doch er verriet auch seine Aufrichtigkeit. Horemheb mochte ihn sofort, und ich hatte gelernt, vertrauensvolle Menschen um mich herum zu schätzen. Ranefer war der Sohn einer Ägypterin und eines Kaufmannes aus Amurru, der es durch Fleiß und Aufrichtigkeit bis zum Stadthalter geschafft hatte. Er war schon zu Zeiten Amenophis III., meines Großvaters, in dieses Amt berufen worden.

Ranefer bewirtete uns großzügig und freute sich über die Komplimente, die wir ihm für diesen Empfang machten. Er hatte sein Haus geräumt, damit wir mit unserer Dienerschaft hier residieren konnten. Beim Gastmahl sah ich, wie Horemheb und Ranefer sich laut lachend unterhielten, und eine leise Eifersucht überkam mich, da ich das Gefühl hatte, Horemheb zwar Frau und Weib, aber nicht Gefährtin sein zu können. Das betrübte mich, denn letztendlich ist es das, was nach den Freuden der körperlichen Liebe zwischen zwei Menschen bestehen bleibt, wenn sie füreinander geschaffen sind. Ich blickte nacheinander die anderen Mädchen und Frauen an und ertappte mich bei dem Gedanken, wie ich abschätzte, welche von ihnen in Horemhebs Augen Wohlgefallen finden würden. Ich riss mich zusammen. Ja, ich war auf dem besten Weg, eine Sklavin der Liebe zu werden, wie ich es befürchtet hatte. Doch Ablenkung nahte von anderer Seite.

»Die Prinzessin übertrifft den Ruf der Schönheit, der ihr vorauseilt.«

Aus meinen Gedanken gerissen, blickte ich in das Gesicht eines jungen Mannes. An seiner Kleidung konnte ich erkennen, dass er Priester war. Er war von zartgliedriger Gestalt, und seine Bewegungen waren ruhig und bedacht. Sein Gesicht war gefällig und mutete an, als wäre es nur dafür erschaffen worden, mit einem Ausdruck kindlicher Bestürzung über den Sinn des Lebens zu sinnieren. Ich wollte diesen ungewöhnlichen Mann kennen lernen.

»Bitte setz dich zu mir, damit du mir berichten kannst, wer solch voreilige Schlüsse über mich zieht.«

Er ließ sich lächelnd neben mir nieder.

»Es können nur die sein, die deine wahre Schönheit noch nie von Angesicht sehen durften, denn all ihre Berichte waren Untertreibungen.«

Ich mochte seinen Charme, denn irgendetwas sagte mir, dass er nicht nur versuchte höflich zu sein. Es war eine Bewunderung in seinen Augen, die mich rührte.

»Bist du Priester des Apis?«

»Verzeih, dass ich über so viel Bewunderung vergaß, dir meinen Namen zu nennen. Ich heiße Rehered.«

Rehered erzählte mir von dem heiligen Stier, nach dem so lange gesucht worden war. Er berichtete mir auch von Memphis und von den heiligen Pyramiden. Ich hatte die Pyramiden noch nie gesehen, weshalb ich ihn bat, einen Ausflug dorthin zu ermöglichen. Rehered versprach, dies zu tun. Dann fragte ich ihn, ob er meinen Sohn, den Prinzen Sethos, kenne. Er lächelte verhalten und entgegnete, dass der Prinz in Memphis beliebt und geachtet sei. Er zeichne sich durch große Klugheit und Mut aus. Er selbst unterrichte ihn des Öfteren im Schreiben der Heiligen Zeichen und habe keinen begabteren Schüler als den Prinzen.

»Wo ist der Prinz jetzt? Ich hoffte ihn noch heute sehen zu dürfen.«

»Du wirst ihn heute Abend beim großen Bankett begrüßen können, Prinzessin. Er freut sich sehr darauf, dich wieder zu sehen.«

Ich nickte. Dann spürte ich plötzlich Horemhebs Blick, der Rehered musterte. Befriedigt stellte ich einen Anflug von Eifersucht bei ihm fest. Er kam zu uns herüber und begrüßte Rehered höflich. Danach reichte er mir seine Hand.

»Der Stadthalter bat um die Ehre, uns in privaterem Rahmen willkommen zu heißen.«

Nun würden also die endlosen Höflichkeitsfloskeln einem geschäftsmäßigeren Ton weichen. Schließlich erwartete

Memphis etwas von uns. Ich verabschiedete mich fürs Erste von Rehered und ließ mich von Horemheb in Ranefers Amtsräume führen, wo er uns schon erwartete und Erfrischungen für uns hatte auftragen lassen. Als wir saßen, begann er zu sprechen.

»Memphis ist geehrt und dankbar über diesen Ehrenbesuch. Es ist viel zu lange her, dass die Götter ihren Arm nach Memphis ausstreckten.«

Ich lächelte unmerklich. Wenn Ranefer auch derb wirken mochte, er verstand sich sehr gut auf den Umgang mit Worten. Hätte er das Wort Pharao oder König gebraucht, hätte er Horemheb brüskiert, denn er war nicht von göttlicher Geburt. Außerdem hätte er meine Anwesenheit damit als unwichtig abgetan, was sie eigentlich ja auch war. Mit seiner klugen Wortwahl hatte er mich als Mitglied des Königshauses geachtet und Horemheb als göttlichen Gesandten anerkannt.

»Der Palast weiß, dass Memphis wie auch die anderen Städte Ägyptens lange haben Verzicht in jeglicher Hinsicht üben müssen.« Horemhebs Entgegnung war nicht minder besonnen, denn mit dem Oberbegriff des Palastes gab er uns einen enormen Anschein von Macht und Absolutismus. »Wie können wir nun Memphis versöhnen und seine Bevölkerung der Liebe der Götter versichern?«

Ranefer machte eine kurze Pause, als würde er nachdenken, eher aus Höflichkeit als aus Notwendigkeit, denn zweifellos hatte er sich schon Wochen vor unserer Ankunft genau überlegt, was er für Memphis fordern konnte, und die Liste mit den sicherlich nicht unbeträchtlichen Forderungen auswendig gelernt, um jetzt glaubwürdig zu wirken.

»Es wäre unbedingt vonnöten, die Tempelanlage in Sakkara zu restaurieren. Auch die Kornspeicher der Tempelanlagen sind leer, und das Heiligtum des Gottes ist beschämend arm. Für Memphis selbst wäre ein Beitrag von eintausend Ringen in Gold und zweitausend Stück Vieh hilfreich, um es wieder an die Handelsstraßen anzuschließen und ihm zu einer eigenständigen Verwaltung zu verhelfen.«

Ich hielt die Luft an. Obwohl ich um die letzte gute Ernte wusste und um den zurückkehrenden Wohlstand, erschien mir die Forderung maßlos. Memphis war nicht die einzige Stadt, die bedacht werden wollte. Ich blickte zu Horemheb hinüber, doch der ließ sich nicht aus der Ruhe bringen. Nach einer ebenfalls gespielten Bedenkzeit – denn Horemheb wusste genau, was Memphis bekommen würde – richtete er ruhig das Wort an Ranefer.

»Mich betrübt eure offensichtliche Not, und gern würde ich alle Schatzkammern Ägyptens öffnen, um euch dreifach die Jahre der Entbehrung zu vergelten, doch deinem vollen Wunsch kann nicht entsprochen werden.« Er nahm gemächlich einen Schluck Wein zu sich. »Die alte Regelung vor der unglückseligen Zeit, in der ganz Kemet hungerte, besagte, dass Memphis jährlich mit zweihundertfünfzig Ringen in Gold und zweihundertfünfzig Ringen in Silber bedacht werden sollte. Dazu kamen Getreide, Vieh und andere Dinge wie Linnen, Gewürze, Holz und vieles mehr. Sakkara lebte durch die Abgaben der Gläubigen und rühmte sich, durch die Pilger, die kamen, um den heiligen Stier zu ehren, völlig eigenständig zu sein.«

Ranefer rang vollendet kunstvoll die Hände. »Doch seit zwei Jahren war der Tempel des Apis verwaist, ein heiliges Tier wurde erst vor kurzem wieder gefunden. Die Gläubigen und Pilger blieben aus, Sakkara zehrte von dem in vielen Jahren des Fleißes erworbenen Reichtum, der nun fast völlig aufgebraucht ist. Es ist beschämend für uns, den Palast um Hilfe zu bitten.«

Horemheb antwortete versöhnlich. »Wir werden dem Wunsch des Apis nachkommen und das Heim seines erwählten heiligen Tieres restaurieren lassen, damit der Gott ausgesöhnt ist. Außerdem werden wir euch tausend Stück Vieh und fünfhundert Ringe in Gold geben. Ihr möget diese Zuwendung unter den Priestern von Sakkara und den Bürgern von Memphis aufteilen. Ich bin sicher, ihr werdet umsichtig mit den Zuwendungen Handel betreiben und dem Palast im nächsten Jahr eure wiederhergestellte Eigenständigkeit verkünden können.«

Ranefer wollte Einwände erheben, doch Horemheb sprach weiter.

»Es wäre sehr zu eurem Schaden, wenn ihr eure bevorzugte Stellung in den Augen der Bevölkerung Kemets verliert, indem ihr euch vom Palast abhängig erklärt. Du weißt, der Kronprinz wurde von jeher nach Memphis geschickt, um eine uneigennützige Ausbildung im Kap zu erfahren und ohne Vorurteile in die Stadt seiner Väter zurückkehren zu können. Memphis wurde hier nie infrage gestellt. Der Kronprinz muss eine vom Palast unabhängige Ausbildung erhalten, die Lehrer und Priester, die ihn unterrichten, dürfen ihre Weitsichtigkeit nicht durch den übergroßen Schatten des Palastes einbüßen. Frei und stolz sollen ihre Reden sein, niemand darf die Macht haben, sie durch unsichtbaren Druck ihrer geistigen Freiheit zu berauben, damit auch der Kronprinz unbeschattet vom Raunen und Flüstern falscher

Ideale reifen kann. Rein und völlig unbeeinflusst muss sein Herz sein, wenn er seine Ausbildung abschließt, um den ihm vorbestimmten Platz auf dem Horusthron einzunehmen. Wo sollen wir die künftigen Könige ausbilden lassen, wenn Memphis nicht mehr infrage kommt?«

Horemheb erstaunte mich immer wieder durch seine Weitsichtigkeit. Ranefer änderte seine Haltung sofort.

»O gütiger Herr! Wie könnten wir dem Palast und dem Kronprinzen aus Eigennutz einen derartigen Schaden zufügen. Verzeih einem unbedachten Mann, der ob seiner Schlichtheit und Sorge um die ihm anvertrauten Menschen höhere Ziele unbeachtet ließ.«

Damit war alles gesagt. Horemheb hatte gewonnen. Wir konnten uns verabschieden und unsere Gemächer beziehen.

Ich wollte Horemheb sehen, doch wir mussten vorsichtig sein. In der Öffentlichkeit durften wir uns nicht treffen. Also sandte ich May mit einer Nachricht für Horemheb in seine Gemächer, dass er mich zu später Stunde bei den Pferdeställen treffen sollte. Ich bat ihn in meiner Nachricht, ein Gespann bereitzuhalten. Ich wollte mit ihm über die heutigen Verhandlungen sprechen, doch vor allem wollte ich ihm nahe sein wie auf der Barke, deren Vertraulichkeit wir hatten aufgeben müssen.

Vorher traf ich meinen Sohn bei dem offiziellen Bankett. Sethos war groß und erwachsen für sein Alter. Er umarmte mich herzlich, doch benahm er sich nicht mehr wie das unbedarfte Kind, das er noch vor einem Jahr gewesen war. Er schien sich seiner Stellung als Kronprinz immer bewusster zu werden, was mich einerseits freute, andererseits aber betrübte, denn die Kindheit wich viel zu schnell aus seinem Geist. Doch war er mir gegenüber immer noch offen, erzählte von seinem Unterricht und von Freunden, die er hier gefunden hatte. Ich hörte ihm zu, freute mich über seine Begeisterung, mit der er mir jede Einzelheit seines Lebens hier schilderte, und ließ ihn sein lang angestautes Bedürfnis zu reden ausleben. Als er schließlich ruhiger wurde, wagte ich, ihm meinerseits Fragen zu stellen.

»Vermisst du irgendetwas hier, Sethos? Gibt es etwas, was ich dir schenken könnte?«

Sethos überlegte angestrengt, schüttelte aber schließlich den Kopf. »Ich bin sehr zufrieden hier. Sowohl mein Geist als auch mein Körper haben genug Möglichkeiten, sich wach zu halten.« Dann runzelte er kurz die Stirn, als ob ihm doch noch etwas eingefallen wäre, was er als Geschenk begehrte. »Ich frage mich nur, ob mein Vater mich nicht öfter besuchen könnte. Ich hörte, dass er in seiner Eigenschaft als Gesandter des Palastes häufig in der Nähe von Memphis weilt. Außerdem erfuhr ich, dass ich einen Halbbruder habe.«

Ich merkte, dass ich die Wahrheit vor Sethos nicht länger verheimlichen konnte. Er war alt genug, um zu verstehen, warum ich nicht mehr mit Ramose zusammenlebte.

»Ja, du hast einen Halbbruder namens Paramessu, und der Name seiner Mutter ist Irjet. Dein Vater heiratete sie in Nebenehe.«

Sethos nickte leicht. »Ich weiß, dass er mit ihr zusammenlebt, wenn er in Theben ist.« Er blickte mich forschend an, und seine Augen mahnten mich, ihm die Wahrheit zu sagen. »Besucht er dich oft?«

Ich schüttelte den Kopf. »Nein, Sethos. Ich war nicht bereit, ihn zu teilen.«

Nach einer kurzen Bedenkpause nickte er erneut. »Ich glaube, ich verstehe dich, Mutter. Ich würde es auch nicht wollen. Wenn ich schon Eifersucht auf einen Bruder empfinde, den ich nicht einmal kenne, wie solltest du es dann hinnehmen können?«

Mein Sohn erfüllte mich mit Stolz, denn die Gefühle einer Frau zu durchdringen war für den ägyptischen Mann nicht üblich. Er konnte sich auf eine jahrhundertealte Tradition berufen, die ihm erlaubte, sich Frauen nach seinem Belieben zu nehmen, wenn er nur jede von ihnen ihrem Stand gemäß achtete. Mit dieser Aussage hatte mein Sohn seine Vorfahren an Größe übertroffen. Doch als König würde er sich selbst viele Frauen nehmen, um seine Linie zu sichern, und ich wusste, dass es Maat war. Wenn er den Kummer seiner vielen Frauen nachempfinden könnte, die verzweifelt um seine Gunst warben, so würde ich zufrieden sein.

Horemheb traf ich spät in der Nacht zu der vereinbarten Stunde. Er war überrascht, mich in Männerkleidern zu sehen.

»Du verwunderst mich immer wieder, Sit-Ra. Erst diese geheimnisvolle Nachricht und dann diese Verkleidung.«

Ich stieg ohne Aufforderung auf den Streitwagen, der bereitstand. Stirnrunzelnd tat er es mir nach und stand hinter mir. Er ergriff die Zügel und fragte, wohin ich denn wolle.

»Ich dachte, du wüsstest einen Ort.«

Ich ließ mich nach hinten sinken, sodass ich seinen Körper spürte. Seit ich ihn heute von meiner Sänfte aus beobachtet hatte, hatte mich der Gedanke nicht mehr losgelassen, dass ich mich an ihn lehnen konnte, während der Wind mir ins Gesicht peitschte und die Pferde in wildem Galopp voranpreschten.

Er beugte sich vor und flüsterte mir ins Ohr: »Ich weiß einen Ort. Ich zeige dir die Wiege Ägyptens.«

Horemheb gab den Pferden die Zügel, und sie liefen los. Nach einer Weile bemerkte ich, dass wir in die Wüste hinausfuhren, doch ich fragte nicht nach dem Ziel. Ich genoss den Wind, ich genoss meinen Geliebten und ergab mich dieses Glücksgefühls. Endlich konnte ich unser Ziel sehen – und ich war überwältigt. Horemheb war meiner Bitte an Rehered zuvorgekommen und hatte mich zu den Pyramiden gebracht.

Er hielt in einigem Abstand vor ihnen, damit ich das Gesamtbild in mich aufnehmen konnte. Die sternenklare Nacht ließ meine Vorfahren am Himmel erstrahlen, und der Mond tauchte die Pyramiden in ein weißes Licht, das sie noch rätselhafter erscheinen ließ.

»Hier ist deine Geschichte, Sit-Ra. Hier sind deine Wurzeln.«

Er schwieg, damit ich mir der Bedeutung dieses Augenblicks klar werden konnte.

»Ich wusste nicht, dass sie so wunderschön sind.« Ich griff nach seiner Hand und drückte sie. »Hast du es gewusst, mein Bruder? Wusstest du von ihrem Zauber und ihrer bestürzenden Größe?«

Er zog mich an sich. »Ja. Ich sah sie viele Male schon und glaubte, nichts könne sie übertreffen, bis du kamst und ihr Erbe antratest – das Erbe deiner Vorfahren. Sie raunten mir zu, ich möge dich führen, denn es gibt keinen Gefährten, den sie an deine Seite geben könnten.«

»Du bist mein Gefährte, Geliebter. Es ist, wie du sagtest. Ich habe es irgendwann erkannt.«

»Ich bin dein Gefährte im Leben, Sit-Ra. Dazu haben sie mich bestimmt. Doch im Tode wirst du wieder mit deiner Familie vereint sein, und dort ist kein Platz für mich.«

Ich wollte diese Worte nicht hören.

»Mein Ka wird immer einen Platz für dich bereithalten.«

Er küsste mein Haar.

»Ich bin zufrieden, Sit-Ra. Die Götter gewähren ihre Gunst nur selten. Stellen wir sie nicht infrage.«

»Einst waren deine Worte kühner, sie sprachen von mir als deiner großen Königsgemahlin.«

»Ja, damals war Sethos noch jung, und ich vermochte in ihm nicht den künftigen Herrscher zu sehen. Doch jetzt erkenne ich, dass die Götter Ramose erwählt haben, den Sohn der Götter zu zeugen, und nicht mich.«

»Und doch zwangen sie mich in deine Arme.«

Seine Worte waren sanft, wie an ein Kind richtete er sie an mich.

»Damit ich mit meinem Leben für dich bürge, denn du bist ihre Tochter. Ich bin zufrieden, deinen Geist reifen zu sehen, Sit-Ra. Ich liebte das widerspenstige Mädchen mit der Lust meiner Lenden, und ich liebe die heranreifende Frau mit meinen Lenden und mit meinem Geist. Irgendwann wirst du meine Hilfe nicht mehr benötigen, dann wird nur noch mein Geist dich lieben dürfen.«

Ich legte meinen Finger auf seine Lippen.

»Das ist nicht wahr. Ich kann niemals mehr von dir ablassen.«

Mit einem ernsten Blick sah er mich an und richtete die Worte an mich, deren Bedeutung mir erst Jahre später klar wurde: »Ich werde dir helfen, die Stärke zu haben, wenn es so weit ist.«

Wie um seine Worte bedeutungslos zu machen, zwang ich ihn, mich zu nehmen, sobald wir zurück in Memphis waren und die Pferde übergeben hatten. Ich konnte es nicht wagen, seine Gemächer nachts zu betreten, ohne dass jemand es gemerkt hätte, und so liebten wir uns still im Garten des Hauses hinter duftenden Hibiskusbüschen. In dieser Nacht war der Gedanke an Trennung nur ein Wort, das seine Bedeutung verlor, betrachtete ich es vor meinem geistigen Auge. Wir blieben noch eine lange Zeit eng umschlungen liegen, und ich stellte ihm meine Fragen über die heutige Verhandlung mit Ranefer – warum er so selbstsicher gehandelt und woher er gewusst habe, dass man die Ausbildung des Kronprinzen als Druckmittel benutzen könne. Schließlich hätte Ranefer auch anders reagieren können.

Horemheb sprach nicht sofort, sondern dachte eine kurze Zeit nach, bevor er mir eine für mich unbefriedigende Antwort gab.

»Wenn du selbst die Antwort auf all diese Fragen gefunden hast, wirst du mich nicht mehr brauchen.«

8.

Papyrus

Am nächsten Tag bestätigte Horemheb den Apis-Stier in Sakkara. Da nach der offiziellen Feier meine Anwesenheit nicht unbedingt erforderlich war, bat ich Rehered, sein Versprechen einzulösen und mich zu den Pyramiden zu begleiten. Natürlich verschwieg ich ihm, dass ich diesen Ausflug bereits einmal unternommen hatte.

Auch tagsüber war der Anblick der drei Pyramiden überwältigend. Sie hatten einen völlig anderen Zauber als in der Nacht, jedoch war dieser nicht weniger beeindruckend. Noch etwas sah ich bei Tag, was mir gestern Nacht nicht aufgefallen war, vielleicht, weil ich von den Pyramiden und Horemhebs Worten gebannt gewesen war. Die Sphinx bewachte die Pyramiden und strahlte dabei eine Überlegenheit aus, die nur das Wissen von Tausenden von Jahren mit sich bringen kann. Ich vermochte meinen Blick kaum von ihr abzuwenden. Rehered bemerkte meine Faszination und wartete eine Weile, bevor er mich ansprach, damit ich dieses unglaubliche Bild auf mich wirken lassen konnte.

»Dies ist König Chephren, dein Urahn.«

Ohne meine Augen von Chephren abzuwenden, antwortete ich: »Ich bin gesegnet von den Göttern, nicht wahr, Rehered?«

»Wahrlich, das bist du, Prinzessin. Aus dir strahlt die gleiche Überlegenheit wie aus ihm.«

Ich blickte ihn nicht an, denn ich wollte ihn nicht in Verlegenheit bringen.

»Wie könnte ich so sein wie er, da ich doch nichts weiß und im Gegensatz zu ihm so wenig bin.«

Ich wunderte mich über meine Offenheit einem Menschen gegenüber, den ich kaum kannte. Doch Rehered war meinem Herzen von Anfang an nah gewesen, und einen solchen Menschen schenken die Götter einem nicht oft. Meist suchen wir einsam unseren Weg und verzweifeln ob der Erkenntnis, dass niemand da ist, mit dem wir unseren Geist vereinen können. Rehered würde niemals wagen, sich mir zu nähern, nicht körperlich. Doch dies war es auch gar nicht, was wir beide suchten, selbst wenn es einem manchmal so vorkommen kann. Blicken wir unter die Oberfläche, so erkennen wir, dass nicht unsere Körper, sondern unsere Gedanken sich zu einem großen Gedanken vereinen wollen. So ist das mit diesen Menschen, die so selten zu finden sind und nach denen wir doch ein Leben lang suchen.

Aus einem Impuls heraus drehte ich mich jetzt zu ihm um und sprach ihn direkt an.

»Rehered, in Theben gibt es nicht viele Menschen, die ich gerne um mich habe. Es gibt überhaupt nur sehr wenige Menschen, denen ich meine Freundschaft schenken kann. Du könntest einer von diesen Menschen sein, denn ich erkenne Gleichheit in uns. Ich bin die Kronprinzessin und darf dich nicht um meiner selbst willen bitten, mir nach Theben zu folgen, also bitte ich dich, als mein Leibarzt in mein Gefolge einzutreten, denn Ranefer sagte mir, dass du heilen kannst. So bittet die Prinzessin, doch die Frau bittet dich, ihrem Ka ein Gefährte zu sein, denn nach einem Gefährten des Geistes hielt sie bis zum gestrigen Tage vergebens Ausschau.«

Rehered blickte mich bestürzt an. Ich verzagte ob meiner Kühnheit und erwartete eine ablehnende Antwort.

»Wie könnte ich dir genügen, deinen Geist zu beflügeln, Prinzessin. Ich bin nur ein Priester des Apis und ein Heiler des Volkes. Nie dürfte ich wagen, deine Gedanken zu teilen.«

Ich nahm seine Hand. »Du tust es, seit du mich das erste Mal ansprachst, und ich sage dir, es ist recht.«

Er senkte sein schönes melancholisches Gesicht, antwortete aber gleichzeitig.

»Dann werde ich tun, worum du mich gebeten hast. Mein Lebensweg soll fortan der deine sein, deine Freude soll die meine sein und dein Leid das meine.«

So folgte mir nicht nur Sethos auf die königliche Barke, sondern auch Rehered, der von Horemheb skeptisch in Augenschein genommen wurde. Horemheb war die verletzliche Schönheit des jungen Mannes nicht entgangen, und er sprach mich auf ihn an. Er meinte, dass Rehereds Anwesenheit von der Bevölkerung Thebens und vom Hof falsch aufgefasst werden könnte, doch ich hielt ihm entgegen, dass lediglich er Rehereds Anwesenheit falsch auffasste. Damit gab er sich erst einmal zufrieden, und Sethos war zwar einerseits unglücklich, einen Freund und Lehrer in Memphis zu verlieren, freute sich andererseits aber darauf, dass bei seiner Rückkehr aus dem Kap Rehered ihm als treuer Freund ein ganzes Leben lang erhalten bleiben würde. Wir brauchten nur wenige Tage, um die Faijum-Oase zu erreichen, doch in dieser kurzen Zeit begann auch Horemheb Rehered zu schätzen und bot ihm seine Freundschaft an. Rehered strahlte einen Frieden mit sich selbst aus, von dem ein jeder sich angezogen fühlte, um in seiner Nähe seinen eigenen Frieden zu finden. Horemheb begriff recht schnell, warum ich Rehered mitgenommen hatte.

Die Faijum-Oase nun war ein Erlebnis für sich, denn hier trafen Generationen aufeinander. Da gab es noch uralte Nebenfrauen meines Großvaters Amenophis III., die hier in Erinnerung an bessere Zeiten versunken ihren Lebensabend beschlossen, und einige Nebenfrauen meines Vaters, die nicht hoch genug in seiner Gunst gestanden hatten und nach seinem Ableben in die Faijum-Oase abgeschoben wurden. Tut-anch-Amun hatte keine Nebenfrauen hinterlassen, er war zu jung gewesen, als dass er hätte einen großen Harem um sich versammeln können, bevor er starb. Die wenigen Nebenfrauen, die er hatte, waren so jung und schön gewesen, dass mein Urgroßvater Eje sie in seinen Harem aufgenommen hatte. Nach Eje hatte Horemheb den Harem übernommen, wo sie bis zu diesem Tage waren. Es war ein gnädiges Schicksal für sie. Sie dienten jetzt schon ihrem dritten Herrn und hatten teilweise Kinder von Tut-anch-Amun und von Eje. Horemheb hatte, soweit ich wusste, keine von ihnen zur Mutter eines Kindes gemacht, was wieder einmal meinen Glauben bestärkte, dass er keine Kinder zeugen konnte. Früher hatte ich diese Tatsache als Waffe gegen ihn benutzt, heute vermochte ich seinen Schmerz darüber nachzuempfinden.

Ich hatte May an meiner Seite, als ich den Harem besichtigte, und zusammen bewunderten wir das feine Linnen, die wunderschönen Perücken, die hier gefertigt wurden, sowie die Ausbildung der Tänzerinnen, Musikantinnen und Sängerinnen, die untereinander konkurrierten, um mir zu gefallen. Ich weiß, dass sie alle darauf hofften, dass ihnen ein wenig Glück zuteil wurde und ich sie in meinen Dienst nehmen würde, denn die Zukunft sah nicht viel versprechend für sie aus. Sethos würde erst in ein paar Jahren einen Harem begründen, und dann waren einige von den jungen Mädchen schon wieder zu alt für ihn. Viele würden an Beamte oder Adlige verheiratet werden, doch die Schönheit anderer würde ungesehen und unbewundert hier verblühen – ein trauriges Schicksal.

Ich beschloss, ein paar der Mädchen in meinen Dienst zu nehmen und mich später um eine gute Heirat für sie zu kümmern. So hatten die anderen Frauen des Harems das Gefühl, eine Chance zu haben, bei meinem nächsten Besuch gewählt zu werden – ein schwacher Trost, jedoch besser als völlige Resignation.

Vier Mädchen wollte ich auswählen und fand eine nubische Schönheit, deren Fertigkeit im Musizieren mich überzeugte, und zwei ägyptische Mädchen, das eine von hoher Geburt und Schönheit des Geistes, sodass ich es einem adligen Gelehrten zum Weib geben würde, und ein niedrig geborenes, aber fröhliches Mädchen, das mit seinem Frohsinn und seiner Schönheit Krankheit und Traurigkeit der

Menschen zu lindern vermochte. Sie würde ich einem Arzt zum Weibe geben.

Es fehlte mir noch die Vierte, und ich beschloss, mir noch weitere anzusehen, bevor ich mich entscheiden würde, denn eine jede hatte verdient, aus irgendeinem Grund erwählt zu werden. Es fiel mir schwer, doch schließlich entdeckte ich ein zierliches Kind, welches unter den reifen Mädchen und Frauen deplatziert wirkte, jedoch unvoreingenommen mit seinem Schicksal umzugehen schien. Der Kopf des Mädchens war aristokratisch, hohe Wangenknochen und ein wohlgeformter, jedoch nicht zu üppiger Mund zeichneten es aus. Die Nase war kurz und gerade, und die Augen waren mandelförmig, aber nicht schräg gestellt, sodass ihr Gesicht eine harmonische Gesamtheit bildete, wie es die Gesichter der Pharaonen- und Götterstatuen tun.

Ich trat auf sie zu, und sie kniete vor mir nieder, jedoch mit einer Anmut und Würde, die einem Kind eigentlich nicht zusteht. Ich bedeutete ihr, sich zu erheben, und fragte nach ihrem Namen und ihrer Geschichte. Sie antwortete mir mit sanfter Stimme, dass ihr Name Tuja und sie die Tochter einer Sängerin des Amuntempels und eines Offiziers der Streitwagen sei. Nachdem ihre Mutter kurz nach ihrer Geburt starb, hatte ihr Vater sie zur Erziehung in den Harem gegeben, denn als Soldat konnte er diese nur selten überwachen.

Sie war es, die ich auswählte, mir als Vierte zu folgen. Und sie war es, die ich für meinen Sohn Sethos auswählte, wenn er alt genug wäre für die Frauen.

Tuja zählte zehn Lenze und begann schon langsam zur Frau zu werden. Ich wollte ihre Erziehung übernehmen, doch ließ ich alle, einschließlich ihrer selbst, über meine Absichten im Unklaren. Tuja diente mir wie die anderen Mädchen, aber bereits auf unserer Reise nach Theben fing ich an, sie von Lehrern unterrichten zu lassen. In Theben würde ihre Ausbildung dann umfangreicher und härter werden. Ich hatte beschlossen, ihr das Höchstmögliche abzuverlangen, um sie zu prüfen.

Schließlich passierten wir die verwaiste Stadt Achet-Aton, in der immer noch die alten großen Königsgemahlinnen lebten. Ich wusste, dass eine Person fehlte, die ihre gerechte Strafe noch nicht erhalten hatte.

Und endlich erreichten wir Abydos, nach dem ich mich so lange gesehnt hatte, um wieder vor meine Göttin treten zu können und ihr zu danken. Dieses Mal trat ich allerdings als Prinzessin vor sie, in königlichen Gewändern und der Geierhaube, damit sie sich ihrer Tochter nicht schämen müsse und damit ich mit ihr allein im Allerheiligsten sprechen konnte. Und dies war es, was ich ihr sagte:

»Große Mutter Isis, vor dich tritt heute deine Tochter Sit-Ra, dich zu preisen, dich zu ehren, dir zu danken. Wisse, dass deine Tochter nicht vergessen hat, was sie dir einst geschworen. Das Herz deiner Tochter wiegt leicht auf der Waage der Maat, wenn es auch nie ohne Schuld sein kann. Das Herz deiner Tochter hört auf das Wort des Volkes und auf die Worte seiner Mutter. Der Mund deiner Tochter verkündet güldene Wahrheit, wie er es dir einst geschworen hat, große Isis. Siehe, dass deine Tochter ihrem Schwur treu ist und dem ihr bestimmten Weg in Demut folgt …«

Dies und vieles mehr sagte ich meiner Mutter, meiner einzigen Mutter, die mich nie verlassen hatte und immer noch meine Mutter sein würde, wenn mein Leib leblos in einem Felsengrab im Sat Neferu, dem Tal der Königinnen, ruhen würde.

Am letzten Abend vor unserer Ankunft in Theben saßen wir alle zusammen bei einem privaten Bankett unter dem Sonnensegel auf unserer Barke. Als ich in die Runde blickte, wurde mir bewusst, wie sehr sich mein Leben seit unserer Abfahrt in Theben verändert hatte. Als ich Theben verlassen hatte, hatte ich niemanden an meiner Seite gehabt und war sehr einsam gewesen. Ramose hatte mir den Rücken gekehrt, Horemheb hatte ich zurückgewiesen, und sonst hatte es niemanden gegeben außer May, der mir wirklich nahe gewesen war.

Jetzt konnte ich glücklich in Horemhebs Armen liegen, konnte mich in Rehereds Frieden sonnen, konnte Sethos eine Mutter sein, ja sogar Tuja hatte sich mir vertrauensvoll zugewandt. Wahrscheinlich war sie doch einsamer gewesen, als es den Anschein gehabt hatte. May war wie immer an meiner Seite, und meine jungen Hofdamen liebten mich bedingungslos, weil ich ihnen Glück brachte. Sogar der Kapitän des Schiffes war heute bei uns, denn Horemheb mochte ihn und hatte Meni gebeten, uns Gesellschaft zu leisten, bevor wir in Theben wieder unsere Aufgaben übernehmen mussten. Mit all diesen Menschen verbrachte ich einen unvergesslichen Abend, der mir heute noch lebhaft in Erinnerung ist. Es ist eine von den Erinnerungen, die man Jahre später, wenn die Freunde gegangen sind und die Zeit ungnädig an einem vorbeigezogen ist, immer wieder hervorholt, um den Wein noch einmal zu kosten, den Duft des

Abends noch einmal einzuatmen und um unvollendete Gespräche im Geiste zu vollenden.

Wir saßen zusammen und tranken und lachten. Sethos erzählte über die Dummheit mancher Priester in Sakkara, woraufhin Rehered ihn mit einem Lächeln auf dem Gesicht schalt, nicht respektlos gegenüber seinen Lehrern zu sein. May saß hinter mir und lauschte dem Gespräch, während sie sich Unmengen an getrockneten Datteln einverleibte.

»Du wirst bald aussehen wie eine Nilgans, May. Dann wirst du zu dick sein, um mit deiner Herrin Schritt halten zu können.«

May lief rot an und ließ von den Datteln ab. Schon tat es mir Leid, es war eigentlich nur ein Scherz meinerseits gewesen, doch alle anderen amüsierten sich darüber und lachten. Ich beschloss, ein anderes Thema anzuschneiden, damit ich May nicht weiter in Verlegenheit brachte. Ich wandte mich Sethos zu.

»Ich denke, du solltest nach deiner Ankunft in Theben unverzüglich dem neuen Oberpriester des Amun deinen Besuch melden lassen. Dies wird von dir erwartet.«

Sethos schmollte. »Ich wollte meinen Vater besuchen. Wie ich hörte, weilt er zurzeit in Theben.«

Ich blickte Horemheb fragend an. Er wandte sich mehr an mich als an Sethos.

»Ja, es ist wahr, Ramose ist in Theben. Ich habe ihn herbefohlen, da ich ihm ein neues Amt übertragen werde.«

Jetzt war es an mir, Horemheb anzusprechen.

»Ein neues Amt? Erfüllt er sein derzeitiges Amt nicht zufriedenstellend? Gab es Grund zur Sorge?«

»Nein, Prinzessin, dein Gemahl arbeitet vorbildlich. Genau

aus diesem Grund muss ich seine Treue und unschätzbaren Dienste für Kemet würdigen und ihn gebührend belohnen. Ich werde Ramose zum Vorsteher über die Nilmündung ernennen. Er soll die Grenzen Kemets im Norden sichern.«

Sethos entfuhr ein Freudenschrei.

»Dann wird er sehr nahe bei mir sein, wenn ich wieder im Kap bin.«

Horemheb wandte sich lächelnd an Sethos und strich ihm durch das dichte Haar.

»Ja, Prinz Sethos, du wirst deinen Vater sehen können, denn er wird oft in Memphis sein.«

Ich entgegnete nichts darauf, lächelte Sethos nur liebevoll an, denn natürlich freute ich mich für ihn. Er war in dem Alter, in dem ein Knabe seinen Vater an seiner Seite haben will, damit er ihm nacheifern kann. Horemheb hatte umsichtig gehandelt, doch ich wusste, dass dies nicht sein einziger Beweggrund war, und würde ihn später zur Rede stellen. Außerdem kam Horemheb jetzt auf Sethos' Besuch beim Oberpriester von Karnak zurück.

»Unter diesem Gesichtspunkt wird es dir auch nicht schwer fallen, den Besuch bei deinem Vater zu verschieben und Karnak den Vorrang zu geben.«

Sethos nickte, zeigte aber deutlich sein Missfallen.

»Mein Prinz, es wird eben dieser Oberpriester sein, der dir einst die Doppelkrone aufs Haupt setzen wird. Karnak mag nicht immer zu unserer Zufriedenheit handeln, doch bedenke, dass die Maat auch das Entgegenwirken zweier Kräfte bedeuten kann, die sich gegenseitig daran hindern, abzugleiten. Nur die Maat ist es, die Ägypten bestehen lässt, ohne dass es abgleitet. Wenn die Maat einst nicht mehr gegeben ist, wird auch Ägypten nicht mehr sein.«

Ich sah Bestürzung im Gesicht meines Sohnes. Er hing geradezu an Horemhebs Lippen, als dieser weitersprach.

»Bekämpfe einen Feind, wenn er zu stark wird, mein Prinz, weise ihn in seine Schranken, doch ehre einen Feind, der dir würdigen Widerstand leistet, denn auch das ist Maat. Es ist das Erste, was ein König lernen muss – Achtung und Respekt. Nur so kannst du erwarten, dass dir das Gleiche zuteil wird.«

Sethos straffte seine schmalen Schultern und sprach übertrieben erwachsen.

»Ich werde es mir merken, Horemheb. Ich danke dir, dass du mich diese wichtige Regel lehrtest.«

Wie stolz war ich auf meinen Sohn. Welch edles Gemüt hatten die Götter ihm geschenkt. Ich wandte mich liebevoll an ihn.

»Rehered kann dich begleiten.«

Er schüttelte energisch den Kopf. »Nein! Ich werde meinen Weg alleine gehen.«

Ich blickte verstohlen zu Horemheb hinüber. Er verstand mein Anliegen und nickte mir unmerklich zu. Natürlich würde mein Sohn nicht ohne vertrauensvolle Leibwache gehen, und auch nirgendwo sonst würde er alleine sein. Es gab Menschen, die ihm die Krone neideten und ihm nach dem Leben trachten könnten. Doch Horemheb würde etwas einfallen, um Sethos auf den Geschmack einer eigenen Leibwache zu bringen.

Tuja griff nach meiner Hand, als wollte sie mich darauf aufmerksam machen, dass sie ebenfalls anwesend war. Mich rührte das Mädchen, das seine aufkeimende Weiblichkeit auch unter größter Anstrengung nicht zu verbergen vermochte, obwohl es so gerne noch Kind gewesen wäre. Ich wollte Tuja jedoch ihre Kindheit nicht sofort nehmen.

»Du wirst in Theben mit meinem Sohn das Schiff verlassen und mit May in den Palast gehen. Ich werde May genaue Anweisungen für deinen Tagesablauf geben.«

Tuja blickte mich etwas ängstlich an.

»Wirst du denn nicht mit uns in Theben bleiben, Prinzessin?«

»Ich werde noch nilabwärts reisen, um mein Grab im Tal der Königinnen zu besichtigen.«

Tuja nickte. Sie würde sich ebenso in ihr Schicksal fügen müssen wie mein Sohn. Aber vielleicht war Sethos seinem Alter voraus, vielleicht besaß er einfach die Gabe, mit dem Herzen einer Frau zu fühlen, vielleicht war es jedoch auch nur Mitleid mit dieser zierlichen Gestalt, die betrübt neben seiner Mutter saß, denn er wandte sich an sie und sprach sie an.

»Ich werde dich besuchen, Tuja.«

Mehr sagte er nicht, beachtete sie auch nicht weiter, doch Tujas Blick hellte sich wieder auf und blieb für den Rest des Abends auf Sethos gerichtet, der sie jedoch mit Gleichgültigkeit bedachte.

Dies war der Abend, wie ich mich an ihn erinnere, erfüllt von Gesprächen, die teils belanglos für den einen, jedoch unvergesslich für den anderen blieben. Heute bereue ich, dass wir nicht die ganze Nacht ausgekostet haben in dieser Runde, bis unsere Augen von alleine zugefallen wären oder die Erschöpfung uns auseinander getrieben hätte. Doch die Zeit erscheint uns erst kostbar, wenn sie vergangen ist, und so verabschiedeten wir uns voneinander und gingen unserer Wege.

Ich begab mich mit May in meine Gemächer und wies sie an, Tuja auszukleiden, denn ich wollte unbedingt zu Horemheb. Wäre ich nicht so voller eigener Gedanken gewesen, vielleicht wäre mir aufgefallen, dass May mir etwas sagen wollte. So aber ging ich sofort zu Horemheb.

Er wartete schon auf mich, der Horemheb, wie ich ihn früher gekannt hatte, müßig grinsend. Weil er wusste, ich würde kommen, lag er mit einem Becher Wein auf seinem Ruhebett – ein zweiter Becher stand schon für mich bereit. Ungestüm zog er mich zu sich hinunter und begann sofort mein Gewand zu lösen. Und sogleich fühlte ich wieder die Lust in mir aufkommen, doch ich riss mich zusammen, denn zuerst wollte ich mit ihm reden.

»Warum hast du Ramose zum Vorsteher der Nilmündung ernannt?«

Er reagierte nicht, sondern küsste mich am Hals, und seine Hände glitten zwischen meine Schenkel.

Ich ließ mich nicht beirren.

»Horemheb, antworte mir.«

Stöhnend ließ er von mir ab und legte sich neben mich.

»Du wirst nicht eher Mitleid mit dem dich liebenden Mann haben, bis er dir deine Frage genauestens beantwortet hat, nicht wahr?«

Ich setzte mich auf und blickte ihn tadelnd an.

»So ist es, mein bemitleidenswerter Freund. Also, ich höre.«

Nun setzte er sich ebenfalls auf.

»Er sollte jetzt näher bei Sethos sein, der Junge braucht seinen Vater.«

Ich nickte leicht, fragte aber weiter: »Das ist nicht alles, oder?«

Er nahm einen großen Schluck von seinem Wein, dann seufzte er. »Du lernst schneller, als es mir lieb sein könnte.«

»Ich habe einen guten Lehrer.«

»Offensichtlich!«

Ich meinte Bitterkeit in seiner Stimme zu hören.

»Ich muss Ramose seiner Familie wieder näher bringen. Zuerst Sethos – und dann auch dir.«

Mein Kopf flog herum, und ich funkelte ihn herausfordernd an.

»Was aber, wenn ich das für mich überhaupt nicht wünsche?«

Horemheb lächelte milde, und zum ersten Mal glaubte ich so etwas wie Alter in seinem Gesicht zu sehen.

»Du gehörst nicht dir, Sit-Ra. Du gehörst auch nicht mir – leider –, du gehörst keinem Menschen in Ägypten oder irgendwo sonst auf der Welt. Du gehörst den Göttern. Sie bestimmen unser aller Weg. Wir können uns ihnen nicht entziehen.«

Ich zischte ihn an, weil ich in seinen Worten Wahrheit spürte, von der ich nichts wissen wollte. »Ich gehöre also auch nicht Ramose.«

»Nein, das tust du nicht.«

Befriedigt stellte ich meine nächste Frage ruhiger. »Was also ist der Hintergrund deiner Tat?«

»Das, was ich dir gesagt habe. Ramose von Irjet und seinem

Bastardsohn zu trennen und ihn daran zu erinnern, dass es eine wichtigere Verpflichtung gibt.«

»Nenne ihn nicht so. Er kann nichts dafür.«

»Ja, natürlich kann er nichts dafür, aber er ist nun mal ein Opfer.«

Ein Opfer – Horemheb benutzte meine Worte, ohne es zu wissen.

»Sethos ist der Kronprinz, er braucht seinen Vater.«

Horemhebs Worte waren von endgültiger Härte, doch ich wollte mich nicht geschlagen geben.

»Was könnte er ihn schon lehren, was du nicht vermagst? Als du heute zu ihm sprachst, sah ich das Leuchten und die Bewunderung in seinen Augen. Du führst Ägypten; was er wissen muss, kann er viel mehr von dir lernen als von Ramose. Du könntest ihm ein Vater sein.«

Horemheb fuhr herum und ergriff meine Schultern. Er schüttelte mich heftig und schrie mich an: »Ich bin aber nicht sein Vater, kannst du das nicht verstehen? Das Leuchten und die Bewunderung in seinen Augen galten einem Freund, nicht einem Vater. Was meinst du würde dein Sohn für mich empfinden, wenn du mich ihm als Vater aufzwingen und ihn des Vaters berauben würdest, nach dem er sich so sehr sehnt?«

Er ließ mich los und blickte an mir vorbei, doch ich setzte mich rittlings auf ihn und hob seinen Kopf mit meinen Händen an, damit er mich ansehen musste.

»Es würde der Weg sein, ihm zur Krone Ägyptens zu verhelfen. Ich würde mich von Ramose lossagen und deine Frau werden. Du würdest endlich Krummstab und Geißel erhalten, und ich würde deine große Königsgemahlin sein.

Du würdest Sethos adoptieren, und somit wäre der Thron nicht mehr verwaist und hätte einen Thronfolger.«

Horemheb schüttelte den Kopf. »Sit-Ra, du bist blind, weil du liebst. Auch ich war einmal blind aus Liebe. Ich danke den Göttern, dass wenigstens einer von uns beiden immer fähig ist, Maat zu erkennen.«

Ich wollte es nicht hören. Ich begann Horemheb zu küssen. Er seufzte und ergab sich meinen Annäherungen.

»Nur dir werde ich meine Küsse schenken bis in alle Ewigkeit. Mein letzter Gedanke wird dir gelten, mein letzter Atemzug wird deinen Namen formen, mein letzter Blick wird dein Gesicht suchen, geliebter Bruder meines Herzens.«

Sanft und eindringlich flüsterte ich ihm die Worte zu, während ich ihn zwang mich zu nehmen, auf ihm sitzend, die Qual seiner Lust und ihrer Befriedigung selbst bestimmend.

Während er ein Stöhnen von sich gab, raunte ich ihm die letzten Worte ins Ohr: »Bedenke, die Liebe einer Göttin währet ewiglich.«

Kurz bevor wir am nächsten Tag die Barke verließen, fiel May vor mir auf die Knie nieder und begann unvermittelt zu schluchzen. Ich blickte sie zuerst verwundert an und bedeutete ihr dann, aufzustehen.

»Prinzessin, ich habe gegen die Götter gefehlt und bin bestraft worden. Ich weiß nicht, zu wem ich gehen soll, ich habe doch nur Euch.«

»Dann sprich und habe keine Angst.«

Sie wischte sich die Tränen ab und sah mich unglücklich

an. Wir standen am Bug des Schiffes, und niemand war außer uns anwesend.

»Prinzessin, in Memphis begegnete ich einem jungen Mann, der schön von Angesicht und voll süßer Worte für mich war.«

Eine Ahnung stieg in mir auf.

»Sein Name war Ptah-Nefer, und Ihr könnt Euch sicherlich vorstellen, dass ich nicht untertreibe, wenn ich Euch seinen Namen nenne, denn Nefer bedeutet schön, und Ptah ist der Schöpfer der Erde in ihrer Gestalt und damit alles Schönen. Also bedeutet sein Name ›schönste Schöpfung‹ und wahrlich, dies ist dieser Mann, dessen Name seinen Zauber doch nicht ganz zu beschreiben vermag. Er betörte mich, und ich war seine Königin für die Zeit, als wir in Memphis weilten. Er versprach mir die Ehe, doch am letzten Tag war er verschwunden, und als ich mich nach ihm erkundigte, kannte niemand einen Mann mit diesem Namen oder der beschriebenen Schönheit. Auch die Mädchen konnten mit seiner Beschreibung nichts anfangen.« May sah mich hilflos an. »Und nun ist er fort und hat mir etwas hinterlassen, das mich in Schande stürzen wird.«

Ich schenkte ihr einen verständnisvollen Blick und erinnerte mich an die Datteln, die sie am gestrigen Abend verschlungen hatte, und an ihre Beschämung, die meiner Bemerkung darüber folgte. Und wer war ich, dass ich sie dafür tadeln konnte? Trieb mich nicht das Feuer der Liebe in die Arme eines Mannes, obwohl ich einem anderen Mann gehörte?

»Sorge dich nicht, May. Ich werde einen Gemahl für dich finden, der deinem Kind ein guter Vater sein wird.«

Schwermut überfiel mich kurz, als ich daran dachte, dass ich fortan auf ihre Dienste würde verzichten müssen, doch sie versprach mir, meinen Haushalt weiterzuführen, bis ich nach Theben zurückkehren würde und Ersatz für sie gefunden hätte.

Schweren Herzens verabschiedete ich mich an diesem Tag von Sethos, Tuja und May, und noch schwerer wurde mein Herz, weil ich meine Reise nun ohne Horemheb würde fortsetzen müssen. Horemheb würde mit Sethos das Neujahrsfest begehen, das den Beginn des fünften inoffiziellen Regierungsjahres von Horemheb festsetzte. Ich verabschiedete mich auch von meinen drei neuen Hofdamen, die nun meinem Haushalt in Theben beitreten würden. Der Abschied von Horemheb hatte schon in der letzten Nacht seinen Höhepunkt gefunden, denn jetzt waren nur noch offizielle Gesten erlaubt. Es gab jedoch noch einen anderen Abschied, der mir am deutlichsten in Erinnerung geblieben ist, und das ist der von Rehered, der mich kurz nach meinem Gespräch mit May in meinen Gemächern aufsuchte.

Ich war überrascht, da er sich nicht hatte melden lassen, doch meinem geistigen Bruder verzieh ich eine Verletzung des Protokolls gerne. Jetzt stand er vor mir und wusste nicht recht, wie er beginnen sollte. Um seine Verlegenheit zu vertreiben, sprach ich ihn freundlich an.

»Nur zu, Rehered, mein Bruder im Geiste. Gerade für dich gibt es keinen Grund, mich mit den Augen des Dieners zu betrachten, kennst du doch alle Gedanken deiner Prinzessin längst.«

Er kam näher und verbeugte sich.

»Prinzessin, bitte verzeih meine Kühnheit, doch ohne es zu wollen, hörte ich die Worte, die zwischen dir und deiner Dienerin May fielen.«

Ich blickte ihn erstaunt an, entschloss mich jedoch, ihm nicht zu zürnen, denn ich wusste, dass Rehered nicht hintertrieben und das Gehörte wirklich nur durch Zufall zu seinen Ohren gedrungen war. Ich bat ihn fortzufahren.

»Als ich nun von der Not deiner Dienerin hörte und deinem Versprechen, ihr einen Gemahl zu suchen, verspürte ich das erste Mal in meinem Leben das Gefühl des Eigennutzes. So trete ich nun vor dich, um dich um deine Dienerin zu bitten, obwohl ich nichts vorzuweisen habe, noch nicht einmal ein Heim, das ich May bieten könnte.« Er blickte mich kläglich an. »Und doch bitte ich dich, sie mir zu geben, denn ich werde sie nicht verlassen wie Ptah-Nefer und ihr Kind wie mein eigenes lieben, denn May gefiel mir vom ersten Tage an, und da ist nur eine Frau, die neben ihr in meinem Herzen sein wird, und diese ist mir nicht bestimmt.«

Rehered hatte wie immer die richtigen Worte gewählt, um an mein Ka zu reichen, und deshalb versprach ich ihm May und auch ein Haus, in das er sie führen könnte.

Ich rief also May herein, und sie verbeugte sich vor Rehered, von dem sie nicht wusste, dass er gerade um sie gebeten hatte. May war eine Dienerin, und Rehered war Gelehrter und Priester, der ins Auge der Prinzessin geraten war und dem somit eine bedeutungsvolle Zukunft bestimmt sein würde. Ich sagte May, dass sie sich aufrichten solle, und fragte sie offen heraus: »Magst du diesen Mann, May, und könntest du dir vorstellen, ihm als deinem Herrn zu dienen?«

Ich hatte May eine Frage gestellt, die sie falsch auffassen

musste, denn als Dienerin diente sie immer irgendeinem Herrn oder einer Herrin, obwohl auch ihr zukünftiger Gemahl ihr Herr sein würde.

»Ich werde ihm dienen, wie ich Euch gedient habe, Herrin, ich bin glücklich, seinem Haushalt beitreten zu können.«

Obwohl May über die Entscheidung, sie und ihr ungeborenes Kind einfach in einen anderen Haushalt abzuschieben, verletzt sein musste, ließ sie sich nichts anmerken.

Ich stand also auf und gab Mays Hand in die Hand Rehereds.

»Diene deinem Herrn als Weib, May, denn diese Bedeutung wird das Wort Herr fortan für dich haben. Rehered bat mich um dich und um dein Kind, und du weißt, dass er mir ein teurer Freund geworden ist. Wie könnte ich ihm ein Weib anvertrauen, von dem ich glauben müsste, dass es ihm Kummer bereitet.« Und an Rehered gerichtet, fuhr ich fort: »Und du, mein Freund, behandle sie gut, denn wie könnte ich einem Menschen die anvertrauen, die mir in all den Jahren mehr Freundin als Dienerin war, von dem ich nicht genau wüsste, dass er ihr Herz glücklich macht.«

Somit entließ ich beide in ihr neues Leben mit einem von mir gesiegelten Papyrus, in dem ich ihnen eines meiner Anwesen in Theben übertrug und die Erlaubnis, einen bestimmten Teil Gold aus der Schatzkammer des Palastes zu nehmen, um sich das Nötigste anzuschaffen. Außerdem übergab ich Rehered ein Schreiben, das ihn als königlichen Leibarzt auszeichnete, und ein weiteres Schreiben, dass May nun frei war und nur noch ihrem Gatten unterstand. Nachdem mein Siegel unter dem Schreiben war, das doch nur schöne Zier war, schickte ich sie zu Horemheb, damit er sein

Siegel unter das meine setzte. Denn letztendlich war auch ich nicht allmächtig und konnte nicht nach Belieben über die Schatzkammer Ägyptens verfügen, sondern brauchte die Einwilligung Horemhebs, der der ungekrönte Herr Ägyptens war und jetzt auch der Herr meines Körpers und meines Ka. Doch ich wusste, Horemheb würde glücklich sein, seine Einwilligung geben zu können, denn groß war sein Herz und seine Gesinnung weise und eines Königs würdig.

Die Reise war einsam, wie mein Leben es vor meiner Liebe zu Horemheb gewesen war. Doch das Tal der Königinnen war nicht so weit entfernt wie Memphis von Theben, und als ich endlich dort ankam, fand ich nichts Großartiges vor. Mein Grab war noch nicht einmal weit aus dem Stein geschlagen worden, zu erkennen waren der Eingang und die ersten Stufen. Doch der Führer der Arbeiten wollte wissen, welche Innengestaltung ich wünschte. Wollte ich meinen Sohn an meiner Seite, meinen Gatten und vielleicht sogar Freunde? Wollte ich bei bestimmten Tätigkeiten abgebildet werden, die ich im Leben bevorzugte, oder wollte ich als Repräsentantin des Königshauses vornehmlich bei politischen Handlungen mit der Geierhaube und den Throninsignien gezeigt werden? Wollte ich neben meinen Eltern Amun und Isis sitzend oder stehend erscheinen, welche Zeilen des Totenbuches sollten meinen Sarkophag zieren, welcher Platz für Grabbeigaben bedacht werden? Am liebsten hätte ich ihn angeschrien, die Wände leer zu lassen, denn ich konnte meinen Weg und meinen Lebensabend nicht vor mir sehen. Ich war unsicher, welcher mein Weg war und wer dazu bestimmt war, an meiner Seite zu sein, und wer nicht. Doch vor allem hätte ich ihm gerne ins Gesicht geschrien, dass es völlig egal sei, wie sie mich abbildeten, denn es werde niemals dem entsprechen, was wahr gewesen war. Wie sollten sie meine Gefühle in den Stein schneiden, wie meiner Liebe Ausdruck verleihen? Wie sollten sie mein Lachen einfangen, wie meine Trauer und wie die großen und kleinen Ereignisse meines Lebens?

Was letztendlich von mir bleiben würde, war für die Menschen, die nach mir kommen würden und mich nicht im Leben gekannt hatten, ein Bild ohne Leben, ohne Bezug zu meinem Ka. Das war es, was ich dem Vorsteher der Arbeiten gerne gesagt hätte, doch ich schwieg, um ihn nicht zu verletzen und ihm den Glauben an seine Arbeit nicht zu nehmen.

Auf der Rückreise nach Theben wurde ich krank. Ein heftiges Fieber schüttelte mich, und meine Träume waren vom Fieber gezeichnet und quälten mich sehr. Manchmal sah ich Horemheb vor mir stehen, und ich langte nach seiner Hand, bekam sie jedoch nicht zu fassen. Wenn ich endlich meinte ihn erreicht zu haben, war es Ramose, dessen Hand ich hielt und der mich traurig anblickte. Ich rief dann Horemhebs Namen, doch meine Rufe wurden nicht erhört. Wenn ich von diesen Träumen aufzuwachen glaubte, schloss sich sofort wieder ein neuer Traum an, in dem Amun und Isis mich wohlwollend anblickten und dem Kind, das ich einst war, zärtlich über das dunkle Haar strichen. Als ich mich aber in die Frau verwandelte, die ich jetzt bin, verfinsterten sich ihre Mienen zum Zeichen ihres Missfallens.

Ich weiß nicht, wie lange mich diese Träume quälten, doch als ich endlich wieder zu mir kam, hatten wir Theben schon fast erreicht, und eine Dienerin blickte mich mit kummervoller Miene an.

»Sie ist endlich erwacht! Osiris hat sie freigegeben, denn ihr Lebensweg hat sich noch nicht erfüllt.«

Ja, dachte ich, das ist wahr. Und es ängstigt mich, ihn bis zur Vollendung zu gehen.

Der Palast erwartete mich. Das Volk begrüßte mich unter Jubelrufen, denn es hatte schlimmer um mich gestanden, als ich es geglaubt hatte. Fünf Tage hatten die Ärzte auf der Barke um mein Leben gekämpft, bis schließlich feststand, dass ich es schaffen sollte. In Anbetracht meines möglichen Ablebens hatte man einen Boten über Land zum Palast geschickt, um Theben auf meinen Tod vorzubereiten. Jetzt, als das Volk mich lebend sah, war es überglücklich, und es wurden zwei Feiertage angesetzt, um den Göttern für meine Genesung zu danken.

Obwohl ich mich noch schwach fühlte, begrüßte ich einige Würdenträger und Freunde im kleinen Empfangssaal und war erstmals glücklich, dass Horemheb dabei an meiner Seite war. Ich verzichtete vorläufig aber auf ein offizielles Bankett, zumal das Neujahrsfest noch im vollen Gange war.

Ich zog mich in meine Gemächer zurück und begrüßte dort ein paar engere Freunde wie Beket-Amun, die mir die besten Wünsche und eine Einladung auf eines ihrer Bankette überbrachte, sobald es mir besser gehe. Ich versprach zu kommen und entließ sie freundlich. Danach begrüßte ich May und Rehered, die mich zusammen besuchten. Ich war glücklich zu sehen, dass sie zueinander gefunden hatten und May wahre Zuneigung für Rehered empfand. Ich war sicher, dass die Zeit ihnen auch Liebe bringen würde. Nach ihrer Beteuerung, dass sie sich gut in ihrem neuen Haus eingelebt hätten, und Rehered mich in seiner Eigenschaft als königlicher Leibarzt untersucht hatte, wobei er mir Ruhe und einen eigens von ihm gemischten Trunk zur Stärkung verordnete, verabschiedete ich die beiden. Natürlich würde ich Rehered nun öfter sehen als May, denn zumindest vorläufig würde er einmal in der Woche nach meinem Befinden schauen, bis ich wieder völlig genesen war. Ich begrüßte auch Tuja, die ihren Unterricht aufgenommen hatte und sichtlich dünner geworden war. Ich hatte ihr wohl doch zu viel zugemutet und beschloss, ihr während ihrer Eingewöhnungszeit mehr Freizeit zu lassen.

Endlich konnte ich Sethos in die Arme schließen, nachdem ich mich etwas ausgeruht hatte.

Sethos berichtete mir vom Zusammentreffen mit dem obersten Priester des Amun. Wie Neb-Amun verwaltete der neue Prophet Karnak mit fester Hand. So waren auch Sethos unangenehme Fragen nicht erspart geblieben, etwa, zu welchem Gott er bevorzugt bete oder ob er Amun als seinen leiblichen Vater anerkenne. Mein kluger Sohn hatte seine Worte jedoch mit Umsicht gewählt und sich somit vorerst einer festlegenden Antwort entzogen.

»Meinen irdischen Vater kenne ich und wage ihn meinen Vater zu nennen, doch für Amun ist mein Ka noch nicht groß genug, als dass ich ihn meinen Vater nennen dürfte.«

So lautete Sethos' Antwort, und ich bestätigte sie ihm als würdig und umsichtig.

Dann erzählte mir mein Sohn etwas, das mich beunruhigte.

»Mutnedjemet hat mich besucht. Sie erschien, ohne sich vorher ankündigen zu lassen, und blickte mich an, als wäre ich ein Sklave, den sie zu bestrafen gedachte. Doch vergaß sie niemals die Höflichkeitsfloskeln, auch wenn sie mich spüren ließ, dass sie mir nicht wohlgesonnen war.«

»Mutnedjemet ist weder dir noch mir wohlgesonnen, und ich kann dir nur raten, dich vor ihr in Acht zu nehmen. Ihre Bestrebungen, sich dem Thron zu nähern, fallen sicherlich nicht zu deinen Gunsten aus.«

»Horemheb hat mich auf dem Streitwagen fahren lassen. Seine Pferde sind die schnellsten, die ich jemals gesehen habe. Auch beim Bogenschießen ist er unübertreffbar.« Dann fiel ihm etwas ein, das ihm weit wichtiger erschien. »Ich habe meinen Vater gesehen, er hat mich im Palast besucht. Er wünscht dir alles Gute und betete für deine Genesung.« Sethos blickte mich ernst an. »Schließlich mussten wir glauben, dich zu verlieren.«

Ich streichelte Sethos über sein dichtes kastanienbraunes Haar.

»Ich bin genesen, wie du siehst.«

»Vielleicht durch die Gebete meines Vaters.«

Ich sah ihn liebevoll an.

»Vielleicht auch durch die deinen.«

Ich konnte genau spüren, dass ihm meine Antwort nicht gefiel.

»Ich habe auch meinen Halbbruder kennen gelernt. Vater brachte ihn mit in den Palast.«

»Magst du ihn?«

Sethos zuckte mit den Schultern. »Er ist ja noch so klein. Gerade mal drei Jahre alt. Vielleicht werde ich ihn später einmal mögen. Aber mein Vater scheint ihn zu mögen, sonst hätte er ihn nicht mit in den Palast gebracht.«

Ich spürte die gefährliche Schlange der Eifersucht sich im Herzen meines Sohnes winden.

»Ich denke, dein Vater wollte einfach nur, dass du deinen Bruder kennen lernst.«

»Warum lernen wir uns nicht erst einmal richtig kennen, bevor ich meinen Bruder kennen lerne. Selbst du als meine Mutter kennst meinen Vater nicht wirklich.«

»Du wirst deinen Vater jetzt sehr oft sehen, denn ihr werdet beide in Memphis leben. Mehr kannst du nicht verlangen.«

Er sah mich traurig an.

»Ich weiß es.«

Horemheb kam in dieser Nacht in meine Gemächer und blieb bis zum Morgen. Wir liebten uns nicht, lagen nur nah beieinander, denn jeder von uns war sich bewusst, dass er den anderen fast nicht wiedergesehen hätte.

Ich schlief das erste Mal seit langer Zeit wieder völlig traumlos an seiner Seite, und dieser tiefe Schlaf brachte mir meine alte Kraft zurück. Ich war überglücklich, wieder im Palast zu sein, denn ich hatte die Leere in mir gespürt, die Horemhebs Abwesenheit hinterlassen hatte. Ich fragte mich oft, ob es ihm auch so ging. Wir redeten nicht viel in dieser Nacht, doch eines ist mir in Erinnerung geblieben.

Ich lag neben ihm, und die süße Müdigkeit hatte schon von uns Besitz ergriffen, als ich ihn fragte: »Wirst du immer an meiner Seite sein?«

»Solange dies mein Schicksal ist, Prinzessin, bin ich an deiner Seite.«

Für mich war damals klar, dass es sein Schicksal ist, und ich schlief beruhigt ein.

9.

Papyrus

Die Neujahrsfeierlichkeiten waren abgeschlossen, Sethos mit Ramose auf dem Weg nach Memphis, Tuja hatte sich eingelebt, und Rehered besuchte mich des Öfteren, um sich mit mir zu unterhalten. Auch ich war vollständig genesen und hatte wieder begonnen mit Horemheb an den Empfängen der ausländischen Gesandten und den Unterredungen mit den Generälen teilzunehmen. Paranefer saß dabei wie gewöhnlich an unserer Seite, so als wären wir niemals fort gewesen. Doch Horemheb und ich wussten es besser. Es hatte sich viel verändert, und schon wieder standen Veränderungen an.

Horemheb hatte mich gebeten, mit ihm die Exerzierplätze und die Waffenschmieden zu besichtigen. Dann wollte er noch den Übungen des Streitwagenkorps beiwohnen. Diese Besichtigungen nahmen fast einen ganzen Tag in Anspruch, und als wir schließlich den beeindruckenden Übungen der gut geschulten Soldaten beigewohnt hatten, war ich müde und fragte Horemheb, warum er so großen Wert darauf gelegt habe, dass ich an diesem Tag an seiner Seite war.

»Damit du die Zukunft Kemets sehen kannst, Sit-Ra. Dies alles war verschwunden, als dein Vater regierte. Tut-anch-

Amun hatte sich redlich bemüht, die Ordnung wiederherzustellen, und es wäre ihm auch gelungen, wäre er nicht gestorben … ermordet worden. Eje hat es schließlich geschafft, Ägypten endgültig ins Chaos zu stürzen, und das in nur vier Jahren.« Er blickte mich mit dem Stolz des Soldaten an. »Doch jetzt, Sit-Ra, sind Kemets Truppen wieder stark genug.«

»Stark genug wofür?«, fragte ich ihn vorsichtig.

»Um nach Süden und Osten zu ziehen und abtrünnige Gebiete zu befrieden.«

Ich blickte ihn ernst an. »Du willst mir doch etwas sagen, nicht wahr?«

Er nahm meine Hand.

»Sit-Ra, du bist jetzt so weit, dass ich dich mit den Regierungsgeschäften während meiner Abwesenheit betrauen kann.«

»Du willst selbst gehen, um die Truppen anzuführen?« Meine Stimme blieb ruhig, obwohl mein Herz raste.

»Natürlich, Sit-Ra, ich bin Soldat, das weißt du auch.«

Bitten und flehen wäre sinnlos gewesen, es hätte ihn nicht davon abgehalten, mich zu verlassen, und so sah ich ihn nur weiterhin ernst an.

»Wie lange wirst du fort sein?«

Er wandte seinen Blick ab, was für mich kein gutes Zeichen war.

»Ich weiß es nicht, Sit-Ra. Ramose wird die Truppen im Norden führen, während ich mich nach Süden begebe. Es kann sehr schnell gehen, aber vermutlich …«

Ich erhob meine Hand, denn ich wollte es nicht hören, nicht hören, wie er mir von Ewigkeiten sprach, ein Jahr, vielleicht zwei. Ich wollte lieber mit dem Gedanken leben, dass er schnell wieder bei mir wäre. Deshalb zog ich einen Ring von meinem Finger und gab ihm diesen.

»Kehre nur zurück zu mir und bringe mir diesen Ring. Denn er ist das Einzige, was ich von meiner Mutter habe.«

Er nahm den Ring und verschloss ihn in seiner Faust.

»Ich bringe ihn dir, Prinzessin.« Und etwas leiser fügte er hinzu: »Wenn du ihn dann noch willst.«

Ich wandte mich ab, damit er meine Tränen nicht sah.

»Wie könnte ich nicht?«

Es dauerte Wochen, bis die Truppen endlich abmarschbereit waren, doch schließlich kam der Tag, den ich fürchtete wie den leibhaftigen Seth. Horemheb verabschiedete sich offiziell von mir, doch ich sah, dass er den Ring an einer Kette an seinem Hals trug. Das machte es mir leichter, die Umarmung zu ertragen, die er Mutnedjemet zum Abschied schenkte.

Als er gegangen war, trat Mutnedjemet an mich heran.

»Er ist fort, Prinzessin. Hattest du gedacht, er würde deinetwegen bleiben?« Sie lächelte eiskalt. »Horemheb ist Horemheb. Mich begehrte er einst, wie er dich heute begehrt. Er leert den Becher bis zur Neige und nimmt sich dann einen anderen. Meinst du, er hätte sein Lager nur mit dir geteilt?« Ihr verlebtes Gesicht nahm einen bösen Ausdruck an. »Als er die Nachricht bekam, dass du Theben vielleicht nicht lebend erreichen würdest, lag er mit einer jungen Sklavin im Bett, die er gerade eben in seinen Harem aufgenommen hatte. Paranefer überbrachte ihm die Nachricht, und als er sie gelesen hatte, bat er ihn, vor der Tür auf ihn zu warten, bis er fertig sei. Genau das waren seine Worte, Prinzessin – bis er fertig sei.«

Mutnedjemet wandte sich ab und schlenderte davon. Ich wusste, dass sie mich damit verletzen wollte, aber ich wusste auch, dass sie die Wahrheit gesagt hatte. Ich kannte Horemheb und hatte mich ihm deshalb so lange verweigert. Mein Herz wog nun noch schwerer, da ich ihn nicht selbst nach der Wahrheit fragen konnte und es im schlimmsten Fall vielleicht niemals mehr würde tun können. Alte Wunden brachen auf und vergossen ihr Blut über mein Ka. Ich hätte Paranefer fragen können, doch mein Stolz verbot es mir. Ich hatte nicht erwartet, dass Horemheb seinen Harem nicht mehr besuchen würde, vielmehr, ich hatte es nicht zu hoffen gewagt, doch ich hatte gehofft, dass es mir nicht zugetragen werden würde. Was das Verhalten in dieser bestimmten Nacht anging, musste es mich an seiner Liebe zweifeln lassen. Es schmerzte schlimmer als ein Schwert, das einen durchbohrt, denn dieser Schmerz ist kurz und scharf, mein Schmerz jedoch hielt über zwei Jahre an, denn so lange währte Horemhebs Abwesenheit von Theben, und seine Botschaften an mich waren offiziell, ohne Bezeugungen der Liebe, da er das nicht wagen durfte. Sie hätten in die falschen Hände geraten können. In dieser Zeit regierte ich Theben mit fester Hand und zum Wohle Ägyptens.

10.
Papyrus

Warum ich zwei Jahre meiner Erinnerungen auslasse, in denen ich viel erlebte, was mich reifen ließ und mich zu einer ausgezeichneten Regentin machte? Ich weiß es nicht. Wahrscheinlich, weil Horemheb nicht an meiner Seite war und diese Jahre somit für mein Herz und mein Ka der Bedeutungslosigkeit anheim fielen. Ja, es ist so! Zwei Jahre war mein Herz eine Wüste, in der es nur Trostlosigkeit gab. Horemheb kehrte erst im Jahr 8 seiner Regierung nach Theben zurück, Seite an Seite mit Ramose. Beide waren sie siegreich, beide musste ich mit großen Banketten und einem öffentlichen Siegeszug begrüßen. Sie hatten Kemet befriedet und seine Grenzen gesichert.

Horemheb nahm im großen Empfangssaal auf dem Thron neben mir Platz, während ich den Dienern einen Wink gab, die Ketten des Ehrengoldes hereinzubringen. Horemheb stand selbst auf und legte Ramose, der vor unserem Thron kniete, gleich drei Ketten um, die die begehrten Fliegen zeigten, welche nur vom Königshaus vergeben werden können. Ich blickte Ramose und Horemheb nachdenklich an. Beide waren sie älter geworden, Ramose hatte ich schon eine kleine Ewigkeit nicht mehr gesehen. Er war nun fünfunddreißig Jahre alt, und seine Schönheit hatte eine gewisse Härte bekommen, die nicht mehr mit den Pharaonenstatuen zu vergleichen war. Dennoch würde der Blick der Frauen weiterhin auf ihm haften, denn wenn er auch nicht mehr den milden Glanz der vollkommenen Schönheit besaß, so hatte er etwas gewonnen, was Menschen noch viel mehr in ihren Bann ziehen konnte, mehr sogar, als Schönheit das je vermocht hätte, denn Ramose besaß nun Macht, und er trug sie wie ein kostbares Gewand, dessen er sich vollkommen bewusst war.

Horemheb war sehniger als früher, das Leben neben seinen Soldaten hatte seinem Körper Konturen verschafft, die man früher nicht wahrgenommen hatte. Er war mittlerweile dreiundvierzig Jahre alt, doch noch sah ich keine Spuren des Verfalls an seinem Körper. Meine eigenen fünfundzwanzig Jahre hatten mir eine gewisse Reife gebracht, die ich bei Bedarf für mich einsetzen oder sie verbergen konnte, um mein Gegenüber von meiner ewigen Jugend zu überzeugen.

Jetzt hatte Ramose das Ehrengold empfangen und erhob sich langsam. Als Ramoses und Horemhebs Blicke sich trafen, sah ich echte Freundschaft in ihren Augen. Es gefiel mir nicht. Ich fühlte mich übergangen.

Horemheb kam zurück an meine Seite und winkte Paranefer herbei, der eine Papyrusrolle trug. Dann hieß er Paranefer laut vorzulesen:

»Dies sagt Horemheb, bestimmt durch den Willen der Götter, ihr Wort vom Horusthron zu verkünden und Maat in ihrem Namen zu erhalten. Wohl haben die Götter gesehen, welch treuer Diener du ihnen stets gewesen bist. So haben sie nun bestimmt, dass ihr Diener belohnt werden soll durch den, den sie dazu berufen, Kemet in ihrem Namen zu führen. Nimm von ihnen an die Abzeichen des Wesirs von Ober- und Unterägypten und bewache fortan Kemets Grenzen nach Norden und Süden, um ihren Frieden zu hüten.«

Durch den Thronsaal ging ein Ruf der Ehrenbezeugung für Ramose, und dieser verbeugte sich vor Horemheb, der jetzt persönlich das Wort an ihn richtete.

»Ramose, mein Freund! Wie kann dieses Amt genügen, dir meinen Dank auszusprechen für alles, was du für Ägypten getan hast. So will ich dir die Ehre erteilen, dich neben meinem Pylon in Theben mit den Abzeichen deines neuen Amtes zu verewigen, auf dass Generationen sich daran erinnern werden, was du für Ägypten getan hast. Baue mir diesen Pylon, Ramose, und sei dort zu meiner Rechten sowie zu meiner Linken.«

Ramose verbeugte sich abermals zum Zeichen seines Dankes.

Dann wandte sich Horemheb offizielleren Anliegen zu.

»Des Weiteren sollst du dafür Sorge tragen, dass der falsche Tempel des Ketzers Echnaton, der noch immer in Karnak neben dem des Amun steht, sofort eingerissen wird.«

Horemhebs Worte schnitten schmerzhaft in mein Fleisch, denn wenn ich auch die Taten meines Vaters nicht gutgeheißen und mich zu den alten Göttern bekannt hatte, so war doch jede Repressalie gegen sein Andenken für mich wie ein Schlag ins Gesicht. Und was war mit dem Volk? Inwieweit brachte es mich noch mit meinem Vater in Verbindung? Wussten sie, dass ich trotz allem noch Schmerz empfand, wenn es seinen Namen rief und dabei ausspie?

»Ebenso fallen soll die falsche Stadt Achet-Aton, und du sollst sie dem Erdboden gleichmachen. Nimm den Stein und säubere ihn gründlich vom Frevel, den er einst begangen, indem er Teil der Ketzerstadt war. Sodann bringe ihn nach Theben und verwende ihn, um unserem wirklichen Gott Amun neue Heiligtümer in Karnak zu schaffen.«

Warum tat er das? Er wusste genau, dass er nicht Amun, sondern die Priester beschenkte. Und das hatte niemand von uns je gewollt, denn die Priesterschaft war unser Feind, obwohl wir Amun liebten. Ehe ich weitere Überlegungen anstellen konnte, erklärte Horemheb die offizielle Versammlung für beendet und reichte mir seine Hand, wie er es immer tat, um mich hinauszugeleiten. Doch diesmal war alles anders. Er geleitete mich nicht hinaus, sondern die Stufen hinunter, um mich zu Ramose zu führen. Er legte meine Hand auf die seine, und ich blickte ihn ungläubig an. Er jedoch verließ alleine den Thronsaal, ohne sich nach mir umzudrehen. Ich sah ihm völlig verstört nach.

»Du bist immer noch meine Gemahlin, Sit-Ra. Ich denke, ich kann erwarten, dass du dich dementsprechend verhältst.«

Ich zuckte zusammen und wandte mich zu Ramose um. Seine Worte hatten keine Schärfe besessen, aber eine Sicherheit, die ich früher nicht gekannt hatte. Er blickte mich an, ohne eine bestimmte Gefühlsregung zu zeigen. Doch ich wollte ihm diesen Sieg nicht überlassen, also gab ich in ruhigem Ton meine Antwort.

»Verzeih, wenn ich gegen meine Pflichten fehlte. Nach der langen Zeit, in denen du ihnen keine Beachtung schenktest, fielen sie von mir ab wie vertrocknetes Laub.«

Ich erkannte das eisige Lächeln auf seinem Gesicht, bevor

wir uns umwandten und durch die Reihe der Würdenträger den Thronsaal verließen, während sich alle verbeugten.

Ramose hatte Gemächer im Palast bezogen. Er hatte es dabei belassen, mich zu meinen Gemächern zu geleiten, und hatte sich dann verabschiedet, um in die seinen zu gehen. Mein Herz war ein wildes Tier, es verstand nicht, wie Horemheb ihm das hatte antun können. Ich verzichtete darauf, mich bei ihm anmelden zu lassen, und ging sofort zu seinen Gemächern. Die postierte Wache wollte mir den Eintritt verweigern, doch ich drohte ihnen mit Strafe und einer Anklage wegen Majestätsbeleidigung. Als ich die Tür aufstieß, sah ich, dass Horemheb auf seiner Terrasse stand. Er sah mich sofort und blickte ungläubig in meine Richtung, was mich in meinem Verlangen, ihn anzuschreien, bestätigte. Doch bevor mir der erste Fluch entfuhr, wurde ich Mutnedjemet gewahr, die sich jetzt aus dem Schatten näherte und sich siegessicher lächelnd an seine Seite begab. Nur dadurch gelang es mir, mich wieder zu fassen. Ich ging etwas gemessener auf die beiden zu und sprach Horemheb an, wobei ich Mutnedjemet keines Blickes würdigte.

»Ich habe mit dir zu sprechen, Reichsverweser – sofort.«

»Ich werde zu dir kommen, sobald ich kann.«

Ich wich seinem Blick nicht aus, obwohl ich mindestens zwei Köpfe kleiner bin als er und sogar kleiner noch als Mutnedjemet.

»Nein, Reichsverweser, du wirst dir jetzt anhören, was ich zu sagen habe.«

Mutnedjemet ergriff in einer lächerlichen Gebärde Horemhebs Arm.

»Selbst eine Prinzessin hat nicht das Recht, den Gemahl von der Gemahlin zu trennen, wenn er sie zwei Jahre lang entbehren musste.«

Ich sprach, an sie gerichtet, blickte jedoch weiter nur Horemheb an.

»Reden wir nicht über Dinge, die schon lange nicht mehr sind. Also was ist nun, Horemheb, weise ihr die Tür.«

Er blickte mich unnachgiebig an.

»Das werde ich nicht tun, Prinzessin. Ich werde zu dir kommen, sobald ich hier fertig bin.«

Diese Worte! Sie klangen in meinem Kopf nach, und nur Mutnedjemet und ich konnten verstehen, weshalb. Sie waren es auch, die mich zum höchstmöglichen Druckmittel greifen ließen, denn andernfalls hätte ich mein Gesicht verloren.

»So muss ich es wohl tun. Wachen!«

Horemheb und Mutnedjemet sahen mich entgeistert an, und Horemheb zischte: »Überlege dir gut, was du tust.«

Ich ließ mich nicht beirren und wartete, bis die Wachen sich vor mir verbeugt hatten.

»Führt die Schwester der Ketzerin ab und stellt sie unter Hausarrest. Sie wird von der Prinzessin Sit-Ra und dem Kronprinzen Sethos beschuldigt, dem Kronprinzen gegenüber respektlos und ungehörig gehandelt zu haben. Ich werde meine Anklage vor den obersten Amunpriester bringen.«

Die Wachen waren kurze Zeit ratlos. Sie waren Horemheb treu ergeben, und hätte ich die Beleidigung auf mich bezogen, so hätten sie es nicht gewagt zu handeln. So jedoch war diese Beleidigung eine öffentliche Angelegenheit, denn Sethos war der offizielle Thronfolger. Horemheb konnte sich dieser Anklage nicht entziehen. Er gab den Wachen durch unmerkliches Nicken zu verstehen, dass sie Mutnedjemet in ihre Gemächer bringen sollten und sie nicht hinauslassen durften, bis sie weitere Anweisungen von ihm erhielten. Auch jetzt ließ ich mich nicht dazu herab, Mutnedjemet offen anzuschauen, ich sah nur ihr Entsetzen und ihren flehenden Blick zu Horemheb, der jedoch ebenfalls seinen Blick nicht von mir abwandte. Erst als die Türen sich geschlossen hatten und wir alleine waren, entspannte sich seine Haltung etwas.

»Das hättest du nicht tun dürfen, Sit-Ra.«

Ich lächelte zynisch. »Was denn, mein selbstgefälliger Freund? Mich der Schwester der Hure des Ketzers zu entledigen? Was kann es schon bedeuten, wenn selbst du zum Vernichtungsschlag ausholst, indem du alles, was mit ihm zusammenhängt, zerstören lässt?«

»Darum geht es dir doch nicht, Sit-Ra, deshalb bist du nicht hier.«

Ich wandte mich mit gespielter Fröhlichkeit um und lächelte ihn an.

»Nein, eigentlich ist sie nur ein Opfer.«

Ich kehrte zurück in seine Gemächer und sprach, während ich ihm den Rücken zugewandt hatte.

»Es ging mir hauptsächlich darum, dich zu brüskieren, damit du selbst einmal nachempfinden kannst, wie man sich fühlt, wenn einen Worte wie ein Schlag ins Gesicht treffen.«

Ich hörte seine Schritte hinter mir, er war mir gefolgt.

»Er ist dein Gemahl, ich habe ihn heute vor dem Volk geehrt. Wie könnte ich dich vor seinen Augen für mich beanspruchen?«

Ich fuhr herum und funkelte ihn zornig an.

»Also ist dir seine Freundschaft wichtiger als unsere Liebe.«

»So einfach ist das nicht, Sit-Ra.«

»Oh, natürlich nicht!«

Ich ließ mich auf seinem Ruhebett nieder und lächelte herausfordernd.

»Sage mir, Horemheb, warst du bestürzt, als du damals die Nachricht erhieltest, dass ich Theben wahrscheinlich nicht lebend erreichen würde?«

Er blieb einen Schritt von mir entfernt stehen, blickte mich jedoch nicht an, als er erwiderte: »Wie kannst du daran zweifeln?«

Ich nickte, obwohl er es nicht sehen konnte.

»Deine Verzweiflung hielt dich jedoch nicht davon ab, deine gerade begonnene Tätigkeit zu Ende zu bringen.«

Jetzt endlich wandte er mir sein Gesicht zu, und ich las die Spuren der Erkenntnis in seinen Zügen.

»Paranefer?«

»O nein, Horemheb! Paranefer ist ein viel zu feinsinniger Mensch, als dass er es mir hinterbracht hätte.« Ich ließ ihn noch einen Augenblick die Qualen der Unwissenheit auskosten, bevor ich weitersprach. »Mutnedjemet! Du weißt doch, dass der Palast Ohren hat.«

Er nickte verbittert. »Es ist nicht immer alles so, wie es scheint.«

»Das habe ich auch gedacht. Bis du heute die gleichen Worte zu mir sprachst, die Mutnedjemet mir damals als die deinen hinterbrachte. Du würdest kommen, wenn du fertig seist. Erst da habe ich wirklich geglaubt, dass Mutnedjemet die Wahrheit gesagt hatte.«

»Ich habe immer nur dich geliebt, Sit-Ra, nichts anderes hat je wirklich gezählt, seit ich dich endlich besitzen durfte. Das Mädchen damals, es bedeutete nichts. Und das, was ich tat, nachdem ich die Nachricht erhalten hatte, dass ich dich vielleicht für immer verloren hatte, es bedeutete nichts. Ich wollte nur dich, als ich sie nahm.«

»Ich glaube dir nicht, Horemheb. Es ist, wie Mutnedjemet sagte: Du leerst den Becher bis zur Neige und nimmst dir dann einen anderen.«

Jetzt endlich kam er auf mich zu und setzte sich neben mich, wobei er wiederum den Blick von mir abwandte.

»Das ist es nicht, Sit-Ra, ich schwöre es bei den Göttern.«

Er nahm eine Kette von seinem Hals und drückte sie mir in die Hand. Es war die Kette, an der er meinen Ring befestigt hatte.

»Ich versprach sie dir zurückzubringen, wenn du sie dann noch würdest haben wollen.«

Mit einer schwachen Geste gab ich sie ihm wieder.

»Ich weiß es nicht, Horemheb. Ich muss darüber nachdenken.«

Er nickte, und ich stand auf und verließ seine Gemächer.

Doch es gab noch etwas anderes zu tun, was nicht minder unangenehm war.

Ramoses Gemächer waren nicht kleiner als die meinen, was mich nicht überraschte. Er empfing mich mit einem merkwürdigen Blick in den Augen, der seine wahren Absichten nicht zu verraten schien.

»Ich wundere mich über deinen Besuch, Sit-Ra.«

»Er ist nicht privat; vielmehr suche ich dich in deiner Eigenschaft als Wesir auf.«

Er bat mich, neben ihm an einem Tisch Platz zu nehmen, und ließ Wein, Bier und süßes Gebäck auftragen. Ich nahm nur wenig davon, denn ich konnte in seiner Gegenwart nicht einfach unbefangen die Speisen genießen.

»Du hast freie Hand über die Zerstörung Achet-Atons bekommen, nicht wahr?«

»Ich kann verfahren, wie es mir beliebt.«

»So möchte ich dich bitten, den Nordteil des Palastes unberührt zu lassen.«

Er blickte mich stirnrunzelnd an.

»Warum sollte ich das tun?«

»Weil ich dich darum bitte.«

»Es erscheint mir als ein sinnloses Begehren.«

»Es ist ein Sinn dahinter, den du eines Tages verstehen wirst.«

Wieder zog er seine wohlgeformten Augenbrauen zusammen.

»Die alten Königsgemahlinnen könnten in den Harem Faijum gebracht werden.«

»Darum geht es nicht allein.« Ich blickte ihn das erste Mal seit Jahren flehend an. »Ich bitte dich, erfülle mir den Wunsch. Was würde es dich kosten, den, der jetzt mehr zu erreichen vermag als ich, die von den Göttern begünstigt wurde.«

Jetzt erkannte ich ein befriedigendes Lächeln auf seinen schönen Zügen. Ich wusste, dass es das war, was er hatte hören wollen.

»Vielleicht erfülle ich dir diesen Wunsch, Sit-Ra – vielleicht! Doch sage mir zuerst, ob ich dir immer noch als der erscheine, den du vor Jahren in mir zu sehen glaubtest.« Er zeigte mir seine beringten und gepflegten Hände. »Könnten diese Hände dich mehr besudeln als die desjenigen, der ebenfalls als Gemeiner geboren wurde und dessen Lager du teilst?«

Es war gekränkte Eitelkeit, die ihn dies sagen ließ. Ich konnte es an seinem selbstgefälligen Ton hören.

»Jetzt, da ich dir mächtig erscheine, findest du den Weg in meine Gemächer.«

Ich blickte ihn fest an.

»Ich finde den Weg in die Gemächer des Wesirs von Ober- und Unterägypten, nicht in die Gemächer meines Gatten Ramose.«

Er nickte selbstgefällig. »Ich werde über dein Anliegen nachdenken, Sit-Ra.« Er sah mich jetzt mit einer zufrieden aufgesetzten Miene an. »Nicht weil du mein Herz rührst, Sit-Ra, sondern weil du dein Haupt vor dem Wesir neigtest, wird er deine Bitte überdenken. Überlege dir, ob es nicht vielleicht hilfreich wäre, dein Haupt vor dem Gemahl zu beugen. Er würde dir sicherlich deinen Wunsch nicht abschlagen.«

Ich konnte es nicht fassen, was er verlangte, und so stand ich auf und wandte mich zum Gehen.

»Lass Irjet ihr Haupt vor dir beugen, Ramose. Mir scheint, sie tut es mit Hingabe.«

Am Abend hatte ich dann endlich etwas Zerstreuung, denn ich verbrachte ihn an der Seite von Sethos und Tuja, die anlässlich der Feiertage bei mir im Palast weilten. Tuja war nun zwölf Jahre alt und versprach eine Schönheit zu werden. Sethos war mit seinen zehn Jahren ein Knabe, der Tujas Vorzüge noch nicht zu bemerken schien, aber das war auch gut so, denn ich wollte, dass er noch einige Jahre das Kap besuchte. Tuja betete Sethos jedoch an. Sie wich nicht von seiner Seite, wann immer er im Palast war, und oft verbrachten sie die Nachmittage zusammen, um Senet oder Hund und Schakal zu spielen. Ich hatte keinen Zweifel daran, dass Tuja einst glücklich wäre, wenn sie meinen Sohn heiraten würde.

»Mutter, ich habe meinen Vater gebeten, beim Bankett an unserem Tisch zu sitzen.«

Er sah mich entschlossen an. Ramose war jetzt Wesir, es war ihm gestattet, bei Einladungen auf dem königlichen Podest zu sitzen. Es war ihm gestattet, wie es auch Horemheb gestattet war. Ich wusste, dass dieser Abend mir nun wohl doch nicht die erhoffte Entspannung bringen würde.

Ramose kam mit Horemheb, und beide ließen sich an unserem Tisch nieder. Sethos begann sofort seinen Vater über den Feldzug auszufragen, während Horemheb mir einen kurzen Blick zuwarf, sich dann jedoch ebenfalls in das Gespräch über den Feldzug hineinziehen ließ. Tuja schien gelangweilt, und so sprach ich sie an.

»Und was ist mir dir, Tuja? Sind deine Lehrer zufrieden mit dir?«

Sie schenkte mir ein scheues Lächeln, ehe sie antwortete.

»Ich hoffe es, Prinzessin. Zumindest lassen sie mich das denken.«

Tuja war ein reizendes Mädchen, das jedoch für den ihr vorbestimmten Lebensweg eine allzu große Bescheidenheit an den Tag legte. Deshalb ermunterte ich sie des Öfteren, ihren Willen energischer durchzusetzen, wenn ihre Forderung gerechtfertigt war.

»Wenn deine Lehrer dich loben, so werden sie das ganz gewiss nicht grundlos tun. Sieh es also als eine Bestätigung deiner selbst.«

Sethos wandte sich mir zu. »Sie ist viel zu bescheiden, Mutter. Man denke nur, wenn wir Senet spielen und sie Erfrischungen haben möchte, steht sie selbst auf, damit ihre faule Dienerin weiterschlafen kann.« Tuja lief rot an, und Sethos sagte mehr zu sich selbst als zu ihr: »So eine werde ich später zur Gemahlin nehmen, denn sie wird mir gewiss jeden Wunsch von den Augen ablesen und niemals so zänkisch werden wie Mutnedjemet.«

Plötzlich herrschte betretenes Schweigen, doch es war Horemheb, der über die Respektlosigkeit des Kronprinzen zu lachen anfing.

»Wenn du schlau bist, mein Prinz, so halte dich von Weibern fern, sie verwirren einem nur den Geist.«

Während er das sagte, blickte er mich an, und ich konnte Ramoses Geringschätzung fühlen.

»Man könnte gerade meinen, dass du dich dein Leben lang in Askese geübt hättest, Horemheb«, gab ich ihm die Spitze zurück.

»Nein, aber manchmal denke ich, es wäre besser gewesen, das zu tun. Doch ich liebe schöne Frauen und werde mich ihnen niemals verweigern können.«

»Wer vermag das schon?«

Das war Ramose gewesen, der gedankenverloren seinen Becher ansetzte.

Horemheb warf ihm einen väterlichen Blick zu.

»Es sind die Frauen, die einen für kurze Zeit fesseln, doch es sind die Göttinnen, die einen auf ewig binden, nicht wahr, mein Freund?«

Ramose blickte Horemheb resigniert an und sagte dann zu ihm: »Wie kann man einen Mann dafür verurteilen, dass er sich Letzteren nicht zu entziehen vermag?«

Das Ganze wurde mir zu persönlich. Ich entschuldigte mich und verließ den Tisch, um mich unter die Höflinge zu mischen. Selbst die waren mir jetzt noch lieber als dieses fürchterliche Gespräch, in dem ich zum Gegenstand degradiert wurde.

Unter all diesen Leuten fand ich dann auch einen, der mein Herz einen glücklichen Satz machen ließ. Rehered war gekommen, und ich winkte ihm vielleicht etwas zu kühn zu, denn er verbeugte sich verlegen vor mir.

»Rehered, ich bitte dich. Gerade deine Distanz kann ich nicht ertragen. Ist May auch hier?«

»Nein, Prinzessin, May erwartet die Geburt unseres Kindes und hielt es für besser, sich nicht den Strapazen einer Feier auszusetzen. Aber sie fragt sehr oft nach dir und wünscht dir alles Glück dieser Welt.«

»Sende ihr die besten Wünsche zurück und auch eurem ungeborenen Kind. Wie geht es Pentu, den du ebenfalls als deinen Sohn angenommen hast?«

»Jedes Mal, wenn ich ihn ansehe, wird mir klar, wie unerhört schön sein Vater gewesen sein muss. Manchmal glaube ich, Ptah-Nefer war Ptah, denn seltsam war sein Erscheinen und sein Verschwinden. Wenn Pentu nur halb so schön ist wie sein Vater, so muss Ptah-Nefer von blendender Schönheit gewesen sein.« Er sagte es ohne Bitterkeit, sondern mit Bewunderung. »Doch deine Schönheit ist wahrlich und erträglich. Wenn Ptah-Nefers Schönheit blendete, so konnte man nicht lange den Blick auf ihm lassen.«

Wir schlenderten hinaus in die Gärten.

»Sethos ist groß geworden, Prinzessin. Bald wird er ein Jüngling sein, und du wirst dich der Aufgabe gegenübersehen, ihm Gemahlinnen auszuwählen.« Er lächelte. »Dies ist die schwerste Aufgabe, die einer Mutter abverlangt wird.«

»Du verstehst dich immer noch ausgezeichnet auf die Deutung meines Ka, Rehered. Doch bis dahin ist noch etwas Zeit.«

Wir ließen uns auf einer steinernen Bank nieder.

»Und du, Prinzessin? Hast du dein Glück gefunden?«

»Ich fand es, und ich verlor es, dann fand ich es wieder, um es erneut zu verlieren. Glück ist unstet wie die Launen der Götter. Man darf es nicht als Selbstverständlichkeit hinnehmen.«

Er nickte.

»Ich bin verwundert, Ramose wieder öfter an deiner Seite zu sehen.«

»Mich macht es eher befangen, Rehered. Ich bat ihn nicht, in mein Leben zurückzukehren.«

Rehered schwieg eine kurze Weile, so als wollte er darüber nachdenken, ob die folgende Antwort zu kühn wäre, um sie mir ins Gesicht zu sagen.

»Nein, Prinzessin! Ein anderer hat ihn darum gebeten.«

Aus einem plötzlichen Verlangen heraus lehnte ich meinen Kopf an Rehereds Schulter.

»Warum tat er das nur, mein Freund? Warum das alles, jetzt, da es anders sein könnte?«

Ich spürte Rehereds Hand auf meinem Haar und dachte, wie glücklich ich mich doch schätzen konnte, einen solchen Freund gefunden zu haben.

»Ich glaube nicht, dass er es gerne tat, Prinzessin. Was auch immer ihn dazu bewogen hat, es war nicht sein Wille.«

Ich sah Rehered lange nachdenklich an, bevor wir uns erhoben und wieder in den Bankettsaal gingen.

11.

Papyrus

Ich war froh, dass Ramose bald danach nach Achet-Aton aufbrach, um es zu vernichten. Er hatte mir keine Nachricht bezüglich seiner Entscheidung über den Erhalt des nördlichen Palastes zukommen lassen, und ich war nicht noch einmal zu ihm gegangen. Ramose hatte Sethos mit sich genommen, denn in unserer heißesten Sommerzeit, den Monaten Thot und Paofi, brauchten die Schüler das Kap nicht zu besuchen.

Ich war kurz nach Ramoses Abreise zu Horemheb gegangen, um mir meine Kette abzuholen. Ich wollte ihm damit zeigen, dass ich ihm verziehen hatte. Es gelang uns, unsere Liebe erneut zu entflammen, und wieder vergaßen wir alles andere um uns herum für eine Zeit lang. Horemheb nahm mich mit, um Bauvorhaben festzulegen, er unterrichtete mich über das politische Geschehen in Ägypten, und wir berieten uns oft. Er lobte mich für meine umsichtige Führung Kemets während seiner langen Abwesenheit, und er schaffte es auch, mein Herz zu erweichen, sodass ich Mutnedjemet ohne Anklage aus ihrem Arrest entließ. Ich war mir jedoch sicher, dass ich nun eine wirkliche Feindin in ihr hatte.

Eines Tages bat mich Horemheb, mit ihm das Tal der Könige zu besuchen, denn er wollte den Fortgang der Arbeiten an seinem Grab besichtigen. Ich begleitete ihn gerne, doch schien es mir suspekt, da er eigentlich kein Anrecht auf ein Grab im Tal der Könige hatte, auch wenn er auf Ägyptens Thron mit dem Wohlwollen der Götter saß.

Als wir die Malereien an den Wänden im Fackelschein betrachteten, sah ich, dass einige Wände noch frei waren, während Horemheb auf anderen mit Mutnedjemet bei seiner Lieblingstätigkeit, der Jagd, oder beim Bestrafen der von ihm bezwungenen Feinde gezeigt wurde. Ich fragte ihn, was es mit den leeren Wänden auf sich habe, da doch das Grab sonst fertig sei.

»Dies ist für die großen Ereignisse in meinem Leben, die noch stattfinden werden. Erst nach meinem Tode werden sie hier verewigt werden.«

Ich lehnte meinen Kopf an seine Schulter.

»Ich darf wohl nicht darauf hoffen, an deiner Seite hier zu erscheinen.«

Er legte den Arm um mich.

»Du bist in meinem Herzen, Sit-Ra. Was bedeuten schon die Bilder im Stein, die kalt sind und nichts fühlen. Du wirst mich in meinem Herzen begleiten, wenn sich dereinst mein Grab hinter mir schließt.«

Ich betrachtete die Bilder an der Wand noch einmal.

»Früher hast du gerne Löwen gejagt, nicht wahr?«

»Es war meine große Leidenschaft.«

»Warum tust du es dann heute nicht mehr?«

»Ich weiß nicht, vielleicht, weil zu viele andere Dinge in meinem Kopf sind, die mich davon abhalten.«

Ich schlang einen Arm um seine Taille und spielte mit dem Pektoral, das auf seiner nackten Brust lag.

»Lass uns auf Löwenjagd gehen, Horemheb. Ich möchte sehen, wie du einen Löwen erlegst.«

Er blickte mich verwundert an.

»Es ist gefährlich.«

»Nicht gefährlicher, als dich zu lieben.«

Der heiße Wind peitschte mein Gesicht, und der Sand der Wüste raubte mir den Atem, als ich an Paranefers Seite auf dem Streitwagen stand. Vor uns fuhren Horemheb und einer seiner Generäle, der den Streitwagen lenkte, während Horemheb die Waffen hielt. Er hatte Paranefer angewiesen, einen sicheren Abstand zu ihm zu wahren, denn ein verwundeter Löwe ist gefährlicher als ein Sandsturm. Jetzt verfolgte Horemheb ein mächtiges Tier mit goldener Mähne, dem schon ein Pfeil von seinem Bogen in der Flanke steckte, der es wütend gemacht hatte, ohne es jedoch töten zu können. Auf einer Sanddüne brachte Paranefer unser Gespann zum Stehen, nur wenige Ellen von dem Löwen entfernt. Plötzlich änderte dieser die Taktik. Anstatt fortzulaufen, wendete er und griff Horemhebs Gespann an, das scheute und sich in Panik gebärdete. Horemheb griff jetzt nach seinem Speer und rammte ihn dem Tier zwischen die Schulterblätter. Wütend bäumte es sich auf, und ich konnte sehen, wie es Horemheb einen Schlag mit seiner Pranke versetzte und eine tiefrote Wunde auf seiner Brust hinterließ. Horemheb kam aus dem Gleichgewicht und taumelte vom Wagen. Wäre sein Begleiter nicht gewesen, der das Tier ablenkte, indem er sich selbst als Zielscheibe zwischen Horemheb und den Löwen warf, hätte Horemheb sein Leben verloren. So jedoch verschaffte ihm sein Begleiter durch seine Selbstaufopferung etwas Zeit. Paranefer und ich waren vor Schreck gelähmt, dann griff ich aber nach Paranefers Bogen und fuhr ihn an, mir einen Pfeil aus dem Köcher zu geben, denn er konnte unsere scheuenden Pferde kaum noch halten und somit seinen Bogen nicht spannen. Als er mir einen Pfeil gereicht hatte, sprang ich vom Wagen und lief einige Schritte auf den Löwen zu, der gerade dabei war, Horemhebs General zu zerfleischen. Ich wusste, dass er sich danach Horemheb zuwenden würde, der verzweifelt darum kämpfte, seine Waffen zu erreichen, jedoch zu langsam war. Paranefer ließ einen entsetzten Schrei vernehmen, als er begriff, was ich beabsichtigte, doch damit machte er den Löwen auf uns aufmerksam, und dieser ließ von dem blutigen Klumpen ab und sprang auf mich zu. Merkwürdigerweise überkam mich eine seltsame Ruhe, als ich den Bogen spannte und mein Gebet zu Isis schickte.

Große Göttin, führe die Hand deiner Tochter nach deinem Ermessen. Dein Urteil kann nur Leben oder Tod lauten.

Dann ließ ich den Pfeil von der Sehne und schloss meine Augen. Im nächsten Moment spürte ich die Wucht des Löwen, mit der er mich zu Boden warf und unter sich begrub. Ich spürte die Krallen seiner Pranken tief in das Fleisch meiner Arme schneiden, die ich mir instinktiv vor mein Gesicht hielt. Ich erwartete den letzten Hieb, der eine kühle Dunkelheit über mich breiten würde, doch es geschah nichts weiter. Es herrschte Stille.

Dann plötzlich kam Bewegung in den Körper des Löwen.

Eine blutige Hand griff zwischen den Wust aus Mähne und Körpermasse und zog das Tier von mir herunter. Paranefer und Horemheb standen an meiner Seite, Letzterer selbst blutüberströmt und mit entsetztem Gesicht. Paranefer war bleich und stammelte nur unverständliche Entschuldigungen zu Horemheb, dass alles so schnell gegangen sei und noch vieles mehr. Doch Horemheb hörte ihm nicht zu, sondern hockte sich neben mich in den Sand und zog mich in einer Geste von Verzweiflung an sich. Paranefer wurde sofort still, denn niemals hatte Horemheb sich zu mir durch eine derartige Intimität in der Öffentlichkeit bekannt. Ich spürte, wie sich das Blut meiner Arme mit dem seinen vermischte, denn beide hatten wir tiefe Schnitte durch die Krallen des Löwen zurückbehalten.

»Geliebte Schwester.« Horemhebs Worte waren nur mehr ein Flüstern, und ich kam langsam wieder zu mir.

»Ist er tot?«

»Dein Pfeil traf ihn zielsicher beim Sprung ins Herz.«

»Und dein General?«

Horemheb schüttelte leicht den Kopf. Dann half er mir aufzustehen und zog saubere Leinentücher aus Paranefers Streitwagen, um damit meine Arme zu umwickeln. Ich nahm meinerseits ein Tuch und legte es ihm auf die blutende Wunde. Das alles musste für Paranefer unglaublich beschämend sein, da ich es gewesen war, die seine Aufgabe erfüllt und seinen Herrn gerettet hatte. Außerdem wusste er nicht recht mit unseren Intimitäten umzugehen, weshalb er darum bat, Hilfe holen zu dürfen. Horemheb löste sich von mir und wandte sich ohne Zorn an ihn.

»Nimm die Prinzessin mit, denn der Geruch des Blutes

könnte andere Löwen anlocken. Schick mir zwei Wagen, damit ich meinen treuen Gefährten nicht der Wüste überlassen muss.«

Auf dem Rückweg, den Paranefer schweigend verbrachte, fragte er mich nur ein einziges Mal: »Prinzessin, wo habt Ihr gelernt, den Pfeil so treffsicher von der Sehne zu lassen?«

Ich antwortete leise: »Ich lernte es niemals, Paranefer. Als ich noch ein Kind in Achet-Aton war, ließ mein Onkel Tut-anch-Amun mich manchmal seinen leichten Kinderbogen benutzen, um sich zu amüsieren. Er wusste ja, dass ich niemals das Ziel traf.«

Für mich war seit diesem Tage klar, dass Isis meine Hand gelenkt hatte, als ich den Pfeil von der Sehne ließ. Es war ihr Wille gewesen, dass Horemheb und ich lebten, in ihrem Großmut die Verzweiflung der Liebe erkennend. Horemheb ließ das Fell des Löwen säubern und in meine Gemächer bringen. Er meinte, es sei meine Trophäe, niemand anders habe sie verdient. Ich jedoch sandte das wunderschöne Fell an die Familie des getöteten Offiziers, denn er hatte mir letztendlich Horemhebs Leben geschenkt, indem er seines geopfert hatte. Wenn er auch nicht für mich, sondern für Horemheb gehandelt hatte, so war ich es doch, die ihm dafür den meisten Dank schuldete, denn Horemheb hätte seinen eigenen Tod als den Willen der Götter hingenommen. Als er aber davon erfuhr, dass ich das Fell der Familie des Generals geschenkt hatte, lachte er und zeigte auf die Wunden meiner Arme.

»Diese Trophäen werden dir ewig erhalten bleiben, Sit-Ra!«

Ich zeigte auf seine Brust.

»Wie dir deine erhalten bleiben werden.«

»Ich bin Soldat, ein Soldat ohne Narben ist wie ein König ohne Königreich. Eine Frau aber sollte keine Narben tragen.«

Ich lächelte ihn an und blickte dann auf meine eigenen Wunden.

»Von heute an nehme ich mir das Recht als Frau, meine Narben öffentlich zu zeigen, wie ein Mann es tut. Viel zu oft verbergen die Frauen ihre Narben vor der Welt.«

Die Monate verstrichen, und alles ging wieder seinen gewohnten Gang. Ich hatte mein Versprechen wahr gemacht und zeigte meine Narben öffentlich. Es waren Narben, die mich besser als der kostbarste Schmuck zierten, denn sie ließen mich wissen, warum der Platz auf dem Horusthron neben mir nicht verwaist war. Horemheb fand es zwar übertrieben, sie bei manchen Gelegenheiten auch noch durch Henna zu betonen, doch konnte er ja nicht wissen, was es für mich bedeutete, durch meine eigenen Narben als schwache Frau Stärke zeigen zu können. Doch wie sollte ein Mann das auch verstehen? Horemheb war mir gegenüber großmütig, er wusste sehr genau, dass ich bereit gewesen war zu sterben, doch war es nicht seine Art, vor mir dafür auf die Knie zu fallen und es mir ständig in Erinnerung zu rufen. Seinen größten Beweis der Dankbarkeit und Liebe hatte er mir an jenem schicksalhaften Tag erbracht, an dem er mich vor Paranefer so unvoreingenommen in die Arme geschlossen hatte. Die anderen Ehrenbezeugungen und Danksagungen an mich waren von bescheidenerer Natur, wie etwa einem

Lächeln während der offiziellen Besprechungen, sein unangemeldeter Besuch in meinen Gemächern mitten in der Nacht oder sein heimlicher Händedruck während der Tempelzeremonien, die wir gemeinsam begingen. Es war so wenig, und doch war es alles, was ich mir erhofft hatte.

12.
Papyrus

Das 8. Regierungsjahr neigte sich seinem Ende zu, und aus Achet-Aton erreichte uns eine Nachricht von Ramose, dass er die Abrissarbeiten nun bald beendet habe und beginne, die Steine zu säubern, um sie dann nach Theben verschiffen zu lassen. Er erwähnte nichts von seinem Vorgehen bezüglich des nördlichen Palastes, lediglich offizielle Grüße an seine Gemahlin Sit-Ra waren dem Schreiben an Horemheb beigefügt. Sethos war wieder ins Kap zurückgekehrt und setzte seinen Unterricht fort, und May hatte Rehered eine Tochter geboren, die sie Tiu genannt hatten. Die beiden waren glücklich, und ich freute mich für sie.

Ich ließ Irjet zu mir in den Palast bestellen, denn Paramessu war nun sechs Jahre alt, und ich wollte mein Versprechen einlösen und ihn das Kap besuchen lassen. Irjet brachte mir Paramessu und fühlte sich sichtlich befangen, da sie im Palast fremd war und auch das Hofprotokoll nicht kannte. Doch ich empfing sie freundlich und bedeutete ihr, Platz zu nehmen. Paramessu wich nicht von ihrer Seite.

»Es ist lange her, seit wir uns unterhalten haben, Irjet.« Ich wollte das Gespräch ruhig beginnen.

»Ja, Prinzessin, fast vier Jahre ist es nun her, seit du uns deine Freundlichkeit erwiesen hast.«

»Und du erinnerst dich an unser Gespräch und das gegebene Versprechen.«

Irjet blickte Paramessu liebevoll an.

»Ja, Prinzessin, und ich danke dir nochmals dafür.«

»Ich werde Paramessu also heute noch auf die bereitgestellte Barke bringen lassen, damit er nach Memphis reisen kann.«

Paramessu blickte Irjet fragend an. Diese nahm seine Hand und sprach mit ihm.

»Paramessu, die Prinzessin erweist uns eine große Freundlichkeit, und du musst ihr deinen Dank dafür sagen.«

Obwohl Paramessu überhaupt nicht begriff, worum es eigentlich ging, stand er artig auf und verbeugte sich vor mir. Ich hieß ihn näher zu kommen und strich über sein schwarzes Haar, das er von seinem Vater geerbt hatte.

»Paramessu, du musst dich jetzt von deiner Mutter verabschieden, denn du wirst heute eine Reise antreten.«

Ängstlich blickte er Irjet an, dann wieder mich.

»Kann meine Mutter mich nicht begleiten?«

»Du wirst sie wieder sehen, aber jetzt musst du alleine gehen.«

Ich rief nach einer Dienerin, die Paramessu an die Hand nahm und ihn fortführte. Irjet blickte ihm traurig hinterher.

»Sorge dich nicht, Irjet, mein eigener Sohn befindet sich im Kap und wird dort unterrichtet. Paramessu ist dort gut aufgehoben.«

Irjet bedankte sich nochmals bei mir und stand dann auf, um sich vor mir zu verbeugen. Wir verabschiedeten uns höflich voneinander, und wieder einmal wurde mir klar, dass wir trotz unseres respektvollen Umgangs niemals Freundinnen werden konnten. Bevor sie meine Gemächer verließ, sagte sie mir noch etwas, das ich rückblickend als das einzig Bedeutungsvolle erkenne, was je zwischen uns gesprochen wurde.

»Prinzessin, ich bin dir dankbar, dass du meinem Sohn dies alles ermöglichst, denn er ist das einzige Kind, das ich jemals hatte und je haben werde. Nur für ihn lebe ich, niemand anders ist mehr in meinem Leben.«

Ich erwiderte nichts auf Irjets Bekenntnis, dass Ramose sie ebenfalls verlassen hatte, und verabschiedete mich.

Am Ende des 9. Regierungsjahres kehrte Ramose schließlich nach Theben zurück und teilte Horemheb mit, dass Achet-Aton nun nicht mehr sei. Zeitgleich mit ihm trafen die Schiffe mit den abgetragenen Steinen ein, und Ramose begann sein Werk, den großen Pylon für Horemheb und seine beiden Statuen zu errichten, die ihn in der Amtstracht des Wesirs zeigten. Horemheb war wie immer zufrieden mit Ramoses Arbeiten, und selbst ich musste zugeben, dass Ramose ein fähiger Diener Ägyptens war.

Doch zu diesen Ereignissen trafen neue, die meine ganze Aufmerksamkeit in Anspruch nahmen. Meine Ziehtochter Tuja war mittlerweile vierzehn Jahre alt, und endlich war auch ihr Geist zur Frau geworden. Ihre Dienerinnen hatten mir schon vor geraumer Zeit mitgeteilt, dass sie zu bluten angefangen hatte, und ich beobachtete sie seitdem sehr genau. Ich bemerkte ihre Blicke, die sie jungen Soldaten oder den schönen Jünglingen der Palastwachen hinterherwarf, und natürlich entging mir auch nicht, dass ihre Blicke oft erwidert wurden. Das entscheidende Ereignis fand jedoch statt, als ich sie in ihren Gemächern besuchte, die sie seit kurzem im Palast hatte, denn ihr Unterricht war beendet, und da sie offiziell zur Frau geworden war, bewohnte sie jetzt eigene Räumlichkeiten. Als ich sie besuchte, verbarg sie etwas hinter ihrem Rücken. Ich bat sie, es mir zu zeigen, doch Tuja weigerte sich hartnäckig, was so gar nicht zu ihrem offenen Charakter passen wollte. So genügte auch ein strenger Blick meinerseits, um sie letztendlich doch dazu zu bewegen, mir den Gegenstand auszuhändigen. Wie sich herausstellte, war es eine Zeichnung, eine ziemlich obszöne, die einen jungen Mann mit einem Mädchen beim Liebesakt in verschiedenen Stellungen zeigte. Ich fragte sie, woher sie das habe, und sie antwortete mit rotem Kopf, dass ein junger Soldat es ihr gegeben habe, den sie einige Male vor den Türen des Thronsaales gesehen habe. Ich nahm ihr die Zeichnung ab und mahnte sie, nicht ihren Stand zu vergessen, dann ließ ich sie allein. Ich wusste, es war nun Zeit, mit Ramose und Horemheb über Sethos' Hochzeit zu sprechen, auch wenn ich meinem Sohn gerne noch zwei Jahre Zeit gegeben hätte. Doch Tuja würde ihm diese nicht lassen, so viel war klar.

Zuerst suchte ich Horemheb auf, was natürlich in privaterem Rahmen verlief, da wir unsere Nächte oft zusammen verbrachten. Horemheb reagierte sehr wohlwollend auf meinen Wunsch und meinte, ich solle Ramose so schnell wie möglich unterrichten. Das gestaltete sich schwieriger, als ich erwartet hatte. Ramose war ein viel beschäftigter Mann, und es dauerte einige Tage, bis er sich dazu entschließen konnte, seine Gemahlin zu empfangen.

Er trug einen weißen Schurz und eine Kurzhaarperücke. Sein Gesicht war akkurat geschminkt, und ich konnte sehen, dass ihm sein Posten gefiel. Da ich von seiner Eitelkeit wusste, hatte ich absichtlich ein Diadem mit dem Uräus auf mein eigenes Haar gesetzt, das ich glatt und dunkelbraun über meine Schultern fallen ließ. Das Letzte, was ich wollte, war, wie eine Bittstellerin vor ihm zu erscheinen – nicht dieses Mal.

»Ich sehe, dein neuer Posten behagt dir, mein Gemahl.«

»Ich kann es nicht bestreiten, Sit-Ra. Warum bist du gekommen?«

»Wegen Sethos. Ich meine, es ist an der Zeit für ihn zu heiraten.«

Ramose blickte mich nachdenklich an.

»Er ist zwölf Jahre alt, ein Knabe noch. Ich kann mir nicht vorstellen, dass er mit einer Gemahlin sehr viel anzufangen vermag.«

»Das glaube ich auch nicht, doch soll ihn eine Vermählung auch nicht daran hindern, weitere zwei Jahre das Kap zu besuchen.«

»Warum dann überhaupt diese überstürzte Vermählung?«

»Wegen der Braut, die ich ihm zur Seite geben möchte. Sie ist älter als er.«

Ramose grinste. »Sie hat also schon die Vorzüge der jungen Männer in Theben entdeckt, nicht wahr?«

»Noch nicht, doch wenn wir nicht handeln, wird es nicht mehr lange dauern, bis dies geschieht.«

Ich reichte ihm den Papyrus, den ich von Tuja erhalten hatte, und Ramose schaute ihn belustigt an.

»Wie alt ist das Mädchen?«

»Sie ist vierzehn, und du kennst sie. Ich möchte, dass Sethos Tuja heiratet.«

Ramose überlegte eine kurze Zeit, dann schien er sich zu erinnern.

»Das kleine Mädchen, das du von deiner Reise mitgebracht hast, nicht wahr?«

»Ja. Sie vergöttert Sethos.«

Ramose zuckte mit den Schultern. »Also gut, dann soll er sie heiraten. Was hast du geplant? Eine Haupt- oder eine Nebenehe?«

»Eine Hauptehe. Seine Nebenehen mag sich Sethos zu gegebener Zeit selbst erwählen.« Ich wandte mich ihm zu. »Es wäre mir lieb, wenn du mit Sethos sprechen könntest. Auf dich wird er hören. Ich sage es dann Tuja.«

Ramose nickte. »Er kommt ja ohnehin nächsten Monat nach Theben. Da es die Hochzeit des Kronprinzen ist, wird Horemheb sie ausrichten, nehme ich an.«

Jetzt war es an mir zu nicken. Dann drehte ich mich um, um zu gehen.

»Warte noch einen Augenblick.«

Er nahm einen Stein aus einer Schatulle und gab ihn mir.

»Was ist das?«

Ich konnte mit dieser Geste nichts anfangen.

»Ein Stein des südlichen Palastes von Achet-Aton.«

»Was bedeutet das?«

»Es bedeutet, dass der nördliche noch steht.«

Ich lächelte kurz und bedankte mich, bevor ich ging.

Als ich Tuja erklärte, dass sie Sethos heirate und damit Kronprinzessin werde, schaute sie mich ungläubig an. Ich hatte das Geheimnis gut vor ihr verborgen. Es bestand kein Zweifel daran, dass sie mit dieser Entscheidung einverstanden war, und das stimmte mich glücklich. Es machte mir etwas Kummer, wie Sethos auf seine Verehelichung reagieren würde, doch letztendlich wusste er, dass es seine Pflicht war, so früh wie möglich für Nachkommen zu sorgen.

Als Sethos im Palast eintraf, war schon alles vorbereitet, und er war unterrichtet worden. Als er in meine Gemächer geführt wurde, konnte ich keine Regung von seinem Gesicht ablesen.

»Sethos, mein Sohn! Ich bin glücklich, dich wieder in meine Arme schließen zu können.«

Er erwiderte meine Umarmung herzlich.

»Ungewöhnliche Umstände bringen mich in den Palast, und ich erfuhr, dass sie von dir erwogen worden sind.«

»Sind sie so ungewöhnlich für dich, mein Sohn?«

Er setzte sich neben mich unter das Sonnensegel, unter dem ich es mir auf meiner Terrasse bequem gemacht hatte, und seufzte.

»Nein, natürlich nicht. Doch hatte ich gehofft, sie noch ein oder zwei Jahre hinauszögern zu können. Meine Ausbildung im Kap ist noch nicht abgeschlossen.«

»Du wirst das Kap weiter besuchen, Sethos. Es ist mehr eine Formalität als eine Verpflichtung für dich.«

Er nickte etwas beruhigter.

»Weiß Tuja es schon?«

»Ja, sie weiß es, und du kannst dir sicher denken, dass sie gerne eingewilligt hat.«

»Sie schien mich immer mit den Augen einer Dienerin anzusehen, die nur darauf wartete, mich glücklich zu machen.«

»Glaubst du, dass du Tuja nur einen Bruchteil dessen entgegenbringen kannst, was sie für dich fühlt?«

Sethos überlegte einen Moment. »Ich mag Tuja. Sie war mir immer eine Freundin. Es wäre mir angenehm, sie in meinem Haushalt zu wissen, wenn ich vom Kap zurückkehre.« Er nahm meine Hand. »Doch für ein Weib, das ständig um mich herum ist, fühle ich mich zu jung.«

»Du kannst, wenn du sie in Empfang nimmst, entscheiden, ob du sie in deine Gemächer führst oder sie weitere zwei Jahre alleine schlafen lässt. Das wäre nicht ungewöhnlich. Auch dein Vater hat gewartet.«

Er blickte mich verblüfft an. »Er wartete?«

»Ich war gerade so alt wie du, Sethos. Du bist der Kronprinz, und das bedeutet, dass du deine Hauptehe nicht aus einer Leidenschaft heraus schließen kannst. Dafür werden dir dein Harem und deine Nebenehen dienen.«

»Ich werde Tuja zur Gemahlin nehmen, Mutter.«

Die Hochzeitsfeierlichkeiten waren gemäß der Hochzeit des Thronfolgers groß. Ich spürte, dass Sethos das nicht behagte, doch Tuja war furchtbar aufgeregt. Ich half ihr beim Ankleiden und setzte ihr eigenhändig die Geierhaube auf, da sie jetzt ein Mitglied des Königshauses sein würde. Als Sethos sie in Empfang nahm, konnte ich sehen, dass mein Sohn vielleicht doch nicht mehr ganz das unbedarfte Kind war, das er noch vor zwei Jahren gewesen war, denn auch er vermochte seinen Blick nicht völlig von Tuja abzuwenden. Nachdem Horemheb Sethos und Tuja offiziell als Kronprinzen und

Kronprinzessin bestätigt hatte, begannen die eigentlichen Feierlichkeiten, an denen der ganze Hof teilnahm, während in Theben überall Bier und Brot für die Bevölkerung ausgegeben wurden.

An einem Tisch sah ich meine alte Freundin Beket-Amun sitzen, die mir zuwinkte. Wir hatten schon lange nicht mehr zusammen gesprochen. Sie begrüßte mich herzlich und beglückwünschte mich zur Hochzeit meines Sohnes.

»Jetzt wird Ägypten beruhigter sein, denn die Thronfolge wird gesichert werden.«

»Ich hoffe es, Beket-Amun. Der Kronprinz ist noch jung.«

Sie lächelte mich wissend an.

»Ja, das denkst du, Prinzessin. Aber seine Gemahlin wird wissen, was zu tun ist.«

»Beket-Amun, du bist noch immer so geschwätzig wie früher.«

»Verzeih mir, Prinzessin, doch mich wirst du nicht mehr ändern. Außerdem spreche ich nur aus, was alle denken.«

Sie trank ihren Becher aus und stand auf.

»Komm, Prinzessin, wir wollen uns etwas amüsieren.«

»O ja, wie damals auf Horemhebs Bankett, als ich so viel Wein getrunken hatte, dass ich den Tänzern ihre Schürze gestohlen habe.«

»Es hat dir doch gefallen, oder? Prinzessin, ich weiß einen Ort, wo eine wirkliche Feier stattfindet; nicht wie dieser Tempeldienst hier.«

Ich wollte mich sofort dagegen wehren, mich von ihr mitziehen zu lassen, denn ich wusste, dass Beket-Amun für mich Gift war, doch ihre Freizügigkeit und Offenheit hatten mich schon immer angezogen.

»Ich kann nicht einfach von hier fortgehen. Es ist die Hochzeit meines Sohnes.«

»Niemand wird dich bei diesem Menschenauflauf vermissen. Außerdem kann dir überhaupt nichts passieren. Bedenke doch nur, dass alle Würdenträger und Palastschranzen sich hier tummeln. Wir können also so ungezogen sein, wie wir wollen.«

Sie lachte, und in ihren Augen sah ich die Versuchung Bastets leuchten. Natürlich ließ ich mich von ihr mitziehen.

Wir gingen durch die Gärten und kehrten in ihre Gemächer ein.

»Du hättest mir sagen können, dass es deine Feier ist, die wir besuchen. Aber wahrscheinlich hätte ich es mir auch denken können, so wie du sie mir angepriesen hast.«

Sie lachte und nahm sich die Perücke vom Kopf, um sie achtlos in eine Ecke zu werfen. Sodann zog sie mich weiter, und wir erreichten ihren Empfangssaal, in dem etwa fünfzig Personen zusammengekommen waren und schon reichlich angetrunken lachten und sich immer mehr Wein nachschenkten. Die Musikantinnen waren allesamt nackt, ebenfalls Beket-Amuns Diener und Dienerinnen, die sich um die Gäste kümmerten. Es war alles genau nach Beket-Amuns Geschmack. Sofort hatte ich einen Becher Wein in der Hand, und wir wurden freudig von den anderen Gästen begrüßt. Es waren hauptsächlich junge Mädchen und Männer, die sich hier eingefunden hatten, doch einige ältere, die das Leben auf ganz besondere Weise zu lieben schienen, waren vereinzelt auch zu sehen. Es dauerte nicht lange, und der Wein tat auch bei mir seine Wirkung. Ich fühlte mich jedoch sicher, da tatsächlich keine bekannten Gesichter unter Beket-Amuns Gästen waren. Der Nachmittag verging, und es wurde Abend. Die Sklaven kamen, um Fackeln anzuzünden, und die Musik wurde schwermütiger, aber auch frivoler. Mir war nicht entgangen, dass sich einige Pärchen schon in die Gärten zurückgezogen hatten. Beket-Amun kam mit einem neuen Kelch Wein zu mir.

»Trink diesen hier, Prinzessin. Man nennt ihn das Blut des Löwen.«

Ich leerte den Becher bis zur Neige, obwohl meine Wangen schon glühten und mein Ka verwirrt war.

Dann sagte sie: »Komm, ich will dir etwas zeigen.«

Ich ließ mich von ihr mitziehen wie ein Kind. Sie führte mich in einen privaten Raum ihrer Gemächer.

»Was sollen wir hier?«

Sie bedeutete mir, auf ihrem Ruhebett Platz zu nehmen. Verständnislos blickte ich sie an.

»Warte hier, ich bin gleich wieder da.«

Sie verließ den Raum, und ich wartete. In meinem Kopf drehte sich alles, und ich fühlte eine seltsame Schwäche in meinen Muskeln. Ich legte meine Hand vor die Augen und schloss sie, als ich erneut die Tür hörte.

»Beket-Amun, ich habe den Wein nicht vertragen. Er verwirrt meine Sinne.«

Sie antwortete nicht, obwohl ich ihre Schritte hörte.

»Beket-Amun, ich muss in meine Gemächer, ich fühle mich verwirrt.«

Dann endlich spürte ich, wie mich ihre Hand sanft aufs Bett hinunterdrückte und meine Beine ebenfalls auf das Bett zog. Doch als ich die Augen öffnete, war es nicht Beket-

Amun, die bei mir war – ich erkannte ganz genau Ramoses Gesicht über dem meinen. Ich wollte mich aufsetzen und den Raum verlassen, aber meine Muskeln versagten ihren Dienst. Mit einer schwachen Handbewegung versuchte ich Ramose fortzustoßen, doch es war eine lächerliche Geste, und mir war klar, dass mein Zustand nicht alleine vom Wein herrührte, sondern von dem, was Beket-Amun in den Wein hineingegeben hatte.

»Wo ist Beket-Amun?«, fragte ich schwach.

»Bei ihren Gästen, Sit-Ra, wo sonst? Wusstest du, dass sie eine gute Freundin von mir ist?«

»Nein!« Meine Antwort kam mir nur schwer über die Lippen. »Was war in dem Wein?«

»Nur ein leichtes Rauschmittel. Es ist nicht gefährlich und wird auch nicht schaden, falls wir diese Nacht ein Kind zeugen werden.«

Ich konnte nicht glauben, was er sagte.

»Ramose, ich bitte dich, bring mich in meine Gemächer.«

Doch er begann mich langsam zu entkleiden, während ich nichts dagegen tun konnte. Verzweifelt griff ich zum letzten Versuch, Ramose davon abzuhalten.

»Du weißt, dass ich Horemhebs Lager teile, schon seit Jahren.«

Er legte mir beruhigend einen Finger auf den Mund und bedeutete mir zu schweigen.

»Ja. Aber du bist mein Weib, und er weiß das. Es war mein und sein Plan, dich heute Abend hierher zu bringen.«

Mittlerweile hatte er seinen Schurz abgelegt und kam über mich.

»Sit-Ra, ich habe dich immer geliebt, ich wollte nicht, dass es so weit kommt. Wenn ich heute etwas tue, das du nicht willst, so versuche mir zu verzeihen, aber es muss sein.«

Das waren seine letzten Worte, bevor er mich nahm, und ich habe die Erinnerung daran aus meinem Herzen verdrängt.

Ich wachte auf, und die Erinnerung an die letzte Nacht war sofort da. Beket-Amuns Mittel hatte es nicht vermocht, auch meinen Geist zu betäuben. Ich konnte Ramose noch spüren, ich konnte sein Duftöl an meiner Haut riechen, und ich konnte den Schmerz meines Herzens empfinden. Ich rief meine Dienerinnen, damit sie mein Badehaus herrichten würden. Sodann ließ ich Beket-Amun kommen, die auch sofort mit einem unschuldigen Lächeln auf dem Gesicht erschien.

»War es nicht ein rauschendes Fest, Prinzessin? Voll Sinnlichkeit und Harmonie?«

Ich blickte sie gekränkt an. »Ich dachte, du wärst meine Freundin.«

»Oh, aber das bin ich, wirklich, Prinzessin. Was gestern Nacht geschah, war zu deinem Wohl.«

Ich funkelte sie an. »Wie kannst du es wagen, mir derart unverschämt vor die Augen zu treten.«

Beket-Amun seufzte und sah mich nun völlig ernst an. »Ich wurde gut entlohnt, dass ich es tat, das gebe ich zu. Aber bitte glaube mir, dass ich es nicht getan hätte, wenn es zu deinem Schaden gewesen wäre.« Sie kam nun ganz nahe an mich heran. »Werde endlich erwachsen und erkenne, dass das Leben einer Prinzessin nicht frei ist, nicht frei sein kann. Was ich tat, ich tat es zu meinem und zu deinem Vorteil.

Irgendwann wirst du es verstehen und mir dankbar dafür sein.«

Ich wies meine Dienerin an, Beket-Amun aus meinen Gemächern zu bringen, aber sie hatte sich schon umgewandt und ging von allein.

Ich suchte weder Horemheb noch Ramose auf, denn ich war tief verletzt und gekränkt. Es dauerte einige Tage, bis ich meine Gemächer wieder verließ und meinen Verpflichtungen nachkam. Horemheb sprach ich auf das Ereignis nicht an. Ich ging ihm so gut wie möglich aus dem Weg. Ramose war zu seinen Arbeiten in Theben zurückgekehrt, denn bald würde Horemhebs Pylon vollendet sein. Auch Ramoses Statuen waren fast fertig. Er war jetzt der mächtigste Mann Ägyptens unter Horemheb. Horemheb und Ramose hielten sich von meinen Gemächern fern, und Horemheb senkte den Blick, wenn meine Augen ihn anzusehen versuchten. Es war der deutlichste Beweis seiner Schuld, den er mir hätte liefern können.

13.

Papyrus

Rehered kam von einem Besuch bei Tuja direkt in meine Gemächer. Ich hatte ihn gebeten, Tuja zu untersuchen, denn man hatte mir zugetragen, dass Sethos sich doch noch entschlossen hatte, das Bett mit ihr zu teilen. Während seiner Zeit, die er in Theben verbrachte, hatte er Tuja einige Male rufen lassen, sodass die Möglichkeit einer Schwangerschaft gegeben war. Heute hatte Rehered sie zum ersten Mal untersucht und brachte mir jetzt das Ergebnis.

»Majestät, es ist, wie du vermutet hast. Die Prinzessin wird ein Kind haben.«

Ich reichte Rehered einen Becher mit Wein und bat ihn, sich zu setzen.

»Das ist eine gute Nachricht. Ich werde Sethos unterrichten müssen. Wie geht es Tuja?«

»Sie wird stark genug sein, wenn dich das beunruhigt.«

Ich stellte müde meinen Wein auf den Beistelltisch.

»Nicht wirklich, mein Freund.«

Er blickte mich skeptisch an. »Du wirkst müde, Prinzessin. Ich denke, ich sollte dich ebenfalls untersuchen.«

»Ja, ich wollte dich darum bitten, aber ich fürchte das

Ergebnis deiner Untersuchung schon zu kennen.« Jetzt sah er mich fragend an. »Ich werde wieder ein Kind haben, Rehered.«

Seine Untersuchung bestätigte meinen Verdacht. Er hatte genug Takt, mich nicht zu fragen, wie dies auf einmal möglich war, denn natürlich wusste er von mir und Horemheb und auch davon, dass Horemheb keine Kinder gezeugt hatte. Als er fort war, fragte ich mich, warum Ramose in einer Nacht das gelungen war, was wir früher in einem Jahr nicht zustande gebracht hatten. Ich fragte mich, warum Isis mir das antat, warum sie mir dieses Kind aufzwang. Und ich beschloss, es geheim zu halten, solange ich konnte, denn meine Schwangerschaft beschämte mich. Sie degradierte mich wieder einmal zum Gegenstand männlicher Interessen, auch wenn ich noch nicht wusste, worin diese Interessen begründet waren; doch ich machte mir keinerlei Illusionen darüber, dass ich es früher erfahren sollte, als mir lieb war.

Die Monate verstrichen, und es war so, als hätte Horemheb und mich niemals etwas verbunden. Weder er noch ich machte Anstalten, aufeinander zuzugehen. Als ich eines Morgens vor dem Spiegel stand, bemerkte ich, dass ich die Wölbung meines Bauches nicht mehr verstecken konnte. Ich hatte es fast sechs Monate vermocht, hatte meinen Dienerinnen mit harten Strafen gedroht, wenn sie irgendetwas über meinen Zustand würden verlauten lassen. Sie hatten es nicht getan. Jetzt war es an mir zu entscheiden, was zu tun wäre. Ich sandte Horemheb eine Nachricht. Es schien mir das geringere Übel, denn Ramoses zufriedenen Blick hätte ich nicht ertragen können. Am ersten Tag geschah überhaupt nichts, doch dann überbrachte mir ein Palastbote die Mitteilung, dass ich in seinen Amtsräumen erscheinen solle. Das alles erinnerte mich an unsere erste Begegnung vor fast zehn Jahren. Aber es blieb mir nichts anderes übrig, als ihr Folge zu leisten, also ging ich zu ihm.

Horemheb richtete sofort seinen Blick auf meinen Leib.

»Du erwartest also ein Kind.«

Seine Worte klangen kraftlos.

»Es war doch dein Plan – deiner und seiner.«

»Es tut mir Leid, dass es so geschehen musste.«

»Es sollte dir Leid tun, dass es überhaupt geschehen ist.«

»Es tut mir auch Leid, Sit-Ra – für dich und für mich. Aber es tut mir nicht Leid für Ägypten.«

Ich konnte dieses Gerede nicht mehr ertragen und rang in einer verzweifelten Geste die Hände.

»Wozu das alles, Horemheb? Ich dachte, wie es war, war es gut.«

»Ich habe dir doch einmal von der Launenhaftigkeit der Götter erzählt.«

»Die Götter haben hiermit nichts zu tun; es war Ramoses und dein Plan, und ich will wissen, weshalb.«

Horemheb sagte, ich solle mich setzen. Dann nahm er ebenfalls Platz.

»Sethos ist noch so jung, und es wird viel Zeit vergehen, bis er bereit ist, Kemet zu führen. Außerdem hat er noch keine Nachkommen, und er ist euer einziger Sohn. Wir beide wissen, dass schon einmal ein Königshaus mangels männlicher Erben fast untergegangen ist. Ich habe Ramose also zu verstehen gegeben, dass er dafür Sorge tragen muss, dass das nicht noch einmal passiert.« Er blickte mich bitter lächelnd an. »Ich konnte ja nicht darauf hoffen, es selbst zu tun.«

Ich schloss meine Augen, um die Tränen zurückzuhalten.

»Und dafür hast du uns aufgegeben.«

»Du weißt sehr genau, dass es keinen anderen Weg gibt.«

Ich griff nach seiner Hand. Seltsamerweise konnte ich ihm in diesem Augenblick nicht zürnen. Er erwiderte den Druck.

»Was soll nun aus uns werden, Bruder meines Herzens?«

»Das wissen nur die Götter, Sit-Ra.«

Horemheb schickte Ramose die Nachricht, die ich ihm nicht hatte schicken wollen, und er stand am nächsten Tag in meinen Gemächern und betrachtete sein Werk. Ich konnte die Zufriedenheit in seinen Augen lesen.

»Was nun, Ramose? Ist es das, was du wolltest?«

Er blickte mich für einen kurzen Moment mit der ihm eigenen Überlegenheit an, bevor er antwortete.

»Wir werden sehen.« Er schaute sich in meinen Gemächern um. »Ich habe beschlossen, dass wir Theben für einige Zeit verlassen.«

Ich starrte ihn fassungslos an.

»Ich werde nirgendwohin gehen.«

Ramose ließ sich nicht beirren.

»Doch, das wirst du, Sit-Ra. Horemheb weiß es schon. Es ist also nicht nötig, zu ihm zu laufen, um ihn um Beistand zu bitten. Gewöhne dich endlich an den Gedanken, dass du meine Gemahlin bist.«

Es nutzte nichts, sich zu widersetzen. Ich hatte die beiden mächtigsten Männer Ägyptens gegen mich.

»Wohin werden wir gehen?«

Ramose entspannte sich, als er merkte, dass ich mich fügte.

»Nach Memphis. Mein Amt verlangt meine Anwesenheit dort. Es gibt Aufstände unter den Nachbarstaaten.« Er lächelte mich versöhnlich an. »Glaube mir, Sit-Ra, es ist besser so. Deshalb werden wir Theben schon in einer Woche verlassen.«

Oh, mein Theben! Wie gut kann ich mich an den Schmerz erinnern, als ich dich verlassen musste. Ich weinte unsichtbare Tränen um die Stadt, die ich liebte, und um den Mann, den ich liebte. Beides musste ich verlassen. Wie mächtig war ich gewesen, als ich Horemhebs Liebe besessen hatte, und wie machtlos war ich doch jetzt. Meinen Stolz hatten sie mir genommen, meine Liebe hatten sie mir genommen, und sogar mein Leib gehörte mir nicht mehr, denn ich trug ein Kind, das ich nicht freiwillig empfangen hatte. Isis hatte sich von mir abgewandt, und Amun, mein Vater, hatte mich in meine Schranken gewiesen, indem er mich daran erinnerte, dass ich nur eine Frau war. Mein Herz war voll Trauer, und selbst meine Freunde musste ich zurücklassen. Ich war des Lebens überdrüssig und betete zu Isis, sie möge mich zu sich rufen, denn welche Schmach hätte ich noch erfahren können?

Ich hatte diese Reise schon einmal unternommen, aber da war mein Herz frei gewesen wie ein Vogel. Ich hatte es damals gewiss nicht so empfunden, doch hatte ich auch noch nicht gewusst, welche Fesseln man mir anlegen würde. Ich bat Ramose nicht, in Abydos einen Zwischenhalt zu machen, ich fühlte mich von Isis verraten und verlassen. So zogen wir vorbei an Abydos, an den Resten von Achet-Aton, bei dessen

Zerstörung Ramose gründlich gearbeitet hatte, vorbei an der Faijum-Oase, bis wir schließlich Memphis erreichten.

Als ich die königliche Barke verließ, drängte mich das Kind in meinem Leib schon danach, geboren zu werden. Ich wusste, es würde nur noch kurze Zeit warten. Ramose und ich waren nicht alleine gekommen, wir führten unseren eigenen Hofstaat mit uns, um den alten Königspalast zu beziehen. Von den Menschen, die ich liebte, war mir nur Tuja geblieben, die ebenfalls bald ihr erstes Kind gebären würde.

Als wir unsere Gemächer im Palast bezogen, wirkten sie auf mich erdrückend und trostlos, obwohl sie wunderschön waren und der Palast unvergleichliche Gärten sein Eigen nennen konnte. Doch wenn das Herz leer ist, vermag nichts anderes es zu füllen als die Liebe, und so war für mich der gesamte Palast mit all seinem Tand nichts weiter als ein großes Grab voller prächtiger Grabbeigaben.

Tuja brachte als Erste ihr Kind zur Welt. Zu ihrem Bedauern hatte sie eine Tochter geboren, der Sethos und sie den Namen Tia gaben. Mir schien, als würde Tuja es mehr bedauern, nicht einem Sohn das Leben geschenkt zu haben, als Sethos. Doch sie nahm ihre Tochter schließlich mit der gleichen Hingabe an, wie sie es bei einem Sohn getan hätte.

Als meine Zeit schließlich gekommen war, weilte ich gerade im Tempel des Re, um die Morgenriten zu zelebrieren. Ich hatte mich den ganzen Morgen körperlich dazu in der Lage gefühlt, denn ich erwartete die Geburt des Kindes erst in zwei Wochen. Ich empfing gerade vom Priester ein Trankopfer, als mich der scharfe Schmerz durchfuhr und mir das Gefäß mit dem gesegneten Wasser des Gottes entglitt. Mit einem unbarmherzigen Geräusch zerschlug es auf dem Boden des Tempels, und das heilige Wasser vermischte sich mit dem meines Körpers, das aus mir herausströmte und heiß an meinen Beinen hinunterlief. Meine Schmerzen waren zu stark, als dass es mir hätte unangenehm sein können, und die Priester riefen sofort meine Sänftenträger, die mich in den Palast bringen sollten.

Im Palast warteten schon der Gebärstuhl und die Geburtshelferinnen auf mich sowie Statuen der Göttin Thöeris, die in ihrer Gestalt eines massigen Flusspferdes an das Aussehen einer hochschwangeren Frau erinnert. Ich bezweifelte, dass diese Göttin, die den Frauen bei der Geburt beistehen soll, mir in diesem Moment würde helfen können.

Während ich auf die nächsten Wehen wartete, ging mir durch den Kopf, wie willkommen mir dieser Schmerz gewesen wäre, wenn es Horemhebs Kind gewesen wäre, dem ich das Leben schenken sollte. Doch der Schmerz der nächsten Wehe brachte mir die grausame Wirklichkeit zurück. Ich dachte eine kurze Zeit daran, dieses Kind nicht zur Welt zu bringen, es einfach nicht aus mir herauszupressen und uns beide damit zu töten, doch das Kind war zu stark. Es zwang mich, ihm das Leben zu schenken, und schließlich ergab ich mich und presste, bis ich seinen wütenden Schrei hören konnte und die Frauen mir glücklich zuriefen, dass es ein Sohn sei.

Ramose hielt seinen Sohn in den Armen und betrachtete ihn voller Stolz.

»Er ist ein kräftiges Kind. Er wird einmal ein Großer werden.«

Ich blickte ihn erschöpft an.

»Er ist gerade einmal zwei Stunden alt, ich denke, du übertreibst.«

Er kam mit dem Kind näher und ließ sich auf der Kante meines Ruhebettes nieder.

»Sieh sie dir an, sie hat einen gesunden Sohn zur Welt gebracht, und jetzt schmollt sie.«

Er hielt mir das schlafende Bündel entgegen. Ich wandte demonstrativ den Blick von ihm ab. Ich wollte dieses Kind nicht, es war seines; sollte er es großziehen. Ramose überging mein ablehnendes Verhalten und sprach wie selbstverständlich zu dem Kind, als würde es ihn verstehen.

»Sorge dich nicht, mein Sohn. Wir werden dir einen Namen geben müssen, damit deine Mutter sich endlich dazu überwindet, dich anzublicken. Denn nur wer einen Namen hat, dem reichen die Götter ihre Hand. Ohne Namen findet niemand von uns dereinst ins Land des Westens. Da du ein Prinz Ägyptens bist und im Tempel des Re deine Ankunft auf Erden ankündigtest, werde ich dir den Namen Sekenre geben.«

Er überließ Sekenre seiner Amme, die ihn hinausbrachte, um ihn zu stillen. Sodann kam er wieder an meine Seite und legte seine Hand auf mein Haar.

»Sit-Ra, was soll ich nur tun, damit du mir wieder wohlgesonnen bist? Wenn du doch nur sehen könntest, dass ich nicht dein Feind bin.«

Ich schloss die Augen und wandte mich von ihm ab. Ich wollte schlafen und vergessen, wenigstens für eine kurze Zeit.

14.
Papyrus

Jahr 9 der Regierung Horemhebs, Achet, 20. Tag des Monats Paofi

Rehered, Freund des Ka der Prinzessin Sit-Ra, der Einzige, der ihr geblieben ist.
Erfülle heute deiner Schwester im Geiste einen Wunsch, indem du ihr versprichst, ihr regelmäßig über das Leben in Theben zu berichten, an dem sie nun nicht mehr teilhaben darf. Berichte ihr auch über den, der sie diesem Schicksal überließ, denn ihr Herz schlägt noch immer für ihn.
Dem Arzt teilt sie mit, dass sie einem Sohn das Leben schenkte, dem sein Vater den Namen Sekenre gab.
Dies war es, was die Prinzessin zu sagen wünschte.
Die Frau jedoch sagt dir, wie sehr sich ihr Ka danach sehnt, dies alles ungeschehen zu machen, und die Schwester deines Ka kann dich nur um eines bitten, denn so spricht sie – bleibe wenigstens du mein treuer Freund in dieser dunklen Zeit.

Es grüßt dich deine Prinzessin und Schwester im Geiste, Sit-Ra

Jahr 9 der Regierung Horemhebs, Achet, 3. Tag des Monats Choiak

Gegrüßt seist du, Prinzessin und Schwester meines Ka.
Die besten Wünsche und den Segen der Götter wünsche ich auch deinem Sohn Sethos und dem kleinen Sekenre.
Gerne werde ich dir deinen Wunsch erfüllen und dich über das Leben in Theben und im Palast unterrichten, denn dort gehe ich weiterhin ein und aus, da der Reichsverweser Horemheb mich zu seinem Leibarzt ernannt hat und ich dir nicht folgen konnte. Es hat sich nicht viel verändert, seit du Theben verlassen hast, aber vielleicht kann ich dir etwas mitteilen, das dein Herz fröhlicher macht.
Sobald du deine Barke bestiegen hattest, verlangte Mutnedjemet von Horemheb, deine Gemächer im Palast zu beziehen, doch Horemheb untersagte es ihr, und seitdem lässt er deine Gemächer unbewohnt – vielleicht, weil er weiß, dass du zurückkehren wirst?
Auch empfängt er die Gesandtschaften alleine, und der Platz neben ihm auf dem Thron wird nicht von Mutnedjemet eingenommen, obwohl sie es versucht hat. Doch Horemheb zeigt sich hierin unerbittlich.
Es betrübt mich, dass dies alles ist, was ich dir mittei-

len kann, doch sei dir meiner Treue gewiss, Prinzessin. Mögen die Götter mir die Gnade erweisen, dich wieder zu sehen.

Für immer mit deinem Schicksal verbunden, dein Bruder im Geiste, Rehered

Jahr 9 der Regierung Horemhebs, Peret, 10. Tag des Monats Famenant

Mein Bruder Rehered, sei nicht befangen, wenn ich nun eine privatere Form in meinen Sendschreiben an dich wähle. Du bist der, dem ich mich anvertraue, und dies kann ich nicht mit der Geierhaube der Prinzessin tun.
Ich habe mich weigern wollen, Sekenre zu lieben, denn er war eine erzwungene Frucht meines Leibes. Doch schon bald konnte ich mich ihm nicht mehr entziehen, denn er ist ein reizendes Kind, und seit er lächelt, brachte er etwas Fröhlichkeit in mein Leben zurück. Tujas und Sethos' Tochter Tia ist ein ebenso munteres Kind, und es ist schön, dass diese beiden zusammen aufwachsen werden. Sethos behandelt seine Tochter eher wie eine kleine Schwester, aber mit ebenso hingebungsvoller Liebe. Tuja ist ein sehr verständnisvolles Mädchen, und deshalb kann man ihre seltsam kindliche Beziehung, der trotz allem ein Kind erwachsen ist, als glücklich bezeichnen.
Ramose regiert Memphis umsichtig, so weit es mir

zugetragen wird, denn ich bin nicht an seiner Seite, wenn er das tut. Obwohl er mir wohlgesonnen ist und sich um mich bemüht, kann ich ihm nicht verzeihen, was er mir antat, auch wenn ich Sekenre nun nicht mehr missen möchte.
Ich habe gehört, dass die Hethiter sich sehr nah an unsere Grenzen wagen und dass vereinzelt Überfälle stattgefunden haben. Ramose bestätigte mir dies und teilte mir zugleich mit, dass er gegen die Aufständischen ziehen wird und die Wüste Schur zu durchqueren beabsichtigt. So wird er eine längere Zeit fort sein, und ich denke, dass er bei seiner Rückkehr nach Theben reisen wird, um Horemheb Bericht zu erstatten, und erneut die Fliegen der Tapferkeit von ihm dafür empfangen wird. Wenn dem so ist, bitte ich dich, mir alle Einzelheiten dieses Treffens zu berichten, denn ich bin mir sicher, dass Ramose verfügt, dass ich in Memphis bleibe. Ich werde deine Antwort dieses Mal noch sehnlicher erwarten als sonst.

Prinzessin Sit-Ra, Schwester des Erhabenen Rehered

Jahr 9 der Regierung Horemhebs, Shemu, 3. Tag des Monats Pacons

Ich grüße dich, Prinzessin, und möchte dir vorab versichern, dass meine Augen und Ohren dir gehören werden, wenn dein Gemahl in Theben weilt. Horemheb weiß von dem Feldzug deines Gemahls und sandte ihm die nötigen Truppen, damit er von Erfolg gekrönt sein wird. Deine Vermutung war richtig, Prinzessin, dein Gemahl hat den Befehl, nach Erledigung seiner Aufgabe – das waren genau Horemhebs Worte – sich unverzüglich nach Theben zu begeben, um Bericht zu erstatten. So weit mir zugetragen wurde, ist Ramose erfolgreich, und die Aufstände waren schon nach wenigen Tagen zerschlagen. Es wird also ein leicht verdientes Ehrengold sein, das dein Gemahl in Empfang nehmen wird. Was ich aber nicht herausfinden konnte und was mich deshalb ein wenig beunruhigt, ist, weshalb in Theben derzeit zwei neue Tempel entstehen, in dem jeweils die Namenskartuschen leer bleiben. Es sieht fast so aus, als würde sich Theben auf etwas vorbereiten, von dem das Volk noch nichts weiß. Nur Horemheb scheint den wahren Grund zu kennen, doch er hüllt sich in Schweigen. Ich werde dir berichten, sobald ich hinter das Geheimnis der beiden Heiligtümer gekommen bin.

Mögen die Götter dich bald wieder nach Theben führen, Rehered, von dir mit Liebe beschenkt

Jahr 9 der Regierung Horemhebs, Shemu, 12. Tag des Monats Epifi

Grüße sendet dir erneut dein treuer Freund Rehered, der dir versprach, dich über alles zu unterrichten, was von Bedeutung sein könnte.

Dein Gemahl ist eingetroffen, siegreich und stolz fuhr er auf seinem Streitwagen vor und empfing von Horemheb das Ehrengold und die Fliegen der Tapferkeit – ein allzu reichlicher Lohn für einen Feldzug, der in zwei Tagen beendet war und als Kriegsgewinn nur ein paar Gefangene und eine Hand voll Pferde einbrachte. Dies erscheint mir nicht Horemhebs Art und Weise, denn er selbst ist Soldat und kann die Schwere des Feldzuges und damit den Grad der Belohnung, dem ein solches Unterfangen zukommen sollte, sehr gut einschätzen. Es kommt mir fast so vor, als wollte Horemheb deinen Gemahl beim Volk hervorheben. Warum tut er das, Prinzessin? Ich werde weiter meine Augen und Ohren in deinen Dienst stellen.

Den Segen der Götter erfleht für dich Rehered, den du beliebtest zu erheben

Jahr 9 der Regierung Horemhebs, Shemu, 29. Tag des Monats Mesore

Hab Dank für deine Treue, mein Freund. Heute habe ich daran gedacht, dass ich das erste Mal nicht bei den Neujahrsfeierlichkeiten anwesend sein werde, und auf meinem Herzen lasteten Blöcke von Granit. Doch mein Gefühl sagt mir, dass es gerade der Neujahrstag sein wird, an dem Horemheb das Geheimnis der Tempel offenbaren wird. Warum sonst sollte Ramose noch in Theben weilen? Ich verlasse mich auf deinen Scharfsinn, mit dem du mir bisher so gute Dienste erwiesen hast, und sende dir und deiner Familie meine besten Wünsche. Wie geht es May und euren Kindern? Erzähle mir von ihrem Befinden in deinem nächsten Sendschreiben.

Sit-Ra, Prinzessin und wahre Freundin des Leibarztes Rehered

Jahr 10 der Regierung Horemhebs, Achet, 3. Tag des Monats Thot

Wie klug deine Annahme war, meine Königin. Wunderst du dich nun, dass es mir beliebt, dich Königin zu nennen? Doch das wirst du einst sein, denn genau am 1. Tag des Monats Thot offenbarte sich Horemheb dem Volk und den Priestern, indem er deinen Gemahl zu sich erhob und ihn als seinen Sohn annahm. Damit erklärte er Ramose zum Kronprinzen von Ober- und Unterägypten. Jetzt zu dem Geheimnis der beiden Tempel. Einer wird die Namenskartuschen deines Gemahls tragen, während der andere die deinen trägt. Es ist ein Geschenk Horemhebs an seinen Kronprinzen und die Kronprinzessin von Ägypten, denen er sein Königreich hinterlassen wird. Ramose hat seine Ernennung mit großem Aufwand begangen, und die Feierlichkeiten dauerten bis heute an. Er wird nun bald wieder nach Memphis abreisen, und wenn du ihn in Empfang nimmst, wird der Uräus des Königshauses seine Stirn zieren. Was soll ich dazu sagen, Prinzessin? Ich beglückwünsche dich, und im gleichen Moment bedauere ich dich zutiefst für dein Los. Denn ich weiß, dass dein Herz einem anderen gehört, und ebenfalls weiß ich, dass sein Herz auf ewig das deine sein wird.

Du batest mich in deinem letzten Schreiben, dir zu berichten, wie es May und den Kindern geht.

Pentu wird von Tag zu Tag schöner, und ich muss Angst haben, dass die Götter ihm diese Schönheit irgendwann neiden werden und ihn dafür bestrafen. Tiu ist ein ruhiges Kind, das verspricht einst eine anmutige Frau zu werden. May und ich sind sehr glücklich, und in Anbetracht deines Unglücks fühlen wir uns beschämt, da du es warst, die das Glück zu uns brachte. Ich sende dir heute auch Mays Grüße, wenn ich dieses Schreiben nun schließe.

Rehered, der von dir mit Glück beschenkt ist

15.

Papyrus

Ramose erreichte etwa einen Monat nach Rehereds letztem Sendschreiben Memphis, im Monat Paofi. Wie Rehered mir prophezeit hatte, trug er das Nemes-Tuch in den Farben des Königshauses, welche blau und weiß sind, und den Stirnreif mit dem Uräus. Memphis begrüßte ihn mit Jubelrufen, und es wurde ein Feiertag angesetzt, damit Ramoses Ernennung zum Kronprinzen gebührend begangen werden konnte. Ramose hatte mich durch ein Sendschreiben angewiesen, ein großes Bankett im Palast auszurichten und für die Bevölkerung Bier und Brot ausgeben zu lassen, damit er sich bei seiner Ankunft nur noch als Usurpator dieses Schauspiels würde ausgeben müssen.

Jetzt saß ich neben Ramose auf dem Thron in unserem Empfangssaal im Palast und nahm die Ehrenbezeugungen der Edlen und des Hofstaates entgegen. Ramose hatte sich entschlossen, seine Ernennung in Memphis nicht weniger pompös zu begehen als in Theben. Schließlich galt es für ihn jetzt auch, seine Legitimation durch mich und unsere gemeinsamen Kinder hervorzuheben. Ramose hatte Sethos zu seiner Linken, während ich zu seiner Rechten saß. Sogar der kleine Sekenre war mit seiner Amme vertreten.

Nach den öffentlichen Ehrenbezeugungen gab es ein großes Bankett, bei dem ich auf dem erhöhten Podest an Ramoses Seite saß, ebenso wie Sethos und Tuja. Sekenre war wie auch Tia noch zu klein, und somit vertraten wir vier nun die königliche Familie. Ramose war sich seines neuen Standes bewusster denn je. Er war der geborene Schöngeist, der es liebte, sich zu inszenieren und einen möglichst großen Aufwand um seine Familie zu betreiben. Ich fragte mich, ob das von Anfang an seine Ambitionen gewesen waren.

»Es ist ein großer Tag für dich, Sit-Ra. Du wolltest doch Königin werden. Ich habe dir den Weg zum Thron bereitet und werde dich mit den hohen Federn schmücken.« Seine Worte klangen leidenschaftlich, ebenso wie sein Blick Leidenschaft erkennen ließ, doch es war die Leidenschaft des Eroberers, dessen höchstes Gut es ist zu besitzen. Und zu Sethos sagte er: »Du wirst einst ebenfalls die Doppelkrone auf deinem Haupt tragen, Sethos. Sei dir dessen von nun an immer bewusst.«

Sethos blickte seinen Vater stolz an.

»Und Sekenre?«

Meine Frage hatte einen schneidenden Klang. Ramose sah mich belustigt an. Natürlich war mir längst klar geworden, dass Horemheb Ramose die Doppelkrone unter der Bedingung versprochen hatte, dass dieser ihm einen zweiten Prinzen als Sicherheit bringen würde, falls Sethos etwas zustieß. Deshalb hatten sie auch diese List eingefädelt, um mich gefügig zu machen. Ich fragte mich nur, was geschehen wäre, wenn ich nicht sofort empfangen hätte. Schließlich hatte Ramose sich nach dieser Nacht wieder aus meinem

Leben zurückgezogen, ohne zu wissen, ob sein Plan geglückt war. Das ließ mich zu der Vermutung kommen, dass Horemheb es nicht sehr eilig gehabt hatte, Ramose die Doppelkrone zu versprechen, und ihn deshalb zur Mäßigkeit gemahnt hatte. Ramose hatte Horemheb im Hinblick auf den gebotenen Preis nicht verärgern wollen, doch als er von meiner Schwangerschaft erfuhr, brauchte er nur noch die Geburt abzuwarten, und da ich ihm einen Sohn geboren hatte, war es ihm nun ein Leichtes, Horemheb unter Druck zu setzen. Ramose war schlau und hatte Horemheb sein Versprechen wahrscheinlich unter Zeugen abgenommen, Priester, Beamte, Leute, die darauf drängten, einen legitimen Erben auf den Thron Ägyptens zu setzen. Horemheb hätte überhaupt nicht anders verfahren können, als Ramose zum Kronprinzen zu ernennen.

Ich wiederholte meine Frage, weil Ramose keine Anstalten machte, sie mir zu beantworten.

»Was hast du für Sekenre geplant?«

»Er ist ein königlicher Prinz, sein Leben wird angenehm sein.«

Er bedeutete Sethos und Tuja, sich unter die Gäste zu begeben, was sie gerne taten, denn das Ungestüm der Jugend wohnte ihnen noch beiden inne. Als sie fort waren, fragte Ramose mich offen: »Was soll das Ganze, Sit-Ra? Glaubst du, ich würde meinen Sohn nicht lieben?«

»Er war nur ein Werkzeug für dich.«

Er griff mit einer akzentuierten Bewegung nach seinem Becher und trank einen Schluck.

»Nein, Sit-Ra, das Werkzeug warst du. Mein Sohn ist mir lieb und teuer.« Er nahm meine Hand, aber ich entzog sie ihm. »Warum tust du das, Sit-Ra? Ich will dich nicht behandeln wie eine Gefangene, ich liebe dich sehr.«

Ich schenkte ihm ein bitteres Lächeln.

»Du liebst mich nicht, Ramose. Der einzige Grund, weshalb du dich um mich bemühst, ist der, dass du den Gedanken nicht ertragen kannst, dass ich Horemheb dir vorziehe. Aber du wirst meine Liebe zu ihm niemals zerstören.«

Jetzt packte er meine Hand mit einer unnachgiebigen Härte.

»Aber er hat dich verraten. Er wollte es so.«

Ich befreite mich erneut von ihm.

»Er handelte für Ägypten, du handelst nur für dich selbst, Ramose. Du vermagst dich vor den Menschen zu verbergen, vor mir kannst du es nicht. Hinter deiner Schönheit, die du stets wie ein Gott hervorhebst, ist dein Herz verdorben und kalt. Vielleicht glaubst du mich zu lieben, aber ich sage dir, du bist zur Liebe nicht fähig.«

Er lächelte mich überheblich an.

»Ich habe es dir oft genug bewiesen, Sit-Ra, und ich werde es dir heute Nacht beweisen. Ich bringe dir die Krone der Königin, und du empfängst mich wie einen Bettler. Habe ich dir nicht meine Liebe bewiesen, als ich den nördlichen Palast von Achet-Aton für dich unberührt ließ? Ich werde nicht nur eine Königin besitzen, sondern auch eine Gemahlin. Du schuldest es mir, Sit-Ra.«

Mit diesen Worten zog er mich zu sich und küsste mich. Während die Höflinge über diese öffentliche Geste jubelten und Hochrufe auf das zukünftige Königspaar hören ließen, fühlte ich Kälte in mir, sonst nichts.

Ramose machte sein Versprechen wahr und kam in dieser Nacht in meine Gemächer, doch ich war auf ihn vorbereitet. Ich hatte beschlossen, dass es kein Kind mehr geben würde, und dabei halfen mir bestimmte Kräuter, die mir Rehered geschickt hatte. In einem Sendschreiben hatte er mir erklärt, wie sie anzuwenden seien. Er versprach, mir auf meinen Wunsch immer genügend davon zukommen zu lassen.

Ramose gab sich zuerst mit seinem Wirken in Memphis zufrieden, doch nach etwa einem halben Jahr wurde es ihm zu eintönig, und er beschloss, dass er als Kronprinz von Ägypten das ganze Land bereisen sollte, damit ihm auch wirklich ein großer Ruf vorauseilen würde. Eines Tages kam er in meine Gemächer und teilte mir seinen Entschluss mit. Er beabsichtigte, seine ganze Familie mitzunehmen, das heißt einschließlich mir, Sethos, Sekenre, Tuja und Tia. Ramose war dabei, seine Legende zu erschaffen, und er wollte dies gründlich tun. Bis in den Süden sollten wir Kemet bereisen, bis nach Nubien wollte er gehen und überall, wo er vorbeikam, seine Stelen und Inschriften hinterlassen. Des Weiteren wollte er natürlich die Arbeiten an seinem Grab im Tal der Könige besichtigen, die er erst kürzlich begonnen hatte, da er vorher kein Anrecht auf ein solches Grab gehabt hatte. Wir bestiegen kurz nach dem Neujahrsfest, das Horemhebs 11. Regierungsjahr bezifferte, die königliche Barke in Richtung Süden. In der Faijum-Oase machten wir Halt, denn Ramose beabsichtigte Sethos einen Harem zu schenken, was Tuja sichtlich missfiel. Auch für sich suchte Ramose einige Frauen aus, die er in seinen eigenen Harem bringen ließ. Ich verzichtete dieses Mal darauf, mir Mädchen in meinen Haushalt zu nehmen, denn Ramose ließ kaum ein schönes Mädchen im Harem zurück.

Natürlich konnte ich nun auch keine Nachrichten mehr von Rehered empfangen, also musste ich warten, bis wir Theben erreichten. Der Wunsch, Theben endlich wieder zu sehen und meine alten Freunde und Feinde zu erblicken, verursachte zweideutige Gefühle in mir. Einerseits sehnte sich mein Herz nach der Heimat, andererseits befiel mich die Angst, alte Wunden würden aufgerissen werden. Doch während wir den Nil entlangfuhren und Theben Tag für Tag näher kam, spürte ich eine jugendliche Unruhe von meinem Herzen Besitz ergreifen, und ich bemerkte, dass es auch Sethos und Tuja so ging.

In Anbetracht dessen bat ich Ramose, einen kurzen Zwischenhalt in Abydos einzulegen, denn ich zürnte Isis nicht mehr, und es war mir ein Anliegen, mich mit ihr auszusöhnen. So selbstherrlich und egoistisch Ramose auch sein mochte, so schlug er mir doch selten einen Wunsch aus, und wir legten in Abydos an, wo ich seit langer Zeit wieder vor meine Göttin trat. Und ich betete zu ihr um Erleuchtung, weshalb mir dieses Schicksal bestimmt war und nicht ein anderes, und ich flehte sie an, doch auf den Ruf meines Herzens zu hören, und als Beschützerin der Frauen bat ich sie zu fühlen, was mein Herz fühlte.

Als ich in den Sonnenschein vor dem Tempel trat, war mein Herz leicht und unbefangen, als hätte es niemals gelitten.

Wir erreichten Theben im Choiak, und als ich seine herrlichen Stadtmauern sah, sandte ich ein Dankgebet zu Amun, dass ich die Stadt meines Vaters wieder betreten durfte. Wir wurden von der Palastwache erwartet und von einem großen Zug zum Palast geleitet. Ich bezog meine alten Gemächer und fühlte mich sofort wieder heimisch. Es gelang mir, meine Gemächer so einzurichten, als hätte ich sie niemals verlassen, und das Erste, was ich tat, nachdem ich mit Ramose den Amuntempel besucht hatte, war, mir eine Sänfte zu bestellen und mich zu Rehereds Anwesen bringen zu lassen.

Ich fiel May um den Hals, die es kaum glauben konnte, dass ich vor ihr stand.

»Prinzessin, ich hätte nicht gedacht, dass ich dich so bald wieder sehen würde.«

Auch sie konnte ihre Freudentränen nicht verbergen.

»Wie lange ist es her, May, dass wir uns nicht gesehen haben? Wie viele Jahre liegen dazwischen und wie viele Erfahrungen – gute und schlechte?«

Wir ließen uns in ihrem Garten unter dem Baldachin nieder.

»Rehered erzählte mir von deinem Unglück, und es betrübte uns beide sehr.«

»Die Götter bestimmen unser Schicksal, May. Ich war lange glücklich, bevor sie mir ihr Missfallen kundtaten.«

»Womit hättest du ihr Missfallen erregen können, Prinzessin?«

Ich zuckte mit den Schultern und beobachtete Mays Kinder, die am Teich spielten. Es waren sehr schöne Kinder, doch der Junge war von derart zartgliedriger und strahlender Schönheit, dass ich Rehereds Angst vor dem Neid der Götter nachvollziehen konnte.

»Deine Kinder sind außergewöhnlich, May.«

Sie wurde rot und senkte das Haupt, als sie mir antwortete. »Ihr Vater ist es.«

»Wo ist Rehered?«

»Oh, er ist im Palast und behandelt Mutnedjemet. Horemheb hat ihm aufgetragen, während seiner Abwesenheit als Mutnedjemets Leibarzt zu fungieren. Jetzt ruft sie fast jeden Tag nach ihm, jammert, dass sie krank sei und er ihr helfen müsse. Doch ich sage dir, Prinzessin, dieser Frau kann keiner helfen. Sie versteht einfach nicht, dass es das Alter ist, das ihr zu schaffen macht. Das Alter und ein Leben voll von Ausschweifungen.«

Ich hatte May kaum zugehört.

»Horemheb ist nicht in Theben?«

Sie machte ein bestürztes Gesicht.

»Verzeih meine Unbesonnenheit, Prinzessin, ich dachte, du wüsstest es.«

Ich schluckte meine Enttäuschung hinunter.

»Und wo ist Horemheb?«

»Rehered sagte, dass er im Süden sei, um die Goldminen in Nubien zu inspizieren.«

Ich nickte. »Weiß er von meiner Anwesenheit in Theben?«

May zuckte mit den Schultern. »Er ist davon unterrichtet worden, dass der Thronfolger mit seiner Familie auf dem Weg nach Theben ist, aber einen genauen Zeitpunkt der Ankunft konnte man ihm natürlich nicht nennen. Bis jetzt ist auch noch keine Nachricht eingetroffen, dass er auf dem Rückweg sei.« Und leise fügte sie hinzu: »Es tut mir Leid.«

Ich lächelte sie aufmunternd an. »Ich hatte nichts zu erwarten.«

Plötzlich kam Rehered in den Garten, und als ich sein schönes offenes Gesicht sah, war ich für das eben Gehörte entschädigt. Auch ihn begrüßte ich ebenso herzlich wie May, und er setzte sich zu uns.

»Ich habe deinen Gemahl im Palast getroffen, Prinzessin. Sofort nach seiner Ankunft hat er sich des großen Empfangssaales bemächtigt und verkündet, dass es während der Zeit von Horemhebs Abwesenheit seine Aufgabe sei, die öffentlichen Ämter zu bekleiden.«

Ich lachte kurz auf. »Das sieht ihm ähnlich. Ramose ist maßlos.«

Rehered blickte mich mitleidig an. »Er hat viel an Größe verloren, seit Horemheb ihn zum Kronprinzen ernannte.«

»Ich frage mich manchmal, ob er die Größe, von der du sprachst, jemals besessen hat.«

Er dachte kurz nach. »Er hat viel für Ägypten getan, das wage selbst ich nicht zu bestreiten.«

»Hätte man mir Geißel und Krummstab gegeben oder wenigstens den zum Gemahl, der mich lehrte, was ich über Politik weiß, ich hätte es ebenso vermocht.«

Rehered und May blickten mich mitfühlend an, bevor May antwortete: »Du bist eine Frau, Prinzessin.«

Ich verabschiedete mich von Rehered und May und ließ mich zurück in den Palast bringen. Als ich in meine Gemächer kam, waren die Sklavinnen und Dienerinnen damit beschäftigt, meine Sachen zusammenzupacken. Irritiert fuhr ich eine von ihnen an: »Was soll das heißen, warum werden meine Sachen in Kisten verpackt?«

Das Mädchen verbeugte sich entschuldigend.

»Der Prinz Ramose hat es befohlen, Herrin.«

Ich gab ihr ein Zeichen, dass es gut sei, und ging dann direkt zu Ramoses Gemächern. Er lag müßig auf seinem Ruhebett, während zwei junge Mädchen ihm mit Straußenwedeln Luft zufächelten. Als ich die Tür aufstieß, erschraken die beiden und hielten in ihrer Tätigkeit inne. Ramose warf ihnen einen zornigen Blick zu, und sie begannen erneut ihr eintöniges Werk. Ramose machte sich nicht die Mühe, sich zu erheben, sondern winkte mich heran.

»Wahrscheinlich warst du in deinen Gemächern, denn dein ungestümes Auftreten lässt mich nicht hoffen, dass du gekommen bist, weil du Sehnsucht nach mir verspürtest.«

Ich fuhr ihn direkt an: »Was soll das Ganze, warum lässt du meine Sachen zusammenpacken, gerade einige Stunden, nachdem sie hergeschafft wurden.«

»Weil du noch heute wieder abreisen wirst.«

Ich wies die Mädchen an, damit aufzuhören, Ramose Luft zuzufächeln, und ängstlich warteten sie auf Ramoses Reaktion. Dieser setzte sich endlich auf und bedeutete den Mädchen mit einer unwirschen Handbewegung, sich zurückzuziehen.

»Du wirst noch heute die Barke besteigen und nach Süden abreisen – in meinem Auftrag, versteht sich. Ich habe beschlossen, dass du den ägyptischen Stadthaltern im Süden in meinem Namen meinen Gruß überbringst. Außerdem werde ich dir noch einige Unterlagen mitgeben, auf denen die von mir gewünschten Stelentexte vermerkt sind, und zwei Baupläne für Tempel, die in meinem Namen gebaut werden sollen.«

»Warum gehst du nicht selbst, mein Prinz? Es war doch dein Ruhm, den du zu verewigen gedachtest.«

Er blickte mich mit der Gelassenheit eines Königs an.

»Mein Ruhm ist dein Ruhm, Sit-Ra! Also wirst du gehen. Ich werde hier in Theben bleiben und auf Horemhebs Ankunft warten.«

Sofort lächelte ich zynisch. »Also deshalb der schnelle Aufbruch.« Ich konnte mir ein Lachen nicht verkneifen. »Ramose, Mächtiger Stier, Geliebt von Maat, Der das Land von Norden bis Süden befriedete, Groß ist die Macht seiner Väter ...« Ich verzichtete auf die weitere Titulatur seiner Namen. »Der Kronprinz von Ägypten schickt seine Gemahlin fort, denn allein ihr Herz vermag er nicht zu bezwingen.«

Ramose stand auf und fegte mit einer Handbewegung ein Tablett mit einer Karaffe und zwei Bechern vom Tisch. Sodann blickte er mich resigniert an.

»Ja, so ist es, Sit-Ra. Der Kronprinz von Ägypten vermag es nicht, das Herz seiner Frau mit Liebe zu ihm zu füllen.« Dann fasste er sich wieder. »Doch dies ist eine Schmach, die auf keinem meiner Heiligtümer zu sehen sein wird, und in meinem Grab wirst du als meine geliebte Königsgemahlin erscheinen. Meine Nachkommen werden sehen, dass ich Ägypten in meiner Hand hielt und es unter mir erblühte. Und die Götter werden mich nicht nach der Liebe bemessen, die meine Königin mir entgegenbrachte. Sie werden sehen, dass ich ihnen ein guter Sohn auf Erden war, und mich in ihre Mitte nehmen. Und jetzt wirst du gehen und tun, was ich dir aufgetragen habe, denn meine Königsgemahlin bist du hier auf Erden, und niemand vermag das zu ändern.«

16.

Papyrus

Und so ging ich. Noch am selben Tag bestieg ich die Barke, denn Ramose hatte Sorge, Horemheb könnte eintreffen, bevor ich Theben verlassen hatte. Er wusste, dass Horemheb über Land reisen würde, also war es sicher, mich in den Süden zu schicken. Sethos, Sekenre, Tuja und Tia behielt er natürlich zu Repräsentationszwecken in Theben. Ramose hatte mich tief in den Süden bis nach Assuan geschickt, damit ich weit genug von Horemheb und Theben fort wäre. Er hatte mir zu verstehen gegeben, dass er zu gegebener Zeit nachkommen würde.

Die Schönheit der Landschaft im Süden beeindruckte mich sehr, doch war ich auf dieser Reise allein, und das ließ mein Herz verzagen.

Ich erreichte nach einigen Wochen Assuan und befahl einem der Soldaten meiner Leibgarde, mich beim Stadthalter melden zu lassen. Kurze Zeit später wurde mir eine Eskorte geschickt, die mich zum Haus des Stadthalters begleiten sollte.

Als ich dort eintraf, ging ich auf den Empfangssaal zu, denn ich war es gewohnt, dass man mir diesen Platz frei machte, wenn ich kam und der Hausherr vor mich trat. Doch wenig später musste ich feststellen, dass der Stadthalter die Unverfrorenheit besaß, mich an seinem Amtssitz zu empfangen wie eine gewöhnliche Dienerin. Ich wollte die Wachen rufen, denn ein derart unverschämtes Verhalten ist gegenüber einem Mitglied des Königshauses unverzeihlich, da erkannte ich ihn.

»Horemheb.«

Sein Name hallte zwischen den Säulen und klang nach. Ich fand, dass er sich kaum verändert hatte, seit wir uns getrennt hatten, aber vielleicht wollte ich auch einfach keine Veränderungen an ihm wahrnehmen. Er trug einen weißen Schurz und einen Wesech mit Lapislazuli. Sein Nemes-Tuch hatte er, wie so oft, achtlos beiseite gelegt. Horemheb war kein Mann der gepflegten Etikette, schon gar nicht hier in Assuan, wo die Hitze bereits morgens unerträglich war. Im Nachhinein fiel mir auf, dass er müde wirkte. Er stand noch nicht einmal auf, um mich zu begrüßen, und das passte so gar nicht zu ihm. Horemheb hatte stets vor Kraft und Frohmut gestrotzt. Wie oft hatte ich ihn früher mit Geringschätzung für sein unhöfisches Betragen bedacht.

Jetzt wusste ich nicht, wie ich mich verhalten sollte. Ich war einerseits wütend auf ihn wegen alldem, was er mir angetan hatte, andererseits verlangte es mich danach, einfach nur in seine Arme zu sinken. Ich blieb unentschlossen stehen.

»Bist du erfreut, mich zu sehen, oder entsetzt, Prinzessin? Wie darf ich deine Reaktion deuten?«

Seine Worte klangen alles andere als euphorisch. Dann stand er auf und kam mit zügigen Schritten auf mich zu. Er blieb vor mir stehen und überlegte wohl, ob er mich küssen sollte, entschied sich aber dagegen. Stattdessen nahm er meine Hand und zog mich mit sich.

»Komm mit, hier können wir nicht reden. Es gibt zu viele Palastschranzen, die ich mitgenommen habe. Bestimmt stehen sie zu mehreren hinter den Türen und lauschen.«

Horemheb deutete auf die großen silberbeschlagenen Türen, die Amtsszenen des Hausherrn zeigten. Wir verließen den Raum durch eine kleine unscheinbare Tür, die hinter dem Podest an der Wand lag. Dahinter befanden sich Horemhebs Privaträume.

Er ließ sich müde in einen Sessel fallen und starrte an die Decke.

Ich konnte sein Verhalten einfach nicht mehr ertragen. Was war mit ihm geschehen? Wo war der Mann, den ich gehasst und danach so bedingungslos geliebt hatte? Der Horemheb, den ich gekannt hatte, würde niemals kraftlos und wortkarg in diesem Sessel sitzen, nachdem er mich jahrelang nicht gesehen hatte. Ich wollte ihn zurück. Ich ging auf ihn zu und griff nach seinem Arm. Er reagierte nicht, starrte noch immer an die Decke. Wütend riss ich ihm den kostbaren Wesech vom Hals, wobei die Silberdrähte rissen und die Lapislazulisteine durch den ganzen Raum rollten. Er griff zornig nach meinem Handgelenk und brüllte mich an: »Was soll das?«

Ich entwand mich seinem Griff und schrie nun meinerseits los.

»Du wagst es, mich zu fragen? All die Jahre, und dann bist du hier und würdigst mich nicht eines Blickes, sprichst keinen vernünftigen Satz mit mir.«

Er ließ mich los und sah düster drein.

»Ich hätte abreisen sollen, bevor du ankamst.«

Ich hatte genug. Er behandelte mich, als hätte ich ihn verlassen und wäre zu Ramose zurückgekehrt. In meiner Verzweiflung riss ich mir mein hauchdünnes Leinenkleid herunter, so dass ich nackt vor ihm stand.

»Und wie ist es damit, Horemheb? Du wolltest mich doch damals. Sieh mich an, ich habe mich nicht verändert. Mein Körper ist auch nach diesem Kind nicht entstellt.« Ich schrie ihn fassungslos an. »Ist es das, worum du dir Sorgen machst?«

Er stand auf und trat gegen einen kleinen Beistelltisch. Dann schlug er mit einem wutverzerrten Schrei auf die Lehne seines Sessels. Endlich wandte er sich mir zu. Etwas von dem alten Horemheb, den ich gekannt hatte, kehrte unversehens in ihn zurück, seine Augen nahmen einen leidenschaftlichen Glanz an, als er mich hochnahm und gegen die Wand drückte. Ehe ich dem gewahr wurde, war er in mir, und ich schlang meine Beine um ihn. Meine Hände griffen um seine Schultern, und ich krallte mich in seine Haut. Sein Atem ging schnell, doch während er noch in mir war, fuhr er mich an: »War es so, als er dich nahm? Und hat es dir gefallen?«

Es war, als wollte er mich für etwas bestrafen, was ich nicht getan hatte. Ich fauchte ihn meinerseits an: »Nein, ich war fast bewusstlos, du erinnerst dich? Es war euer Plan. Neun Monate gelang es mir nicht, die Spuren davon aus meinem Körper zu tilgen.«

Plötzlich konnte ich nicht mehr. Ich nahm die Hand von seinem Rücken und schlug ihn ins Gesicht. Mein Schlag hatte ihn so unvorhergesehen getroffen, dass er sofort von mir abließ und mich anstarrte.

Ich sank zu Boden und begann zu schluchzen. »Also mach jetzt, dass ich es vergessen kann. Nimm es von mir, reiß es aus meinem Ka, heile mein Ba.«

Plötzlich spürte ich die alte vertraute Wärme, die uns früher umgeben hatte. Er hatte sich neben mich gesetzt und zog mich an sich.

»Sit-Ra, es tut mir Leid. Der Gedanke daran hat mich all die Jahre gequält. Du hattest dir ein Kind gewünscht, doch ich konnte es dir nicht schenken. Und da kommt er, und die Götter gewähren ihm diese Gunst.«

»Für ihn das Kind, für mich den Mann. Das ist nur gerecht.«

Ich legte mich zurück und zog ihn über mich. Sofort war er mir wieder nah. Während wir uns liebten, wich langsam die Starre aus meinem Leib, die mich vor langer Zeit befallen hatte, und ich dankte Isis für ihre Gnade.

»Woher wusstest du, dass ich kommen würde?«

Wir lagen auf seinem Ruhebett, und ich schob Horemheb Weintrauben in den Mund. Er lachte bei meiner Frage.

»Es war mein Plan, Ramose dazu zu bringen, dich aus Theben fortzuschicken. Also habe ich einfach eine Nachricht gesandt, dass ich zurückkehren würde. Der Narr hat dich also fluchtartig wieder auf die Barke gebracht und dich Richtung Süden geschickt?«

Ich nickte.

Horemheb grinste.

»Er ist dümmer, als ich gedacht habe. Ich habe meine Spione in Theben. Ich wusste, dass er dich nach Assuan schicken würde. Also bin ich auch hierher gekommen. Als du weit genug von Theben entfernt warst, habe ich Ramose eine Nachricht gesandt, dass ich doch noch nicht zurückkehren würde, weil ich einen Grenzposten in Nubien inspizieren müsse.«

Ich legte meinen Kopf müßig auf seine Brust.

»Meinst du, er glaubt das?«

»Es ist mir völlig egal, ob er das glaubt. Ich habe gehört, dass Ramose sich in Theben regelrecht eingenistet hat, als er erfuhr, dass ich abwesend bin. Er meint, er hätte das Recht zu regieren, wenn ich nicht da bin. Es wird ihm einigen Spott einbringen, wenn die Menschen davon erfahren, dass er sich von mir hat übertölpeln lassen und seine Frau in meinen Armen liegt, während er in Theben festsitzt.«

Ich blickte ihn wütend an.

»Das war es also für dich? Ein taktischer Schachzug?«

Er griff sofort in mein Haar und küsste mich.

»Nein, Sit-Ra, ich sage nur, dass es an der Zeit ist, Ramose in seine Schranken zu weisen.«

Ich wandte mich trotzig ab.

»Du hast ihm diese Macht gegeben, erinnerst du dich?«

Er seufzte gequält. »Es war ein Fehler, doch die Götter scheinen ihm gewogen.«

Ich setzte mich auf.

»Er wird eine Barke besteigen und selbst nach Assuan kommen. Er wird sich nicht geschlagen geben.«

Horemheb zog mich zurück und legte beruhigend einen Finger auf meine Lippen. Sodann begann er mein Gewand zu lösen und meine Brüste zu küssen. Ich ließ ihn gewähren, sinnierte jedoch weiter.

»Er wird kommen und mich holen; ich kenne ihn. Er wird

sich dafür rächen. An mir, Horemheb! Denn er weiß, dass er damit auch an dir Rache nimmt.«

Ich spürte seinen Atem dicht an meinem Hals.

»Ich habe die Macht in Ägypten, Sit-Ra. Ich bin die Maat, ich bin der Günstling der Götter.« Seine Worte erregten ihn, und er spreizte meine Schenkel, griff um meine Taille und zog mich an sich. »Wenn du also bei mir liegst, sprich nicht von ihm. Ich werde schon dafür sorgen, dass dir nichts geschieht. Er ist nichts. Kemet ist in meiner Hand – genau wie du.«

Ich zog ihn zu mir und erlaubte mir für eine kurze Zeit, seinen Worten Glauben zu schenken.

Horemheb und ich besuchten während der nächsten Tage die Goldminen. Ich war geblendet, da ich mit einem derartigen Reichtum nicht gerechnet hatte. Mir war bekannt, dass fast alles nach Kemet fließen würde, und ich wurde mir des Reichtums und der damit einhergehenden Bedrohung durch unsere Nachbarländer bewusst. Horemheb hatte die Armee gut gerüstet, gerade in Memphis war ein großer Anteil Soldaten stationiert, doch jetzt begriff ich auch, weshalb das nötig war.

Mir fielen die Stelen wieder ein, die Ramose erwähnt hatte. Sie sollten von seinen Siegen künden. Doch je mehr ich darüber nachdachte, desto missmutiger stimmte es mich, meinem Gemahl ein derartiges Denkmal zu errichten. Stattdessen reifte in mir der Gedanke, ihn in die Schranken zu weisen und seinen Ruhm erheblich zu schmälern. Horemheb hatte schon den Anfang gemacht, indem er ihn dazu gebracht hatte, mich direkt in seine Arme laufen zu lassen. Ich wollte diesem in nichts nachstehen und änderte das Konzept der Stelen.

Anstatt Ramose für seine Feldzüge zu ehren, ehrten sie nun Horemheb, der als Friedensbringer bejubelt wurde, und ich ließ ihn darstellen, wie er Amun-Re die schönsten Reichtümer Nubiens opferte. Als ob dies noch nicht genug gewesen wäre, ließ ich mich hinter Horemheb mit den Throninsignien abbilden, womit klar wurde, dass ich an Horemhebs Seite gewesen war und die Götter dies respektierten. Den Text für die Stele verfasste ich selbst. Er stellte eine Mischung aus Segensgebet an die Götter und Selbstverherrlichung dar. Ich wählte diese übertriebenen Stelentexte bewusst, und ich beschloss, mindestens drei oder vier davon an verschiedenen Orten zu errichten.

Horemheb und ich entschieden, über Land nach Theben zurückzukehren, sobald uns die Nachricht erreichen würde, dass Ramose kurz vor Assuan war. Natürlich wäre Ramose nicht so dumm, keine Späher über Land zu schicken, die nach uns Ausschau hielten, doch Horemheb würde sie umgehen. Schließlich war er sein Leben lang Soldat geblieben. In Theben könnten wir ihn dann öffentlich brüskieren, indem wir ihn bei seiner Rückkehr auf dem Thron sitzend empfangen würden. Der Gedanke daran verursachte euphorische Schübe in meinem Innern, ich würde mich für die mir angetane Gewalt an ihm rächen.

»Glück, Freude und Wohlergehen, Prinzessin. Bitte entschuldigt die späte Störung, aber ich muss den Reichsverweser sprechen.«

Der junge Soldat, der schweißgebadet in der Tür unseres

Schlafgemaches stand, war merklich befangen, denn ich trug nur ein durchsichtiges Nachtgewand, während Horemheb nackt, bloß von einem dünnen Leinentuch bedeckt, auf dem Ruhebett lag. Für uns zählte hier, fernab von Theben und Ägypten, die Hofetikette nur noch bedingt. Wir lebten so frei wie eben möglich, und außerdem schämten wir uns unserer Körper nicht.

Ich winkte ihn heran.

»Sprich nur, Soldat.«

Der junge Mann trat ein paar Schritte auf Horemheb zu, peinlichst bedacht, weder ihn noch mich direkt anzuschauen. Horemheb gab ihm ein Zeichen, dass er sprechen möge.

»Mein Herr und General, ich bin die halbe Nacht unterwegs gewesen, um dir eine Nachricht von größter Wichtigkeit zu überbringen. Der Kronprinz Ramose ist auf dem Weg hierher. Die königliche Barke wurde nur drei Tagereisen entfernt gesichtet.«

Horemheb war sofort hellwach und richtete sich auf dem Ruhebett auf.

»Warum erfahre ich das erst jetzt?«

Der junge Mann wirkte ratlos.

»Es scheint, dass niemand außer mir von deinen Ergebenen es bis hierher geschafft hat. Wir sind in kurzen Zeitabständen hintereinander abgereist, um keine Aufmerksamkeit zu erregen und möglichen Abfangaktionen zu entgehen.«

Ich wurde aufmerksam.

»Ist denn keiner der Männer zurückgekehrt?«

Der Soldat schüttelte den Kopf.

Horemhebs Mundwinkel zuckten leicht.

»Wie viele waren es?«

»Mit mir waren es fünf, Herr.«

Horemheb stand auf, wobei er sich das Laken um die Hüften wickelte.

»Er hat es also gewagt, meine Leute zu töten.« Horemheb blickte mich kurz an, bevor er eine Entscheidung fällte. »Es ist gut, Soldat. Lass dir von meinen Dienern eine Unterkunft zuweisen und lass dir kommen, was du willst – Wein, Speisen, Sklavinnen. Halte dich morgen zur Mittagszeit bereit. Wir werden Assuan verlassen und nach Theben zurückkehren.«

Der junge Mann verbeugte sich und verschwand. Ich ging zu Horemheb hinüber und legte meinen Kopf an seine Brust.

»Die Zeit des Glücks und der Unbedarftheit ist also vorbei?«

Er griff in mein Haar und zog meinen Kopf sanft in den Nacken, damit ich ihm in die Augen sehen musste.

»Sit-Ra, was Ramose tat, war eine offene Kriegserklärung. Ich begreife nun, dass ich das erste Mal in meinem Leben irrte, als ich ihn zum Kronprinzen ernannte. Jetzt hat er, was er wollte, und ist bereit, sich alles zu nehmen. Was glaubst du passiert, wenn er hier ankommt und seine königliche Gemahlin in meinen Armen findet? Was denkst du wird er tun, wenn er die Stelen sieht? Selbst wenn er es wollte, Sit-Ra, er könnte die Sache nicht übergehen – dieses Mal nicht. Was wir hier taten, ist ein Todesstoß für seine Ambitionen als zukünftiger Pharao. Wir müssen zurück nach Theben! Ich habe nicht genug Soldaten hier, um dich zu beschützen. Und wenn es ihm gelingt, auch noch die Priester auf seine Seite zu ziehen ...«

Ich blickte ihn entgeistert an. Was Horemheb mir hier

klar zu machen versuchte, war, dass er im Begriff war, seine Stellung als Souverän Kemets zu verlieren. Er, Horemheb, der mächtigste Mann des Landes. Es durfte nicht sein. Ich kannte Horemheb nur als einen Mann von anbetungswürdiger Stärke. Ich wollte, dass er genau das blieb.

»Was können wir tun?« In meinen Worten lag Verzweiflung.

»Wir müssen zurück nach Theben und unsere Stellung festigen. Ramose wird dafür gesorgt haben, dass genügend Gerüchte über uns in Umlauf sind. Noch ist deine Stellung als Gotteskind unangefochten, doch der Makel der Schande könnte dich bei der Priesterschaft in Ungnade fallen lassen. Meine Soldaten lieben mich, aber sie sind einfache Männer, die die Götter Ägyptens ehren und fürchten. Wenn die Priesterschaft also verbreiten lässt, dass die Götter dich schmähen, weil du Unzucht mit mir treibst, dann werden auch die treuesten Soldaten sich bald von mir abwenden.«

Ich ließ ihn los und ging auf und ab. Seine Ausführungen waren einleuchtend und grauenvoll zugleich. Dann fasste ich mich wieder.

»Wir werden mit dem größtmöglichen Prunk in Theben Einzug halten und eine Menge Gold mitbringen, um die Götter und ihre Priesterschaften zu besänftigen.«

Horemheb blickte mich stirnrunzelnd an.

»Wie willst du das tun, Sit-Ra? Wir müssen über Land nach Theben reisen, wir haben nicht genügend Soldaten, um so viel Gold zu transportieren.«

»Dann müssen wir eben doch auf dem Fluss zurückkehren.«

Horemheb schüttelte den Kopf. »Unmöglich. Ramose

wird uns abfangen. Er wird zu viele Soldaten mit sich führen, als dass wir ihm Widerstand leisten könnten.«

»Dazu müssten die Soldaten ihm erst einmal folgen.«

Er sah mich verständnislos an.

»Sie stehen in seinen Diensten. Er entlohnt sie.«

»Ja, aber du bist mit ihnen marschiert. Wenn ich nun nicht bei dir wäre, so würden sie sehen, dass Ramose nicht die Wahrheit gesprochen hat. Ich werde über Land zurückreisen, mit einer Eskorte von zehn Mann, damit wir nicht entdeckt werden. Meine Barke mag hier bleiben, du wirst eines der Handelsschiffe nehmen und es bis unter das Deck mit Gold und Edelsteinen füllen. Wenn du Ramose begegnest, musst du die Soldaten auf deine Seite bringen.« Ein heißer Stich durchfuhr mich. »Wenn du das schaffst, mein Bruder, weißt du, was das bedeuten würde?«

In seinen Augen blitzte urplötzlich ein Funken des Verstehens auf, dann antwortete er betont langsam: »Wir würden Ramose in die Verbannung schicken. Er könnte nicht wagen, nach Ägypten zurückzukehren.«

Ich nickte. »Es wäre alles so einfach. Eine Verbannung, ohne sie auszusprechen. Wir könnten uns der direkten Verantwortung entziehen. Ramose würde nicht wagen, nach Theben zurückzukehren und vor den Thron zu treten. Er hätte viel zu große Angst, dass ihm irgendetwas angehängt wird, das seine Verbannung offiziell macht.« Ich schnalzte mit der Zunge. »Es wäre ein Leichtes, ihn unter Kontrolle zu halten. Er wäre von seinen Garnisonen in Memphis so weit entfernt, dass es unmöglich wäre, Unterstützung kommen zu lassen.«

Horemhebs Gesicht verdüsterte sich kurzfristig.

»Wir riskieren viel, Sit-Ra, der Plan kann fehlschlagen. Das würde bedeuten, dass ich gestürzt werde, wahrscheinlich verbannt oder hingerichtet, und du würdest bestenfalls bis zu deinem Tod in einen Tempel gesperrt werden.«

Ich schlang die Arme um seine Taille.

»Lass es uns versuchen, lass uns die Götter um Hilfe bitten.«

Er küsste mich leidenschaftlich, bevor er heiser antwortete: »Wir spielen ein aufregendes, gefährliches Spiel, meine Prinzessin. Die Götter sind launisch, auch gegenüber ihren Kindern. Wie lange werden sie uns noch wohlwollend sein?«

Ich zog das Laken von seinen Hüften.

»Wir bedeuten Glück und Wohlstand für Ägypten. Weshalb sollten sie uns zürnen?«

17.

Papyrus

Wir taten alles genau so, wie wir es beschlossen hatten. Ich verließ am nächsten Tag mit einem kleinen Trupp, den Horemheb selbst zusammengestellt hatte und der aus seinen besten Leuten bestand, Assuan über Land. Horemheb hatte in aller Eile verfügen lassen, dass die *Amun ist stark*, eine unauffällige Handelsbarke, bis in den letzten Winkel mit Gold und Edelsteinen gefüllt wurde. So war er in der Lage, am Abend des nächsten Tages mit dem Schiff abzulegen.

Für mich begann nun eine Zeit des Wartens und der Angst. Horemheb hatte natürlich Recht, der Plan konnte genauso gut misslingen. Der Weg über Land war beschwerlich, zumal ich nicht in der Sänfte reiste, sondern wie ein gewöhnlicher Soldat entweder auf dem Streitwagen stand, wo die Sonne mich versengte, oder in unwegsamem Gebiet zu Fuß ging. Wir durften auf keinen Fall von Ramoses Spähern gesichtet werden, und großer Aufwand war aus diesem Grund nicht möglich gewesen. Abends war ich so müde, dass ich dachte, ich müsste in tiefen Schlaf fallen, doch meine Glieder schmerzten und meine Haut brannte, sodass es lange dauerte, bis der Schlaf endlich kam. Ich aß genau wie die anderen getrocknetes Fleisch und hartes Brot, trank schales Wasser und wusch mich nur notdürftig.

Kurz vor Theben sollte ich Horemheb treffen. Es war ausgemacht, dass wir eine Tagereise vor Theben an Bord der *Amun ist stark* gehen und uns für unseren Einzug in Theben herausputzen würden. Natürlich war das Schiff keine königliche Barke, doch sollte Horemheb die Konfrontation mit Ramose unbeschadet überstehen, so wollte er Boten nach Theben senden, die ihm Geleitschiffe und Soldaten schickten, sodass wir unseren Triumphzug gebührend begehen konnten. Ich betete jeden Abend trotz meiner Müdigkeit und der Schmerzen zu Isis und Amun, sie mögen uns beistehen, und versprach ihnen Gold und Tempel. Es dauerte Wochen, bis wir endlich in die Nähe von Theben kamen, und als es schließlich so weit war, mussten wir auf Außenstehende den Eindruck von Fellachen machen. Niemand wäre wohl auf die Idee gekommen, dass wir dem Palast von Theben angehörten.

Wir erreichten den verabredeten Ort bei Nacht und stellten resigniert fest, dass Horemheb nicht dort war. Wir hatten in all den Wochen keinerlei Nachrichten erhalten, ob Horemheb es geschafft hatte, Ramoses Blockade zu durchbrechen, oder nicht. Vor meinem geistigen Auge sah ich, dass alles aus war, Horemheb besiegt, und es nur noch galt, auf Ramoses Eintreffen zu warten, der uns hier auflas, um uns unserer gerechten Strafe zuzuführen. Alles aus!! Der Gedanke breitete sich wie eine kriechende Kälte in mir aus, und ich schluckte, wobei meine Kehle trocken blieb. Ich versuchte mir das Gegenteil vorzustellen, dass Ramose besiegt war, doch es gelang mir nicht. Der Gedanke einer Niederlage fraß sich demütigend und schmerzhaft in mein Herz. Ich wusste genau, dass Horemheb eine Niederlage nicht dulden würde. Er würde nicht unehrenhaft sterben. Ich ahnte, dass er durch eigene Hand das Land des Westens suchen würde, und er würde sich vorher nicht von mir verabschieden. Er würde es mir überlassen, ihm zu folgen oder ihn zu verraten. Mein Herz schlug wild. Horemheb würde es nicht schwer fallen zu gehen, doch ich war anders. Ich wusste, dass ich ihm folgen musste, nur so würde ich meine Ehre und ein Weiterleben im Westen gewährleisten können. Was war schon ein kurzes Leben ohne Horemheb auf dieser Welt gegen die Möglichkeit, mich auf Ewigkeit im Westen mit ihm zu vereinen? Ich griff an meinen Gürtel. Während unserer Reise hatte ich stets einen Dolch getragen, damit ich notfalls auch alleine in der Lage wäre, mich zu verteidigen. Jetzt stellte dieser Dolch die einzige Fluchtmöglichkeit im Falle einer Niederlage dar. Ich betastete die kühle Bronze und stellte mir vor, wie sie mein Fleisch durchdrang und schließlich mein Herz. Dann versuchte ich mir die Schmerzen vorzustellen. Ein heißer, zerreißender Schmerz, der schließlich von einer endgültigen Kälte abgelöst wurde. Ich fühlte den Angstschweiß an meinen Handflächen und schickte ein Stoßgebet zu Isis. »Gib mir Kraft, wenn ich nicht stark genug bin.«

Plötzlich riss mich ein Schrei aus meinen Gedanken.

»Prinzessin, eine Barke.«

Sofort war ich aufgesprungen und blickte dem Fingerzeig des Soldaten hinterher. Aus mehreren Chet Entfernung konnte ich eine Barke sehen, die sich uns näherte. Sie war zu weit entfernt, als dass ich sie hätte erkennen können, doch eines sah ich genau: Ihre Segel trugen die Farben Blau und Weiß – die königlichen Farben. Ich sank stöhnend auf den Boden, und zwei Soldaten kamen herbei, um mich wieder auf die Beine zu ziehen. Ich krallte mich in ihre Arme fest.

»Es ist aus.« Ich blickte sie panisch an. »Horemhebs Schiff hatte keine blau-weißen Segel. Ramose hat gesiegt.«

Die beiden starrten mich fassungslos an. Wir standen wie gelähmt und blickten auf das näher kommende Schiff, dessen Silhouette immer größer wurde. Ich weiß nicht, wie lange wir so dastanden, doch schließlich legte die Barke an, und ich sah die Soldaten der Leibwache an Bord. Mein Kopf dröhnte, weil meine Gedanken sich überschlugen. Jetzt, warum tust du es nicht jetzt gleich? Es ist nicht notwendig, es weiter hinauszuzögern, nicht nötig zu hoffen, Res Geburt noch ein einziges Mal zu erleben, es ist nicht mehr das gleiche Wunder, das es bisher war, denn er wird nicht mehr auf dieser Welt sein, um ein Teil dieses Wunders zu sein.

Ich spürte das harte Metall kalt und drohend die Haut meines Bauches reizen, denn ich drückte den Dolch flach mit beiden Händen an meinen Leib. Jetzt erblickte ich eine große Gestalt an Deck, die sich mir zuwandte. Völlig verzweifelt schloss ich die Augen und hob den Dolch zu einem tödlichen Stoß. Mit einem Schrei richtete ich die Spitze des Dolches auf mein Herz und rief: »Isis, vergib mir!«

Ich wartete auf den schneidenden Schmerz und die Kälte, doch stattdessen entrangen mir raue Hände das Werkzeug meiner letzten Fluchtmöglichkeit und hielten mich fest. Ich brüllte, man solle mich loslassen, doch endlich hörte ich die Stimme des Soldaten durch meine Raserei dringen.

»Majestät, beruhigt Euch, es ist Horemheb. Er hat die

Segel des Ramose auf sein Schiff bringen lassen – als Zeichen seines Sieges.«

Ich erschlaffte augenblicklich, und die Hände ließen mich los. Schluchzend glitt ich zu Boden und presste mein Gesicht in den Sand.

»Mutter Isis, ich danke dir.«

Während mir unter Schluchzern die Worte entfuhren, dachte ich daran, dass ich um ein Haar die Trennung von meinem Bruder vollzogen und mich allein in die Schatten des Westens begeben hätte. Der Gedanke daran war mir unerträglich. Es war mir letztendlich egal, wo ich war, nur ohne ihn wollte ich nicht sein.

Horemheb wusch mir den verbrannten Rücken mit einem Leinentuch. Ich lag auf dem Ruhebett und genoss jede seiner Berührungen, von denen ich geglaubt hatte, sie nie wieder zu spüren.

»Du wärst wirklich für mich gestorben, meine Prinzessin?«

Seine Stimme verriet Entsetzen und Hochachtung zugleich.

»Nur an deiner Seite ist es mir bestimmt zu leben.«

Seine Hand streichelte mein Haar.

»Du weißt, das ist nicht wahr. Du bist so viel jünger als ich. Dereinst muss ich gehen, doch dir werden noch einige Jahre ohne mich beschieden sein.«

Ich griff nach seiner Hand und küsste sie.

»Ich schwöre dir heute, dass ich dir unmittelbar folgen werde. Wir werden den Weg durch die Schattengefilde des Duat gemeinsam gehen, wie wir auch im Leben unseren Weg gemeinsam gegangen sind.«

Er fuhr mit seiner Hand meine Wirbelsäule entlang.

»Nein, schwöre mir, dass du das nicht tun wirst.«

Ich erschauderte unter seinen Berührungen.

»Weshalb? Ich will nicht ohne dich sein.«

Er küsste meinen Nacken.

»Gerade deshalb darfst du mir nicht folgen, sollte ich vor dir gehen, ebenso wenig wie ich dir folgen darf, wenn du vor mir gehst.« Horemheb begann meine Schultern zu massieren. »Die Götter würden uns strafen, wenn wir entgegen ihren Beschlüssen handelten.«

Ich richtete mich auf und ließ ihn meine Taille umfassen. Ich warf ihm einen provozierenden Blick über die Schulter zu, den er sofort verstand. Er löste seinen Schurz und kam hinter mich. Ich lachte leise, als er in mich eindrang.

»Was vermögen die Götter schon gegen die Lust unseres Fleisches zu tun?«

Er stöhnte auf, ehe er antwortete.

»Sie werden uns unser Fleisch nehmen.«

»Wir holen es uns wieder. Im Westen werden wir leben, wie wir es wünschen.«

»Ja. Wenn wir die Götter nicht erzürnen.«

Dann schwiegen wir, um dem kurzen Moment entgegenzutreiben, in dem jeder für sich das Gefühl hatte, dass noch nicht einmal die Götter vermögen zu trennen, was hier zu einer Einheit verschmilzt. Ich weiß, dass wir vor Urzeiten immer so waren – bevor Chnum uns trennte, auf dass wir unser ganzes Leben lang nach dem Zustand der Vollkommenheit suchen, der uns einst genommen wurde.

Wie, so dachte ich damals, können wir leben, wenn uns nun auch noch die Ahnung dieses Zustandes gewaltsam genommen wird? Wie soll Maat dann noch gewährleistet sein?

Als wir am nächsten Tag in Theben einliefen, wurden wir von einer jubelnden Menschenmasse erwartet. Ich wusste zuerst nicht, wie ich dies zu deuten hatte, schließlich trugen wir Ramoses Segel, doch nach kurzer Zeit konnte ich die Hochrufe auf Horemheb vernehmen, und meine Muskeln entspannten sich. Ich stand mit der Geierhaube als Kopfbedeckung neben Horemheb, der das Nemes-Tuch zwar ohne Uräus, jedoch in den Farben des Königshauses trug. Wie um ihn zu bestätigen, schritt ich neben ihm, Krummstab und Geißel als Insignien der Macht gekreuzt vor meiner Brust haltend. Wir ergänzten uns vorzüglich – Horemheb hatte Macht, jedoch keine göttliche Legitimation, ich besaß die Legitimation, jedoch keine Macht. Zusammen waren wir unbesiegbar, und ich wollte den Thebanern, vor allem aber den Priestern, genau dies vor Augen führen.

Ich, Tochter der Isis, hatte für eine Frau einen seltenen Machtstatus erreicht, denn es gab keinen legitimen Horus auf dem Thron. Die beiden Männer, die in der Lage waren, Ägypten zu führen, waren auf den letzten Abkömmling der Götter angewiesen, um ihren Thronansprüchen eine Berechtigung zu geben – sie brauchten mich. Ich hatte Ramose geschlagen, ich hatte mich an ihm gerächt, und der süße Wein der Rache rauschte an diesem Tag durch meinen Kopf und ließ mich Anteil haben an der Kraft, die die Götter nur einem Horussohn vorbehalten haben.

Wie hatte Horemheb Ramose besiegt? Es war einfacher gewesen, als ich geglaubt hatte. Wie wir vorhergesehen hatten, hatte Ramose die *Amun ist stark* zum Halten gezwungen. Ramose hatte fünf weitere Schiffe, die mit Soldaten bemannt waren, als Eskorte mitgeführt. Er war an Bord der *Amun ist stark* gekommen und hatte Horemheb aufgefordert, auf sein eigenes Flaggschiff zu wechseln und Richtung Assuan zu fahren. Ramose hatte gewusst, dass ich auf dem Weg nach Theben war. Anscheinend war mein kleiner Trupp doch nicht so unbemerkt geblieben, wie ich geglaubt hatte. Wahrscheinlicher ist es aber, dass schon in Assuan Ramoses Spitzel herausgefunden hatten, dass ich mich über Land abgesetzt hatte und Horemheb Unmengen von Gold auf sein Schiff verladen ließ. Ramose hatte daraufhin den Plan gefasst, Horemheb das Schiff abzunehmen und es selbst nach Theben zu bringen. Mit seinen Soldaten wollte er Horemheb zwingen, nach Assuan zurückzukehren und bis zu seinem Ableben dort zu bleiben. Doch er hatte nicht damit gerechnet, dass die Kommandeure seiner Soldaten altgediente Männer waren, die schon mit Horemheb gekämpft hatten. Ramose war nicht dumm. Er hatte junge Soldaten ausgewählt, die ihm treu ergeben waren, doch ihre Kommandeure waren altgediente Veteranen. Hier lag Ramoses Denkfehler. Die Soldaten hätten ihn niemals verraten, doch noch mehr hörten die Soldaten auf ihre Truppenführer, denn von ihnen waren sie abhängig. Diese schlichten Männer brauchten die Hand, die sie fütterte, züchtigte und lobte. Und die hatten sie in ihren Kommandeuren, die wiederum Horemheb treu ergeben waren. Es bedurfte nur eines kurzen Aufrufs von Horemheb an die Männer, sich ihm anzuschließen, denn er war ja immer noch der fungierende Reichsverweser, und Ramose stand alleine da. Horemheb nahm die Segel von Ramoses Schiff und ließ sie auf die *Amun ist stark* ziehen – noch ein taktischer Zug, um sich der Gunst der mächtigen Thebaner Amunpriesterschaft zu versichern, denn er zeigte durch diese Geste die Verbundenheit des Königshauses mit Amun. Dann schickte er Ramose auf seiner degradierten Königsbarke Richtung Assuan und verbot ihm, nach Ägypten zurückzukehren. Ramose konnte nichts tun, er folgte zähneknirschend Horemhebs Anweisungen.

Mein Herz begrüßte den Palastbezirk Thebens voller Freude. Hier hatte ich meine Jugend verbracht, hier waren meine Erinnerungen, und hier würde ich nun wieder leben, an der Seite des Mannes, den ich mir zum Bruder erwählt hatte. Hier lebten meine Freunde und Feinde, und jeden Einzelnen von ihnen brauchte ich wie die Liebkosung Res auf meiner Haut. Ich bezog meine alten Gemächer und orderte meine alte Dienerschaft. Sodann nahm ich ein ausgiebiges Bad und ließ mich in ein Zeremoniengewand kleiden, welches aus weißem Leinen bestand und mit einem schweren Silberwesech ergänzt wurde. Ich legte schwere silberne Ohrgehänge an und wählte dazu weiße Antilopenledersandalen. Mein Haar ließ ich unter einer langen Zeremonienperücke verschwinden, auf die ich den Stirnreif mit dem Uräus setzte. Zuletzt ließ ich mir Krummstab und Geißel reichen und machte mich auf den Weg zum großen Empfangssaal.

Ich ging zu den Gemächern, die hinter dem Saal lagen, denn dort wartete Horemheb auf mich. Er hatte den schlichten Pharaonenschurz und ein blau-weißes Nemes-Tuch gewählt, wobei auch er mit Schmuck nicht gespart hatte. Er begrüßte mich kurz, und wir betraten gemeinsam den überfüllten Empfangssaal. Wir bestiegen das Podest und gingen zu unseren Thronen, welche zwischen zwei bemalten Papyrussäulen standen. Ich ließ mich auf einem kleineren Thron hinter Horemheb nieder, sodass es wirkte, als würde ich die Insignien der Macht über ihn halten. Horemheb hatte Geschick, für jede Gelegenheit eine passende Inszenierung zu finden. Es wäre taktisch unklug gewesen, mich an seine Seite zu setzen, denn ich war immer noch offiziell mit dem Kronprinzen verheiratet. Allerdings wäre es auch denkwürdig gewesen, wenn Horemheb sich alleine gezeigt hätte, nachdem er Ramose nach Assuan geschickt hatte. Er hatte keine offizielle Verbannung gegen ihn ausgesprochen, jedoch hätte ein Auftreten ohne mich sofort den Eindruck erweckt, dass Horemheb das Königshaus stürzen wollte.

Zuerst traten die Amunpriester vor den Thron und verbeugten sich kaum merkbar mit einem Ausdruck der Arroganz auf ihren Gesichtern, ein Zeichen dafür, wie groß ihre Macht wirklich war. Der Oberpriester, ein gewisser Bek-Amun, richtete das Wort an uns.

»Amun begrüßt seine Tochter, die Kronprinzessin Sit-Ra, und den edlen Reichsverweser Horemheb.« Er machte eine kurze bedeutungsvolle Pause. »Des Weiteren spricht er sein Wohlwollen über die ihm dargebrachten Gaben aus.«

Dies war eine Unverschämtheit, denn niemand hatte bisher auch nur erwähnt, dass das mitgeführte Gold und die Edelsteine für Amun bestimmt waren. Doch das Lächeln auf dem Gesicht des Oberpriesters ließ erkennen, dass auch er sich darüber im Klaren war, welche Pläne wir verfolgten und wie wir gedachten vorzugehen. Es blieb Horemheb nichts anderes übrig, als bestätigend zu nicken. Dann wandte sich Bek-Amun direkt an mich.

»Amun hofft, dich bald zur Reinigung im Tempel willkommen heißen zu können, Prinzessin. Allzu lange ist es her, dass die reinigenden Riten an seiner Tochter vollzogen wurden.«

Ich zuckte bei der Spitze zusammen. Die Priester wollten etwas, ich hatte zu erscheinen, damit sie mit mir sprechen konnten. Sie entschieden darüber, ob ich bei Horemheb bleiben durfte oder nicht. Was ich hier tat, war in den Augen der Götter Unzucht. Doch die Amunpriester nahmen das nicht so genau, wenn sie ihren Vorteil aus diesem Verhältnis ziehen konnten; das entschieden sie ohne Amun. Ich hasste diese dekadente Karnak-Kaste. Was in Karnak betrieben wurde, hatte nichts mehr mit Religion zu tun. Doch wir brauchten Karnak, um zu regieren. Also nickte ich wohlwollend, auch wenn sie mich vor allen Anwesenden als befleckt bezeichneten.

Endlich zogen sich die Priester zurück, und ich atmete auf. Paranefer begann einige Sendschreiben zu verlesen, die er als besonders dringlich erachtete. Schließlich schien die Litanei ein Ende zu haben, als sich aus der hinteren Reihe ein Mann löste und würdevoll vor den Thron trat. Ich erkannte ihn sofort, ich hatte ihn in Memphis sehr oft mit Ramose gesehen. Er war ein Waffengefährte und enger Freund, und ich hatte ihn schon damals nicht gemocht. Betont langsam verbeugte er sich, wobei er den Blick nicht senkte, um mir seine Geringschätzung zu zeigen. Ich hätte ihm am liebsten meinen Dolch zwischen die Rippen gestoßen. Doch dann zog er eine Nachricht unter seinem Gewand hervor und begann mit fester Stimme zu sprechen.

»Gesundheit, Glück und Wohlergehen, Prinzessin Sit-Ra sowie auch dir, Reichsverweser Horemheb.« Er wandte sich wieder an mich. »Ich bringe Euch Nachricht von Eurem Gemahl, dem Kronprinzen Ramose. Er bittet Euch, dieses hier zu einer ruhigen Stunde zu lesen und ihm baldmöglichst zu antworten.« Er verbeugte sich noch einmal, bevor er näher kam, um mir das Schreiben zu überreichen. Er ging an Paranefer vorbei, der es nach dem Hofprotokoll für mich in Empfang nehmen wollte, und stand plötzlich vor meinem Thron, um mir den Papyrus in die Hand zu drücken. »Überlegt gut, bevor Ihr entscheidet, Prinzessin. Ihr könnt mich rufen lassen, wenn Ihr Eure Antwort verfasst habt. Ich werde sie Eurem Gemahl persönlich überbringen.«

Ohne meine Antwort abzuwarten, wandte er sich grußlos ab und kehrte uns den Rücken zu. So viel Unverfrorenheit hatten nicht einmal Amuns Priester an den Tag gelegt, und schon bemerkte ich, wie Horemheb nach den Wachen rufen wollte, doch ich gab ihm mit einem Blick unmissverständlich zu verstehen, dass er nichts unternehmen sollte. Der Mann hatte zu selbstsicher geklungen, sein Verhalten war zwar arrogant, aber entschlossen gewesen. Ich fühlte die Struktur der Papyrusrolle in meiner Hand. Ich brauchte keine Seherin zu sein, um zu wissen, dass sie nichts Gutes enthielt.

Ich entrollte das Sendschreiben mit zitternden Händen. Horemheb blickte mich erwartungsvoll an, nur Paranefer war anwesend. Ich wollte es lesen, konnte es jedoch nicht und reichte es Horemheb. Er überflog kurz die Zeilen, bevor er die Stirn runzelte und laut vorzulesen begann.

»Heil dir, meine schöne, hinterlistige Gemahlin. Hast du

erreicht, was du wolltest? Es scheint so. Ergötze dich an deinem Sieg, Sit-Ra, solange er dir mundet wie süßer Wein. Viel zu schnell erreicht Wein ein Stadium der Süße, dass wir meinen, er besäße bereits einen bitteren Nachgeschmack. Irgendwann ist er dann ungenießbar. Doch bis dahin, Sit-Ra, genieße und erfreue dich an deinem Sieg, wie ich mich an dem meinen erfreut habe. Du glaubst, ich bin geschlagen, doch du irrst, meine Schöne. Während Horemheb deinen Schoß mit totem Samen füllt, habe ich die Früchte unserer von den Göttern gewollten und gesegneten Vereinigungen um mich geschart und lasse sie wissen, dass du an deinen dir zugewiesenen Platz zurückkehren wirst. Was seid ihr beide schon ohne Nachfolger? Das Volk wird murren, die Priester auf Legitimation bestehen, und alle Versuche Horemhebs, deinen Schoß mit Leben zu füllen, werden erfolglos bleiben.

Sethos und Tuja erwarten ihr zweites Kind, und Sekenre – er läuft bereits. Kehre zu mir zurück, Sit-Ra, und ich werde dir verzeihen – die Götter wissen, warum ich das tue. Ich werde Horemheb nicht töten, nur verbannen, ein sehr gnädiges Urteil, wie mir scheint, für die Erdreistung, die er sich anmaßte. Ich erwarte dich, Sit-Ra.«

Ich blickte Horemheb entsetzt an. Die Kinder! Ich hatte seit unserer Ankunft nicht ein einziges Mal an sie gedacht. Wie konnte das nur sein? Horemheb legte den Papyrus beiseite und fluchte leise.

»Verdammt! Ich hätte wissen müssen, dass er nicht so dumm ist, wie ich geglaubt hatte.«

Ich ließ mich auf einen Stuhl sinken und starrte apathisch an die Wand.

»Er hat meine Söhne. Das ist ein riesengroßer Vorteil.«

Horemheb winkte Paranefer heran.

»Schick einen Spitzel nach Assuan und lass herausfinden, wo die Kinder sind. Ich will alles wissen, jede Einzelheit.«

Paranefer verbeugte sich und verschwand. Horemheb kam zu mir und nahm meine Hand.

»Ich werde dir deine Kinder zurückbringen, Sit-Ra, und wenn ich ganz Assuan niederbrennen muss.«

18.
Papyrus

Ich konnte in der Nacht kaum schlafen, denn ich überlegte hin und her, wie es möglich wäre, Sethos und Sekenre nach Theben zu bringen. Mir fiel nichts ein. Am Morgen war ich müde und verstimmt, doch die nächste böse Überraschung stand mir schon bevor. Ein junger Priester war vom Amun-Tempel gekommen, um mir die Einladung zur Reinigung zu überbringen – und die galt für den heutigen Tag. Ich wagte nicht zu widersprechen, und so ließ ich mich ankleiden und folgte dem jungen Mann.

Als wir in Karnak ankamen, wurde ich nicht wie sonst direkt zu Amun geführt, sondern in die Privatgemächer des Oberpriesters. Bek-Amun erwartete mich schon. Er war ein relativ junger Mann mit feinen, jedoch zu weichen Gesichtszügen. Er bedeutete mir, Platz zu nehmen.

»Prinzessin, wie es mich freut, dich zu sehen.«

Ich konnte ihn nicht anlügen und erwidern, dass es mich ebenfalls freue, doch ebenso wenig wagte ich ihn zu brüskieren, weshalb ich nur stumm nickte.

»Ich brauche dir nicht zu sagen, warum Amun deine Reinigung befohlen hat.«

Ich blickte ihn so fest an, wie es mir möglich war.

»Amun oder der Oberpriester? Wer hat meine Reinigung befohlen?«

Bek-Amun grinste boshaft. »Nun, Prinzessin, willst du behaupten, eine Reinigung sei unnötig?«

»Das kommt darauf an, unter welchem Aspekt man die Notwendigkeit einer Reinigung sieht.«

Plötzlich verzog sich das weiche Gesicht des Oberpriesters zu einer zornigen Fratze.

»Genug jetzt, Prinzessin! Ich habe dich nicht hierher bringen lassen, um mit dir über dein illegitimes Verhältnis zum Reichsverweser Horemheb zu sprechen. Was ich von dir wissen will, ist, ob du bereit bist, deinem Vater Amun den Treueid zu schwören.«

Ich war unter seinem Wutausbruch zusammengezuckt. Mein Instinkt sagte mir, dass ich diesen Mann nicht unterschätzen durfte.

»Wie könnte ich meinem Vater untreu sein?«

Sein Gesicht zeigte plötzlich wieder die kindlich schönen Züge.

»Amun war sehr erfreut über die Gaben, die ihr ihm brachtet. Er hat dies als Aufforderung gesehen, seiner Tochter den Treueschwur abzunehmen.«

Ich ging auf das Wortspiel ein.

»Gesetzt den Fall, ich würde meinem Vater die Treue schwören, würde er diese Treue auch dem Reichsverweser abverlangen?«

»Selbstverständlich, Prinzessin!«

»Dann kann ich also davon ausgehen, dass mein Gemahl meinem Vater den Treueschwur verweigerte?«

Bek-Amuns schöne Züge zeigten wieder verhaltenen Zorn.

»Dein Gemahl, Prinzessin, fühlt sich Amun nicht verpflichtet, da er nicht von ihm gezeugt wurde. Er glaubt Ägypten allein regieren zu können.«

Ich atmete innerlich auf. Ramose hatte einen Fehler begangen. Er hatte die mächtige Priesterschaft gegen sich aufgebracht. Hier lag mein Vorteil.

»Mein Gemahl ist weit weg. Wie ich hörte, gedenkt er, nicht so bald nach Theben zurückzukehren.«

Er lächelte, doch seine Augen forschten in den meinen.

»Ist dies eine glückliche Fügung für Kemet, Prinzessin?«

»Wenn Amun es nur will, soll es ihm zu Ruhm und Ehre gereichen.«

Bek-Amun nickte, doch sein Gesichtsausdruck blieb verächtlich.

»Wer ist ruhmreicher und ehrenvoller als Amun?«

Ich gab meiner Stimme einen leidenschaftlichen Ton.

»Amun ist groß an Ruhm und Ehre, doch wer kämpft in seinem Namen, wer bringt die Schätze der Feinde in sein Haus? Auch Amun braucht einen starken Arm auf Erden, durch den er wirken kann. Hier ist sie nun, die Kraft. Horemheb hat Ägypten wieder zu Reichtum verholfen, nur er vermag es, Amuns Rechte zum Schlag zu führen.«

Bek-Amun blickte mich interessiert an.

»Unsere Nachbarländer verbergen ihre Schätze vor Amun. Wird Horemheb sie in das Haus des Gottes bringen?«

»Der vierte Teil von allem soll in das Haus des Gottes gebracht werden.«

Bek-Amun schüttelte energisch den Kopf. »Nein, Prinzessin, der dritte Teil soll in den Palast gebracht werden, der Rest wird Amun gehören.«

Ich zog scharf die Luft ein. Was Bek-Amun forderte, war Wucher.

»Auch die anderen Heiligtümer werden ihren Teil verlangen.«

»Das wird euer Problem sein. Darf ich dich daran erinnern, dass es dein Vater war, der Amun sein Recht vorenthielt? Erweise dich nun als gute Tochter, leiste den Treueid und beseitige den Makel, den dein Vater dir hinterließ.«

Ich schluckte meinen Zorn hinunter. Ich war nicht in der Position, in der ich feilschen konnte.

»Da mein Gemahl meinem Vater den Treueid verweigert, muss ich mich von Ramose lossagen.«

Bek-Amun blickte mich kalt an.

»Um dich mit Horemheb zu vermählen?«

Aus seinen Worten klang offene Verachtung.

»Ramose ist für Amun unwichtig, doch die Prinzen Sethos und Sekenre sind Ägyptens Zukunft. Wenn Ramose in Ungnade fällt, haftet den Prinzen ein Makel an. Amun wird nicht zulassen, dass sein Haus noch einmal befleckt wird.«

Ich musterte Bek-Amun kühl.

»Was bedeutet es schon, wenn Ramose in Ungnade fällt? Von ihm erhielten meine Söhne keinerlei Legitimation auf den Thron. Ich gab ihnen das Blut der Götter.«

Er lächelte verschlagen. »O ja, natürlich. Die Prinzessin, die seit Jahren Unzucht mit einem Gemeinen treibt, versucht ihren Gatten wegen seiner gemeinen Abstammung zu degradieren?« Er stand auf und wandte mir den Rücken zu, während er weitersprach. »Die Wahrheit ist, dass deine Legitimation durch dein loses Treiben nicht mehr viel wert ist und dass dein alleiniger Vorteil darin besteht, dass du leider die einzige königliche Prinzessin bist, die es noch gibt. Amun hat durch dich und deine Familie viel über sich ergehen lassen müssen. Er duldet einen Gemeinen auf Ägyptens Thron und eine königliche Hure, die sich einen Gemeinen zum Gemahl genommen hat, um diesen mit einem anderen Gemeinen zu betrügen. Du hast deine Pflicht Amun gegenüber erfüllt und dem verwaisten Thron Söhne geboren. Allein deshalb wirst du geduldet. Nur noch wenige Jahre, und dein ältester Sohn wird die Doppelkrone tragen. Du wirst als seine Mutter eine Zukunft haben, Horemheb als Stütze des Thrones vielleicht auch.« Er drehte sich abrupt zu mir um. »Mehr wird Amun dir nicht bieten. Allein die Tatsache, dass Horemheb nicht zeugen kann, hat Amun all die Jahre milde gestimmt, ihn an deiner Seite zu dulden.« Er machte wieder eine Pause. »Er wird es auch jetzt tun – mehr nicht.«

Ich blickte mit hochrotem Kopf zu Boden. Warum schaffte es dieser Mann, dass ich mir derart klein vorkam?

»Unterzieh dich jetzt der Reinigung.« Bevor er mich allein zurückließ, sagte er noch: »Amun würde es lieber sehen, die Prinzen hier in Theben zu haben. Horemheb soll dafür Sorge tragen, dass sie zurückkehren; aber das muss ohne Gewalt und Blutvergießen geschehen. Wir dürfen nicht vergessen, dass Ramose nicht verbannt ist. Der Reichsverweser soll sich also etwas einfallen lassen.«

Als ich aus Karnak zurückkehrte, verkroch ich mich in meinen Gemächern. War ich so schlecht, wie der Oberpriester es mir vorwarf? Ich hatte Ramose einst geliebt, doch als er sich eine zweite Frau nahm, hatten wir uns gestritten und uns mit der Zeit auseinander gelebt. Ich hatte nie einen anderen

Mann als Horemheb nach ihm erwählt. Ich war keine Hure. Doch, fuhr es mir durch den Kopf, in den Augen der Götter schon. Ich war geboren, um dem Thron Horussöhne zu gebären, meine eigenen Wünsche hätte ich als Königin zurückstellen müssen. Aber die Liebe war mir wichtiger. Wichtiger noch als meine Kinder, denn ich ließ Paranefer kommen, um meine Antwort an Ramose aufzusetzen.

> »Heil dir, mein Gemahl, Feind meines Körpers und meiner Seele. Gerade dachte ich daran, wie seltsam es doch ist, dass sich Gefühle derart ändern können. Einst meinte ich dich zu lieben, doch schau, was nun geblieben ist.
> Ich fordere dich auf, mir die Prinzen nach Theben zu senden, denn du behauptest, sie zu lieben. Siehe, was ich ihnen biete, ist die Krone und den Schutz des Palastes. Wisse, dass Horemheb sie holen wird, wenn du dich nicht einsichtig zeigst. Ich liebe meine Söhne beide, auch wenn Sekenre kein Kind der Liebe ist. Lass die Prinzen zu mir kommen, denn sonst werde ich Horemheb schicken, sie zu holen. Wenn dies aber so geschehen muss, werden sie mir dein Herz in einem Kanopengefäß bringen, und ich werde gehen und es Sobeks Geschöpfen übergeben, auf dass ich dich im Land des Westens dereinst nicht sehen muss.
> Zwinge mich nicht gegen Maat zu handeln, was ich begehre sind nur meine Söhne. Siehe es als Willen der Maat, dass weder du noch ich den Thron Kemets besteigen werden, jedoch die Früchte unserer Leiber es mit dem Wohlwollen Amuns tun werden.«

An diesem Abend hätte ich sogar selbst den Dolch geführt, um Ramoses Herz zum Stillstand zu bringen.

Horemheb stand an Deck der Barke und begutachtete die anderen Schiffe, die ihm das Geleit geben würden. Zehn gut bemannte Schiffe, randvoll besetzt mit Soldaten, würden ihm nach Assuan folgen. Was hatte Ramose dem entgegenzusetzen? Die kleine Leibwache, die ihm geblieben war, konnte nichts gegen Horemhebs Soldaten ausrichten. Ich winkte Horemheb zum Abschied und er blickte zu mir hoch – ich saß auf der großen Empfangsterrasse – und grüßte ebenfalls. Dann legten sich die Ruderer in die Riemen, und die Schiffe setzten sich in Bewegung.

Jetzt, da ich allein war, beschloss ich, einige Dinge zu regeln. Ich stand auf und verließ die offiziellen Gemächer. Zwei Leibwachen befahl ich, mir zu folgen. Horemheb hatte mir freie Verfügungsgewalt während seiner Abwesenheit gegeben. Eine derartige Chance würde sich nicht oft bieten. Vor einer schön verzierten Tür im Ostflügel des Palastes blieb ich stehen. Auf den Ruf der Wachen öffnete eine junge Dienerin die Tür und bat uns herein.

Beket-Amun lag wie immer müßig auf ihrer Terrasse und erholte sich von einem Fest der vergangenen Nacht. Der Geruch von Schweiß und Wein hing noch in der Luft. Als sie mich sah, setzte sie sich verwundert auf.

»Prinzessin Sit-Ra, ich freue mich …«

Mit einer Handbewegung bedeutete ich ihr zu schweigen.

»Es ist lange her, Beket-Amun.«

Sie nickte leicht.

»Doch ich habe es nicht vergessen, wie hätte ich es auch

vergessen können, brachte es doch etwas hervor, wodurch ich mich immer erinnern werde.«

Sie blickte mich verstört, jedoch nicht mit dem ihr eigenen Selbstbewusstsein an.

»Prinzessin, ich sagte dir damals, dass du mir dafür noch danken würdest; habe ich dir nicht zur Krone der Königin verholfen? War der Preis etwa zu hoch?«

Ich sah sie kalt an. »Er war es, Beket-Amun. Ich wünschte, ich könnte dir vergeben, doch das vermag ich nicht. Da du mir damals meine Liebe nahmst, werde ich dir jetzt die deine nehmen.«

Sie warf mir einen verängstigten, jedoch verständnislosen Blick zu.

Ich schaute mich in ihren Gemächern um und sog scharf die Luft ein.

»Der Geruch von Wein und Männern liegt noch in der Luft, offensichtlich hast du gestern Nacht wieder eines deiner rauschenden Feste gegeben. Bewahre die Erinnerung daran gut in deinem Herzen, denn es wird dein letztes gewesen sein. Ich verbanne dich in den Harem Faijum, wo du bis zu deinem Lebensende unter strenger Aufsicht stehen wirst. Dein Leben wird nun nicht mehr aus schönen Männern, gutem Wein und Festen bestehen, dein Leib wird keinen Schmuck und kein feines Leinen mehr tragen, und dein Gesicht soll nicht mehr erlesen geschminkt werden. Stattdessen werden deine Tage aus Webarbeit bestehen, aus Eunuchen, die dich zur Eile antreiben, deinen Durst wirst du ausschließlich mit Wasser stillen und deinen Leib in grobes Leinen kleiden. Dein Gesicht soll Re jeden Morgen begrüßen, wie er es erschuf, und jeden Abend sollst du ihn genauso sterben sehen. Dein einziger Schmuck soll die Kordel des Webstuhls sein, die du um deine Taille schlingst, damit das grobe Leinen deine Haut nicht reizt. Du siehst also, Beket-Amun, ich nehme dir nicht das Leben, denn du nahmst es mir auch nicht. Doch ich nehme dir genau das, was du mir nahmst – die Freude daran. Koste nun die Verzweiflung, die ich gekostet habe, und besinne dich, was du getan hast.«

Beket-Amun taumelte auf die Füße und warf sich dann vor mir zu Boden.

»Ich bitte dich, Prinzessin, bestrafe mich nicht auf diese Art.«

Ich ließ die schluchzende Beket-Amun allein in ihren Gemächern zurück.

Meine Dienerin kam aufgeregt zu mir gelaufen und warf sich mir vor die Füße.

»Prinzessin, es ist etwas Schreckliches passiert.«

Ich hieß sie sich zu beruhigen.

»Prinzessin, die edle Beket-Amun hat sich vergiftet.«

Ich lehnte mich auf meinem Stuhl zurück und schloss die Augen. Sie hatte mehr Mut gehabt als ich damals, und deshalb würde ich ihr im Tod ihren gewohnten Lebensstandard nicht verweigern. Ihr luxuriöses Grab erwartete sie.

Spät am Abend empfing ich Rehered in meinen Gemächern. Ich spürte sofort, dass das alte Band zwischen uns noch immer bestand. Wir speisten zusammen und unterhielten uns. Schließlich blickte er mich stirnrunzelnd an, und ich merkte, dass er überlegte, ob er mir sagen konnte, was ihn bewegte.

»Nur zu, mein Freund. Ich kenne jeden einzelnen deiner

Gesichtsausdrücke. Dieser hier kann nur bedeuten, dass etwas dein Ka peinigt. Sprich ohne Scheu.«

Er lächelte kurz, begann dann aber zu reden. »Prinzessin, du weißt, was auch immer geschieht, ich werde an deiner Seite sein. Ob du einst die hohen Federn trägst oder nicht – immer werde ich nur dir treu ergeben sein.« Er blickte befangen zu Boden. »Doch jetzt hast du dich auf ein sehr gefährliches Unternehmen eingelassen. Ich befürchte, dass du dieses Mal nicht nur die Priester gegen dich haben könntest, sondern auch die Götter, die dich stets begünstigten.«

Ich griff unvermittelt nach seiner Hand.

»Sage mir, mein Freund, welch eine andere Wahl bleibt mir? Ich habe die Bitternis der Einsamkeit gekostet. Sie hat mir nicht gemundet. Ich will nicht noch einmal fernab von allem sein, was mir lieb und teuer ist.«

Er seufzte gequält. »Glaubst du nicht, dass die Einsamkeit viel unendlicher im Duat sein wird?«

»Nicht, wenn ich mit Horemheb dort bin. Es ist mir egal, wohin die Götter mich verbannen, nur Horemheb dürfen sie mir nicht nehmen.«

Er drückte plötzlich meine Hand ungewohnt fest und gab seiner Stimme einen leidenschaftlichen Ton.

»Prinzessin, ich würde dich niemals hintergehen oder entgegen deinen Anweisungen handeln, das weißt du. Doch ich beschwöre dich, dieses eine Mal von deinem Plan abzulassen. Die Götter werden dir zürnen, wenn du deinen Gemahl aus Ägypten und aus deinem Leben verstößt. Bringe dieses Opfer, um dein und Horemhebs Ka zu retten. Neige die Waagschale der Maat, auf der dereinst dein Herz liegen wird, nicht noch tiefer.« Er ließ unvermittelt meine Hand los und blickte beschämt zu Boden. »Verzeih mir, meine Prinzessin! Es ist mir nicht gegeben, dich zu tadeln.«

Ich stand auf und nahm ein schweres Pektorale von meinem Hals, um es Rehered zu überreichen.

»Nimm dies als Geschenk, du einzig wahrer Freund der Prinzessin. Hab Dank für deine Offenheit, und geh in der Gewissheit nach Hause, dein Herz erleichtert zu haben, indem du mich gewarnt hast.«

Er stand auf und lächelte schwach.

»Wirst du über meine Worte nachdenken, Prinzessin?«

»Das tue ich Tag und Nacht.«

Paranefer ging im kleinen Audienzsaal aufgeregt auf und ab. Er hatte darum gebeten, mich alleine sprechen zu dürfen. Es war schon spät in der Nacht, doch wenn Paranefer mich um eine private Audienz ersuchte, musste es dringlich sein.

»Majestät, der Mann, der Euch das Sendschreiben Eures Gemahls überbracht hat – er ist verschwunden.«

Ich blickte Paranefer wütend an.

»Wurde er nicht bewacht?«

»Doch, Majestät, aber er hat die Wachen übertölpelt und ist geflohen.«

Ich schlug mit der Faust auf die fayenceüberzogene Armlehne meines Thronsessels. »Dann muss er wissen, dass Horemheb auf dem Weg nach Assuan ist, um die Prinzen zurückzuholen. Er muss über Land geflohen sein.«

Paranefer nickte.

»Dann hat er gute Chancen, vor Horemheb in Assuan zu sein. Ein einzelner Mann kommt viel schneller über Land durch als zehn gut bemannte Schiffe.«

»Majestät, sollen wir einen Suchtrupp hinter ihm herschicken, um ihn aufzuhalten?«

Ich nickte. »Wie lange ist er schon fort?«

»Etwa einen halben Tag Vorsprung dürfte er haben.«

»Dann verlier keine Zeit, geeignete Männer auszuwählen.«

Paranefer verbeugte sich, und ich gab ihm ein Zeichen, dass er sich zurückziehen konnte.

Den nächsten Tag verbrachte ich mit Warten – nervtötendem Warten auf die Nachricht, dass man Ramoses Freund gefasst hatte und er auf dem Rückweg nach Theben sei. Ich hatte keine Ruhe, mir Sendschreiben und Bittgesuche anzuhören, ich wanderte in meinen Gemächern auf und ab wie die leibhaftige Sachmet. Verzweiflung und Wut wechselten ständig. Schließlich gegen Abend ließ Paranefer sich anmelden, und ich befahl, ihn sofort vorzulassen. Sein Gesichtsausdruck verriet mir, dass er keine Erfolgsnachricht bringen würde.

»Es tut mir Leid, Majestät, aber der Mann ist unauffindbar. Er verstand es äußerst geschickt seine Spuren zu verwischen, und das Einzige, was wir tun konnten, war, Horemheb eine Nachricht über die neue Situation zukommen zu lassen, damit er sich darauf einstellen kann.«

Ich ließ mich müde auf einen Stuhl fallen.

»Er sei verflucht! Wie konnte er nur fliehen, und woher hatte er Kenntnis von unseren Plänen? Jemand muss ihm geholfen haben, aber wer könnte das sein? Wo in Theben hat Ramose seine Ergebenen? Wenn wir in Memphis wären, ja dann … Aber so?«

Ich fand an diesem Abend keine Antwort mehr auf meine

Frage, und deshalb sprach ich dem Wein zu, denn das Gefühl des Versagens lastete schwer auf meinem Ba. Ich hatte Horemheb die Erledigung seiner Aufgabe durch meine Unachtsamkeit unnötig erschwert. Es war nur zu hoffen, dass die Götter uns gewogen blieben.

Ich beging das 12. Neujahrsfest von Horemhebs inoffizieller Regierung ohne ihn. Die Riten waren überschattet von den bevorstehenden Ereignissen. Ganz Theben blickte Richtung Süden. Das Volk war verwirrt, es rechnete nicht mit einer blutigen Schlacht, da Ramose kein Verbannter war, jedoch erkannte es auch die Ungereimtheiten der gesamten Situation, dass ich an Horemhebs Seite war, während mein Gemahl und meine Söhne in Nubien weilten. Jeder Einzelne hatte Angst, die Götter durch ein Blutvergießen zu erzürnen, und das zur Zeit der Nilschwemme, die unsere Äcker fruchtbar machen sollte. Was wäre, wenn die Götter uns dieses Jahr den Leben spendenden Schlamm vorenthalten würden? Wäre es nicht eine Bestätigung für Ramose, uns zu stürzen? Hätte er nicht damit seine Legitimation für ein Vorgehen gegen Horemheb und mich? Und die Priester? Sie würden den unterstützen, der die größte Aussicht auf einen Sieg hatte; so war es schon immer gewesen, und so würde es immer sein. Es fiel mir schwer zu glauben, dass das Maat sein sollte.

Die Tage zogen sich dahin, während wir auf das Einsetzen der Nilschwemme warteten, und es lag eine Bedrückung auf Theben, die ich förmlich atmen konnte. Ich betete zu Isis, meiner Mutter, dass sie nicht ihre schützende Hand von mir nähme. Dann endlich am 5. Tag des Monats Thot setzte die Nilschwemme mit einer Wucht ein, wie man sie nur selten beobachten konnte. Der schwarze Schlamm tränkte die Ufer des Nil, und in Theben brach ein Freudenfest los. Ich dankte Isis für ihre Unterstützung, denn der Argwohn war aus den Augen des Volkes verschwunden, und es jubelte wieder und sang Lieder auf Horemheb und mich.

Endlich traf Nachricht von Horemheb ein. Es war ein offizielles Sendschreiben, das uns über das Ergebnis seiner Bemühungen informieren sollte.

»Gesundheit, Glück und Wohlergehen, Prinzessin Sit-Ra, Kind des Re.
Ich habe deinen Gemahl, den Kronprinzen Ramose, in Assuan angetroffen, jedoch die Prinzen habe ich nicht gesehen; sie sind nicht hier. Ich habe auch den Mann nicht zu Gesicht bekommen, der aus Theben entflohen ist. Dein Gemahl lässt sich nicht beirren, er verweigert mir die Herausgabe der Prinzen, und ich kann nichts dagegen tun, da mir jegliches Blutvergießen verboten wurde. Ich bin mir sicher, dass dein Gemahl die Prinzen mit dem entflohenen Soldaten fortgeschickt hat und sie versteckt. Mir bleibt hier nichts weiter zu tun, also werde ich nach Theben zurückkehren. Ich werde jedoch auf halbem Wege Männer verpflichten, die in Assuan Augen und Ohren für das große Haus in Theben sein sollen. Vielleicht erfahren wir so, wo die Prinzen sind. Möge Re dein Antlitz erhellen, Prinzessin.

Horemheb, Edler, Reichsverweser, von den Göttern begünstigt«

19.
Papyrus

Ich empfing Horemheb in meinem Badehaus und hieß ihn, zu mir ins Wasser zu kommen. Sodann wusch ich seinen Rücken mit einem weichen Leinentuch. Er wirkte müde und verspannt. Achtundvierzig Jahre waren auch an ihm nicht völlig spurlos vorbeigegangen. Seine Haare wiesen Spuren von silbernen Strähnen auf, obwohl sein Körper noch immer muskulös war. Er war mitten in der Nacht in Theben eingetroffen und direkt in meine Gemächer gekommen. Jetzt begann ich den Schmutz der Reise von ihm zu waschen, und er seufzte erleichtert auf.

»Ich werde wohl doch langsam alt, meine Prinzessin. Meine Muskeln haben früher niemals geschmerzt, auch nicht, wenn ich von einem Feldzug kam. Hier bin ich nun gereist wie ein Edler und fühle mich, als hätte ich gegen die Hethiter gekämpft.«

Ich küsste sanft seine Schulter.

»Es ist nur die Enttäuschung, mein Bruder, doch du hast getan, was du konntest. Ich hätte den entflohenen Soldaten besser bewachen lassen sollen.«

Horemheb ließ sich vor mir auf den Stufen des Beckens nieder, während ich seine Schultern massierte.

»Wir müssen die Prinzen finden, Sit-Ra. In Ramoses Hand können sie dereinst gegen uns verwendet werden.«

»Sethos ist mein Sohn, Horemheb. Er wird sich niemals gegen dich wenden.«

Er lachte rau. »Nun, Ramose wird sich darauf verstehen, ihn glauben zu machen, es geschähe alles nur zu deinem Wohl.«

Ich begann mit dem Leinentuch langsam seine Stirn zu kühlen.

»Er kann Sethos und Sekenre nicht dauerhaft verborgen halten. Das Volk und die Priester werden fordern, dass sie nach Theben zurückkehren. Bis dahin müssen wir warten und uns wichtigeren Aufgaben zuwenden.«

Er drehte sich um und blickte mich an.

»Was könnte von größerer Wichtigkeit sein?«

»Ich bin mir sicher, dass Ramoses Freund nicht allein fliehen konnte. Er hatte Hilfe aus dem Palast; diese Person kannte unsere Pläne genau. Wir können es uns nicht leisten, einen Spitzel im Palast zu haben. Wir müssen ihn finden und unschädlich machen.«

Horemheb nickte zum Zeichen seiner Einwilligung.

»Und weiter? Was gibt es noch Dringliches?«

»Ich war in Karnak und habe mit dem Oberpriester gesprochen.«

Obwohl er sein Gesicht von mir abgewandt hatte, konnte ich die Verachtung spüren, die ihn beim Erwähnen Karnaks überkam.

»Diese korrupten Priester. Ich würde sie gerne persönlich in den Duat schicken.«

»Sie haben mir den Treueid an Amun abverlangt.«

»Du wirst ihn nicht schwören, Sit-Ra! Sie wollen das Königshaus von sich abhängig machen. Zuerst dich und schließlich Sethos. Was meinst du, weshalb sie wollen, dass Sethos so bald wie möglich zurückkehrt? Weil er noch jung ist, Sit-Ra. Sie wollen den Knaben formen und den Mann beherrschen. Sie sind unser Feind.«

Ich ließ das Leinentuch fallen und ging die Stufen des Beckens hinunter, bis ich vor ihm saß.

»Wir haben keine andere Wahl. Nur mit den Amunpriestern können wir unsere Macht aufrechterhalten.«

Er sah mich fragend an. »Wir?«

Ich blickte angestrengt auf das sich kräuselnde Wasser, während ich meine Antwort gab.

»Auch von dir fordern sie den Treueid.«

»Nein! Niemals!«

Horemheb stand auf und verließ das Becken. Ich folgte ihm in meine Gemächer. Er nahm sich ein Leinentuch und trocknete sich ab, während ich mich einfach nass auf die sauberen Laken meines Ruhebettes legte.

»Ich werde mich diesem Pack nicht unterordnen. Ich habe Ägypten das zurückgegeben, was auf immer verloren schien – Macht, Reichtum, Stärke, Respekt. Als ich die Führung übernahm, standen die Feinde mit blitzenden Waffen vor unseren Grenzen, und das Volk betrog und mordete sich untereinander. Wer außer Amun wäre mir größeren Dank schuldig?«

Ich richtete mich auf und wurde eindringlich.

»Horemheb! Was hätte ich tun sollen? Es war das Einzige, was ich den Priestern bieten konnte, das sie von Ramose nicht bekommen können. Unsere Lage ist fatal. Deine Soldaten vertrauen dir, das weiß ich. Aber sie fürchten die Götter. Ich habe keinen Nachfolger für den Thron. Ich musste uns Zeit erkaufen. Wenn wir erst einmal wieder souverän sind, werden wir die Amunpriester problemlos in ihre Schranken weisen können.«

Er kam herüber und fuhr mich an.

»Sei nicht so naiv und einfältig, Sit-Ra! Sie entreißen uns immer mehr Macht. Sie fordern und fordern. Was haben sie außer dem Treueid noch verlangt?«

Ich zierte mich ein wenig. »Feldzüge, die du durchführen sollst. Du sollst die Schatzkammern des Palastes mit dem dritten Teil der Kriegsbeute füllen.«

Er lachte zornig. »Und die anderen Teile gehen an Amun, nicht wahr? Dekadentes Priesterpack.«

Er stand wütend neben dem Ruhebett und starrte hinaus auf die Terrasse. Ich kniete mich hinter ihn und umarmte seinen Rücken.

»Mein Bruder, ich bitte dich, tue es für mich. Alles andere würde eine Trennung bedeuten. Ich könnte es nicht noch einmal ertragen. Ich brauche dich. Ein Leben ohne dich ist wie der Tod.«

Er nahm meine Hand und drückte sie. Seine Körperhaltung aber verriet immer noch Zorn.

»Was bedeutet dann erst der Tod für dich, Sit-Ra? Die Götter werden uns niemals in die Gefilde des Westens einkehren lassen. Wenn wir ihre Wünsche weiterhin ignorieren, werden wir keine Ewigkeit kennen lernen und in Ammits gefräßigem Schlund verschwinden.«

Ich presste mich an ihn und küsste seine Schultern. Meine Hand fuhr seinen Rücken hinunter.

»Bitte, Horemheb, töte uns nicht vor unserer Zeit.«

Ich spürte, wie er den Widerstand aufgab, wie sich seine Muskeln entspannten. Er drehte sich zu mir herum, um mit mir auf das Ruhebett zu sinken. Ich konnte ihn nicht aufgeben, und er mich ebenso wenig. Es war mir egal, wohin unser Schicksal uns führte. Ich lebte, und ich konnte mich dieser Vorzüge nicht erwehren. Auch wenn die Verheißung auf das Leben nach dem Tod noch so verlockend war und die Priester unser irdisches Dasein nur als Vorbereitung auf die Ewigkeit sahen, ich konnte mir nichts Eindrucksvolleres und Sinnlicheres vorstellen als Ägypten und das pulsierende Leben, das in ihm herrschte. Die Götter neideten es uns gewiss, warum sonst sollten sie es uns als Dasein des Übergangs beschreiben?

Ich konnte Horemheb überreden, den Priestern keine ablehnende Antwort zukommen zu lassen, sondern eine Entscheidung hinauszuzögern. Er hatte beschlossen, nach Memphis zu gehen, um die Streitkräfte dort zusammenzuziehen. Er wollte außerdem herausfinden, wie ergeben die dort stationierten Divisionen Ramose waren und ob er es wagen könnte, Eroberungsfeldzüge mit ihnen durchzuführen. Der Priester Gier und Maßlosigkeit mussten schließlich gestillt werden. Dies sollte auf keinen Fall auf Kosten der ägyptischen Staatskasse geschehen. Ich hatte beschlossen, ihn nach Memphis zu begleiten, und schon hatte es wieder Streit gegeben. Horemheb war der Ansicht, dass ich in Theben bleiben sollte, da wir mit einem Putschversuch von Ramose zu rechnen hätten, doch ich konnte ihn überzeugen, dass Paranefer genauso gut in der Lage sei, die Regierungsgeschäfte für ein Jahr zu übernehmen. Ich hatte Horemheb in letzter Zeit selten gesehen. Nach der gemeinsamen Zeit in Assuan waren wir getrennt nach Theben zurückgekehrt, dann war er bald wieder nach Assuan aufgebrochen, und jetzt wollte er erneut für eine längere Zeit aus meinem Leben verschwinden. Nein! Ich würde dieses Mal an seiner Seite sein. Auch wenn ich Staub schlucken und mich in Gefahr begeben müsste, weil Kämpfe mit Nachbarstaaten anstanden, ich würde nicht von Horemhebs Seite weichen. Entschlossen betrachtete ich meine Narben, die der Löwe vor so vielen Jahren auf meinen Armen hinterlassen hatte. Sollten Schwerter meinetwegen neue Narben in meine Haut zeichnen. Ich würde sie mit demselben Stolz tragen.

Bevor wir uns auf die Reise machten, überbrachte Horemheb Mutnedjemet eine Papyrusrolle, auf der er ihr seinen gesamten Besitz hinterließ, sollte er nicht zurückkehren. Ich neidete Mutnedjemet den Besitz nicht, wohl aber den Abend, den er mit ihr zusammen war. Seit ich wieder in Theben weilte, hatte ich dafür gesorgt, dass Mutnedjemet im hintersten Winkel des Palastes ihre Gemächer bezog und zu öffentlichen Anlässen so gut wie nie eingeladen wurde. Ich hatte sie aus unserem Leben verdrängt, die Isolation und den Ausschluss aus der Öffentlichkeit über sie verhängt, und Horemheb hatte es mir weder verboten noch in irgendeiner Weise vorgehalten. Er verbrachte die Zeit mit mir oder mit seinen Soldaten. Auch jetzt wies ich Paranefer an, jeglichen Versuch ihrerseits, sich wieder in das öffentliche Leben des Palastes einzumischen, sofort zu unterbinden.

Memphis brachte unschöne Erinnerungen zurück. Meine Zeit der Gefangenschaft unter Ramose schmeckte wie bittere Galle. Ich weigerte mich, den alten Palast zu beziehen, in dem ich mit Ramose residiert hatte, und überredete Horemheb, das Haus des Stadthalters in Anspruch zu nehmen, was diesem sichtlich missfiel. Natürlich wagte er kein Aufbegehren, und das war auch besser so, denn ich war übler Laune, und eine nervtötende Rastlosigkeit hatte von mir Besitz ergriffen. Horemheb brachte die Abende meist in den Soldatenunterkünften zu, und obgleich ich wusste, dass es nötig war, machte mich dieser Umstand noch mürrischer. Ich schlief unruhig und träumte von meinen Kindern. Meine Wut auf Ramose stieg ins Unermessliche.

Dann endlich kam Horemheb eines Abends zu mir und weckte mich. Grimmig und hungrig ließ ich mich von ihm nehmen, bis wir schließlich endlich voneinander ablassen konnten und zu einem Gespräch in der Lage waren.

»Ich habe die Soldaten gründlich beobachtet, Sit-Ra.«

»Und zu welchem Schluss bist du gekommen?«

Er antwortete nicht sofort, sondern starrte stattdessen an die Decke.

»Ich denke, sie sind verlässlich«, sagte er schließlich.

Ich blickte ihn skeptisch von der Seite an. »Bist du dir sicher?«

»Nein!«

Er wandte sich zu mir und nahm eine Strähne meines Haares, um sie sich um den Finger zu wickeln.

»Aber wir können nicht länger in Memphis bleiben. Unsere Situation ist denkbar schlecht und erfordert ein tatkräftiges Vorgehen. Wir haben Ramose auf der einen Seite, der früher oder später wagen wird, Theben zu nehmen, wenn wir zu lange fort sind. Dann sind die Amunpriester auf der anderen Seite, deren Loyalität zu uns sehr instabil ist. Sie wollen etwas, und wenn wir ihnen dies nicht bieten können – wer weiß, Ramose vielleicht schon.«

Ich seufzte leicht. »Also wirst du kämpfen?«

Er nickte unmerklich. »Ich werde Amuns Priestern die Rachen mit so viel Gold voll stopfen, dass sie daran ersticken.«

»Und wo willst du dieses Gold hernehmen?«

Meine Stimme hatte einen besorgten Unterton.

»Ich dachte an Mitanni.«

Ich zuckte unmerklich zusammen.

»Mitanni war stets eher ein Vasall oder Verbündeter, es hat sich nicht gegen uns gewandt.«

Seine Stirn zeige eine leichte Zornesfalte.

»Nun, vielleicht wäre es dir lieber, gegen das mächtige Chatti und seine uneinnehmbare Festung Hattuscha zu ziehen? Weißt du, was man sich von Chattis Kriegern erzählt, Sit-Ra?« Ich bedeutete ihm zu schweigen, doch er fuhr unbeirrt fort. »Es war dein Abkommen mit Karnak, Prinzessin. Für Loyalität und Diplomatie ist es jetzt wohl etwas zu spät.«

Ich zischte wütend zurück: »Also dann werden wir Mitanni eben nehmen, Horemheb. Was bedeutet es schon?«

Er sah mich traurig an.

»Den Verlust unserer Glaubwürdigkeit und unserer Ehre, Prinzessin. Nichts weiter, nur das.«

Wir entschieden uns für den Weg am Meer entlang, umrundeten Kadesch in sicherem Abstand und zogen dann landeinwärts auf Mitanni zu. Mitanni würde nicht erfreut sein, uns zu sehen, hatte doch mein Vater ihm seine Hilfe verweigert, als es von den Hethitern genommen wurde. Doch Horemheb war nicht besonders erpicht darauf, sich auf eine direkte Konfrontation einzulassen. Hattuscha war nicht allzu weit von Mitanni entfernt. Horemheb war auch überhaupt nicht darauf aus, Mitanni wieder für Kemet einzunehmen. Was er wollte, waren lediglich seine Reichtümer. Er marschierte mit drei Divisionen, und wir waren jetzt so nah, dass Mitanni mittlerweile wissen musste, was wir beabsichtigten. Ehe wir die Hauptstadt erreichten, stellte sich uns in der Wüste eine Vorhut entgegen, die uns zahlenmäßig zwar unterlegen, jedoch nicht zu unterschätzen war. Wir hatten unser Lager in der Wüste aufgeschlagen, als ein Bote auf einem Streitwagen herangejagt kam. Ich saß neben Horemheb auf einem kleinen goldenen Thron, als er sich vor uns in den Staub warf.

»Gesundheit, Glück und Wohlergehen, Prinzessin, wie auch dir, mein Herr und Reichsverweser.«

Der junge Mann wartete auf die Aufforderung, mit seinem Bericht zu beginnen, und Horemheb erteilte sie ihm unverzüglich.

»Etwa einen Iteru entfernt steht eine mitannische Streitmacht und bereitet sich darauf vor, uns zu begegnen.«

Horemheb blickte den Soldaten ruhig an.

»Wie viele sind es?«

»Nur etwa halb so viel wie wir.«

Ich wandte mich an Horemheb. »Aber die zweite Division ist nicht marschfertig, und die dritte Division wird erst in zwei Tagen zu uns stoßen.«

Horemheb blickte abschätzend in die Ferne, als würde er überlegen.

»Sind Hethiter unter ihnen?«

Der junge Mann nickte. »Etwa die Hälfte von ihnen.«

Ich sah Horemheb ängstlich an, doch dieser schenkte mir ein abschätziges Lächeln.

»Was ist nun, Prinzessin? Sagtest du nicht, die eine Narbe sei wie die andere?« In seiner Stimme lang unverhohlener Sarkasmus. »Narben wollen verdient werden. Und dies hier ist eine echte Herausforderung.« Er stand auf und nahm meine Hand, damit auch ich mich erhob. »Willst du sehen, wie ich mir meine Narben verdiene?«

Der Ton seiner Stimme missfiel mir. Ich mochte es nicht, vor den gemeinen Soldaten von ihm derart zurechtgewiesen zu werden. Ich wusste sehr genau, dass ihm mein Abkommen mit den Amunpriestern missfiel, hatte er es mir doch hundertmal vorgehalten, aber das war stets im vertraulichen Rahmen geschehen. Ich warf ihm einen funkelnden Blick zu, als er mich in das Zelt führte.

»Was bedeutete das eben, Horemheb? Mit welchem Recht kompromittierst du mich vor den Soldaten?«

Er begann, während er sprach, seine Waffen zu prüfen.

»Mit demselben Recht, mit dem du von den Soldaten verlangst, für einen sinnlosen und überflüssigen Vertrag mit dem Priesterpack zu sterben.«

Ich beherrschte mich nur mühsam.

»Wir können auf die anderen Divisionen warten. Du brauchst dich keiner Übermacht zu stellen. Wir haben genug Soldaten mitgeführt.«

Er lächelte, und wieder lag in diesem Lächeln der nachsichtige Tadel, den man einem Kind angedeihen lässt.

»Nein, Sit-Ra, wir können nicht warten. Wenn wir warten,

wird Chatti Verstärkung schicken, und ich habe nicht vor, gegen die Hethiter zu kämpfen. Überleg doch einmal. Wenn die Mitanni schon gerüstet vor ihrem Land stehen, dann haben sie viel früher von unserem Eintreffen erfahren, als wir gedacht haben, und dann haben sie auch schon viel früher Verstärkung angefordert. Ich werde sie mit einem Gewaltmarsch überrumpeln, sie niedermetzeln und ihre Hauptstadt ausrauben. Danach werden wir uns so schnell wie möglich zurückziehen, denn das Einzige, was wir wollen, sind ihre Reichtümer.« Seine Stimme klang seltsam teilnahmslos. Dann wandte er sich zu mir um und grinste spöttisch. »Und du, Prinzessin, wirst in gebührendem Abstand von einem Streitwagen aus zusehen, wie ich diese Menschen abschlachte und die Wüste mit ihrem Blut tränke. Du wirst auch zusehen, wie meine Soldaten die Frauen ihrer Hauptstadt schänden und ihren Söhnen die Kehlen aufschlitzen. Das alles wirst du genau beobachten und es in deinem schönen verwöhnten Kopf behalten – damit du beim nächsten Mal etwas vorsichtiger und bedachter mit Versprechen umgehst und damit du siehst, wie viel Leid diesen Leuten der anerzogene Egoismus einer von den Göttern verwöhnten ägyptischen Prinzessin gebracht hat.«

Sodann rief er nach seinem Diener, und die Unterredung war beendet.

In der Wüste sah ich sie schließlich. Wie es Horemheb schon gesagt hatte, konnte ich den Kampf von einem Streitwagen aus verfolgen, eskortiert von einer kleinen Leibwache. Ich hörte das Kampfgeschrei der ägyptischen Soldaten, die Amun anriefen, und den fremden Kriegsschrei der Mitanner und Hethiter, die ihre Göttin Ischtar und ihren Sonnengott anriefen. Für kurze Zeit verschwand das Geschehen aus meinen Augen, und eine Staubwolke bildete sich. Dann legte sich der Staub, und ich sah das Gemetzel. Ich sah, wie die Soldaten starben, und ich hörte ihre Schmerzensschreie, und dann sah ich, was Horemheb mir prophezeit hatte. Der Wüstensand tränkte sich nach und nach mit dem Blut der Gefallenen und Verwundeten, bis er schließlich ein groteskes Bild von gewaltiger roter Farbkraft bot. Ich spürte, wie mir schlecht wurde, doch ich zwang mich, nicht zu erbrechen.

Nach einer endlos scheinenden Zeitspanne lichteten sich die Reihen der Kämpfenden, und ich sah, dass es die ägyptischen Soldaten waren, die sich schließlich wieder formierten und zum alles entscheidenden Gegenschlag ausholten. Sie überrollten die entsetzten Gegner mit ihren Streitwagen, metzelten sie nieder und nahmen die gefangen, die sich schließlich ergaben. Als der Kampf endlich erstorben war, wies ich meinen Wagenlenker an, mich zum Schlachtfeld zu bringen. Er sah mich entsetzt an.

»Dies ist kein Anblick für die Tochter des Amun.«

»Der Reichsverweser schien da völlig anderer Ansicht zu sein. Ich habe Ägypter sterben sehen für Ägypten und für mich, die ich Ägypten bin. Also bring mich nun zu ihnen, denn auch das verlangt Ägypten seiner Tochter ab.«

Wortlos gab er den Pferden ein Zeichen, und sie trabten an.

Horemheb befahl den Unverletzten, die Verletzten zu versorgen und dann die toten Ägypter fortzuschaffen. Wagen und Tragen waren dafür bereitgehalten worden. Als er mich sah, lächelte er zynisch.

»Welch unerwarteter Anblick, Prinzessin. Verlief alles zu deiner Zufriedenheit?«

Ich sah einen tiefen roten Schnitt auf seinem Bauch, der wohl durch seinen ledernen Brustharnisch gedrungen war. Ich deutete darauf, seine Anspielungen übergehend.

»Du solltest das sofort versorgen lassen, es könnte sich entzünden.«

Er winkte ab. »Das ist unwichtig.«

Ich schüttelte energisch den Kopf. »Nein, das ist es nicht.«

Er wandte sich um. »Ich habe hier noch zu tun.« Er gab dem Wagenlenker ein Zeichen. »Hui, warum hast du sie hierher gebracht? Dies ist wohl kaum der richtige Ort für Amuns Tochter.«

Der junge Mann senkte schuldbewusst den Blick. »Nein, Herr, doch die Prinzessin bestand darauf.«

Er drehte sich wieder um und blickte mich mit finsterer Miene an. Dann kam er zügigen Schrittes zum Streitwagen, packte mein Handgelenk und zerrte mich herunter.

»So, tat sie das? Also schön.«

Er zog mich hinter sich her, und ich errötete ob dieser Behandlung, die er mir vor seinen Soldaten angedeihen ließ. Ich wagte nicht den Versuch, mich aus seinem Griff zu befreien, denn ich spürte, dass er es nicht zulassen würde und dass dadurch die Situation noch kompromittierender für mich werden würde. Er führte mich zu einer Reihe schwer verwundeter Soldaten, die nebeneinander im Sand lagen.

»Dies ist Meni, gerade neunzehn Jahre alt. Er hat eine junge Frau in Memphis, die auf ihn wartet. Ich werde ihr nur noch seinen Körper bringen können, damit sie ihn bestatten kann. Und hier haben wir Baki, zwanzig Jahre alt, er hat vergleichsweise Glück. Ich kann ihn seiner Frau und seinen Kindern zurückbringen, nur sie sehen oder zu ihnen sprechen wird er nicht mehr in der Lage sein. Die Hethiter stachen seine Augen aus und schnitten ihm dann die Zunge ab. Und hier, hier ist …«

Ich blieb abrupt stehen und schrie: »Genug!«

Mein Ausruf ließ ihn endlich innehalten.

»Es sind noch mehr, Sit-Ra. Willst du ihre Geschichte nicht hören?«

Ich wandte mich ab.

»Wie viele Soldaten starben in deinen Feldzügen für dich, Horemheb? Was ist es, das dich derart gegen mich aufbringt?«

Seine Stimme hatte an Intensität verloren, doch die Verachtung und Schärfe waren immer noch klar herauszuhören.

»In meinen Feldzügen trat ich für Ägypten ein, mit der Rechtfertigung der Götter. Doch die einzige Rechtfertigung für das hier ist dein Egoismus, Sit-Ra. Dein unbeugsamer Wille, deine Entschlossenheit zu erzwingen, was die Götter dir nicht freiwillig geben wollen.« Er ballte die Hände in einer verzweifelten Geste zu Fäusten. »Und ich Unseliger lasse mich immer wieder aufs Neue von dir betören. Ich kann nicht ablassen von dir, obwohl ich weiß, dass wir unserem Untergang entgegenstreben. Die Götter zürnen uns, Sit-Ra. Unsere Vermessenheit ist unverzeihlich. Warum können wir uns nicht einfach unserem Schicksal unterordnen?«

Ich wandte mich um und reckte mein Kinn.

»Ich kann nicht, du Bastard. Als ich dir damals nachgab, hast du mein Ka und mein Ba an dich gefesselt.«

Ich zog meinen kleinen Dolch unter meinem Kleid hervor – ich hatte mir angewöhnt ihn immer bei mir zu tragen – und reichte ihn Horemheb.

»Es gibt nur eine Möglichkeit, uns voneinander zu befreien oder uns für ewig zu vereinen.«

In diesem Moment verspürte ich den lähmenden Wunsch, er würde den Dolch nehmen und ihn in mein Fleisch stoßen. Eine seltsame Ruhe überkam mich bei dem Gedanken daran, und er sah mich atemlos an. Ich glaube, dass er das Gleiche empfand. Welch großer Sieg wäre es gewesen an diesem Tag? Wir hätten die Amunpriester zurückgewiesen, ebenso wie Ramose. Doch das sehnsuchtsvolle Lodern entschwand aus seinen Augen und ließ auch mich wieder die Grenzen der Realität erkennen. Er reichte mir den Dolch und ging fort.

Horemheb kam an diesem Abend nicht in mein Zelt. Ich wusste, dass er bei seinen Soldaten geblieben war. Ich fühlte mich ausgegrenzt und einsam, doch hatte ich beschlossen, mich nicht schuldig zu fühlen. Ich hatte Opfer für Ägypten gebracht, die ein Mann nicht ermessen konnte.

Am nächsten Tag nahm Horemheb Mitannis Hauptstadt, und auch hier hielt er wieder sein Versprechen, mich die Grausamkeiten an der Bevölkerung sehen zu lassen. Doch ich verzog keine Miene. Horemheb plünderte die Stadt und befahl, alles Wertvolle herauszuschaffen. Zurück blieb die geschändete Bevölkerung und gebrochener Stolz. Ein paar Tage später kam Horemheb wieder in mein Zelt und legte wortlos seinen Schurz ab. Ich ließ es zu, dass er mich nahm, nicht viel besser, als seine Soldaten die mitannischen Frauen genommen hatten. Er sprach nicht dabei und gab sich keine Mühe, meine Lust zu reizen. Er brachte nur einfach seine

Wut mir gegenüber zum Ausdruck. Es störte mich nicht wirklich, denn Wut war etwas, das ich fühlen konnte. Viel mehr hatten mich seine Ablehnung und Gefühlskälte beschämt und bekümmert. Man kann nur Wut auf jemanden verspüren, der einem nicht egal ist. Doch seine Wut verschwand mit seinem grimmigen Höhepunkt, und seine Muskeln wurden weich, und sein Körper wurde verletzlich und kraftlos. Ich spürte, wie er wieder zu mir zurückkehrte, die Haut seines Körpers sich wieder an die meine schmiegte und sein Kopf an meinem Hals ruhte. Meine Lippen küssten seinen erhitzten Nacken, und dann flüsterte ich: »Verzeih mir bitte, Horemheb, ich liebe dich zu sehr.«

Seine Hände fuhren langsam meinen Rücken entlang, und ohne aufzusehen sagte er: »Ich weiß – und die Götter mögen uns das verzeihen.«

20.
Papyrus

Theben begrüßte uns jubelnd und feiernd. Die erbeuteten Reichtümer, die wir mit uns führten, ließen das Volk in eine nie da gewesene Freude fallen. Horemheb hatte für Kemet gesiegt, und das Volk fühlte sich sicher unter seiner Regierung und von den Göttern begünstigt. Wie verlogen erschien mir diese Situation, da ich doch wusste, dass nichts von dem wahr war. Amuns Priester würden fast alle Reichtümer hinter den Tempelmauern Karnaks verschlossen halten, und Horemheb war nicht einmal derart souverän, dass er sich dagegen hätte wehren können. Ein Geschmack bitterer Galle ätzte in meinen Gedärmen, und ich hätte Amuns Priester nur allzu gern aus Ägypten verjagt und einen komplett neuen Priesterstab einberufen, einen, der Amun diente und nicht in seine eigene Schatulle wirtschaftete. Ich wusste, dass dies ein Wunschtraum bleiben würde. Ohne Horemheb hätte ich nicht den Abglanz einer Machtposition innegehabt. Und Horemheb begann langsam zu resignieren. Hatte er früher mit eiserner Hand Ägypten gegen korrupte Beamte und die Priesterschaft verteidigt, so reagierte er nun auf derartige Verstöße mit zu milden Strafen oder einem bitteren Lächeln. Die Erben des Seth wagten wieder vermehrt,

Thebens Straßen unsicher zu machen. Horemheb hatte, wie es schien, den starken Arm Amuns verloren.

Der Palast empfing uns mit gewohntem Aufwand, und die Würdenträger des Landes machten uns im großen Thronsaal ihre Aufwartung. Ich konnte sie kaum ertragen. Dann endlich trat Bek-Amun vor den Thron, und die alte Unsicherheit regte sich in mir. Sein leicht arrogant wirkender Blick, sein salbungsvolles Auftreten und seine stechenden Augen ließen meine Hände klamm werden. Doch heute war er zufrieden. Wir hatten unser Wort gehalten, und er würde das seine halten. Mir fiel das Treueversprechen für Amun wieder ein. Horemheb würde sich nun bald entscheiden müssen. Ich hasste mich, weil ich mich ertappte, wie ich mir innerlich wünschte, er würde den Treueid leisten und uns damit die gemeinsame Regentschaft sichern. Ich fühlte mich schlecht, denn die Kronprinzessin in mir wusste, dass es falsch gegenüber Ägypten war, doch die Frau, die ich war, war egoistisch und selbstsüchtig und dachte nicht an das Land.

Wir verbrachten die nächsten Tage mit Warten. Wir warteten auf die unheilvolle Einladung nach Karnak, die eigentlich nichts anderes als ein Befehl war. Ich wusste, wie sehr Horemheb dies in seinem Stolz kränkte, und ich spürte, dass er mir diese Erniedrigung noch immer nicht verziehen hatte. Er kam nicht oft zu mir und verbrachte viel Zeit in seinem Harem. Eigentlich hätte mich das nicht gestört, doch unter diesen Umständen empfand ich seine Haremsbesuche als Brüskierung und Abwertung meiner Person. Ich verbrachte die meiste Zeit mit Müßiggang. Ich fühlte mich unfähig, einer sinnvollen Beschäftigung nachzugehen, es war, als würde eine dunkle Wolke auf meinem Verstand lasten, die es mir verbot, mich aus meiner Lethargie zu befreien. Als ich eines Nachmittags in den Garten ging, traf ich meine alte Feindin Mutnedjemet. Mit grimmiger Befriedigung stellte ich fest, dass ihre einstige Schönheit gänzlich verflogen war. Sie war nur noch eine alte Frau, der kein Mann mehr Beachtung schenken würde. Horemhebs 13. Regierungsjahr war halb um, und ich erinnerte mich, dass sie zweiundvierzig Jahre alt sein musste. Ich fragte mich, ob ich in zehn Jahren ebenfalls so aussehen würde, und ein kalter Schauer lief mir über den Rücken. Wenn ich in meinen Bronzespiegel blickte, zeigte er mir immer noch ein junges Gesicht, dem man seine einunddreißig Jahre nicht ansah. Ich hatte mich stets mit besonderer Akribie gepflegt, denn nur durch Jugend und Schönheit kann eine Frau im Palast an Bedeutung gewinnen. Ich kann mich an keine erwähnenswerten Ausnahmen erinnern, bei denen eine Frau jemals durch Verstand und Intelligenz allein zu Ruhm und Ehre gekommen wäre. Nun, ich konnte an diesem Nachmittag mit Befriedigung feststellen, dass Mutnedjemet ihre Chance verpasst hatte. Vielleicht war es mein spöttisch-zufriedenes Lächeln, das sie dazu veranlasste, sich vor mir aufzubauen und mich herablassend anzusprechen.

»Prinzessin Sit-Ra, welch ein Zufall, dass wir uns hier treffen.«

Ich blinzelte sie gegen die Sonne an. »Ich hoffe, es geht dir gut, Mutnedjemet.«

Sie verzog den Mund zu einem kalten Lächeln. »So gut, wie es jemandem gehen kann, der vom Leben ausgeschlossen wurde und in Vergessenheit geraten ist.«

Ich zuckte gelassen mit den Schultern. »Was soll ich dazu sagen, Mutnedjemet. Es ist ein Kampf unter Frauen, nicht wahr? Wärst du an meiner Stelle gewesen, du wärst sicher nicht so rücksichtsvoll mit mir verfahren wie ich mit dir.«

In ihren Augen loderte offener Hass auf. »Nein, Prinzessin, ich hätte dich schon längst in die nächste Welt geschickt.«

Ich nickte und bemühte mich dabei, betont gleichgültig zu wirken. »Nun, für mich und die Welt weilst du schon längst nicht mehr unter uns. Warum mein Ka belasten und mein Herz mit einer unnötigen Tat erschweren.«

»Vielleicht wirst du irgendwann einmal anders darüber denken.«

Ich wurde wütend. »Du wagst es, mir zu drohen, Mutnedjemet? Sieh dich vor! Ich habe Beket-Amun bestraft, und es würde mir nichts ausmachen, dein Leben auslöschen zu lassen. Versteh mich nicht falsch. Es geht mir nur um Horemheb. Ich gedenke dereinst im schönen Westen an seiner Seite zu sein und nicht alleine im Duat umherzuirren. Aber wenn es seine Bestimmung ist, im Duat zu sein, folge ich ihm bereitwillig und begehe dafür jedwede Tat, die mich dorthin bringt.«

Sie grinste boshaft. »Dafür gehe ich jede Wette ein, Prinzessin. Nun, wir werden sehen, wie die Götter entscheiden.«

Mit diesen Worten wandte sie sich zum Gehen.

Ich rief ihr hinterher: »Nicht die Götter entscheiden, Mutnedjemet! *Ich* werde entscheiden, was weiter geschieht. Vergiss das nur niemals.«

Ohne sich umzudrehen, rief sie mir zu: »Sieh dich vor, dass deine Vermessenheit nicht von den Göttern bestraft wird.«

»Horemheb, ich will sie nicht mehr hier im Palast haben. Sie hat böses Blut. Ich traue ihr nicht.«

Er sah mich unbeeindruckt an und spielte mit der Senetfigur, während er scheinbar über mein Argument nachdachte. Doch nach einer kurzen Weile erwiderte er lapidar: »Sit-Ra, du übertreibst maßlos. Was sollte sie schon anrichten können? Du hast sie gesellschaftlich und politisch ruiniert.«

Hörte ich da einen leisen Vorwurf in seiner Stimme mitklingen? Ich versuchte meine Gedanken zu ordnen.

»Ich bin die Kronprinzessin. Sie hätte sich niemals untergeordnet.«

Er seufzte entnervt. »Ich weiß, ich weiß.«

»Also, wirst du sie verbannen?«

Er schüttelte entschieden den Kopf. »Nein!«

Ich spürte, wie eine kriechende Wut in mir hochstieg und meine Kehle zuschnürte. »Dann schicke sie wenigstens aus dem Palast.«

Er warf urplötzlich die Senetfigur gegen eine der bunt bemalten Säulen, die die Gemächer unterteilten, und mit vor Zorn entstellter Stimme donnerte er los: »Bei den Göttern, Sit-Ra, wo bleibt dein Scharfsinn, was ist mit deiner Klugheit geschehen? Kannst du wirklich nicht sehen, dass wir Mutnedjemet hier im Palast viel besser kontrollieren können als irgendwo anders? Woher kommt mit einem Mal deine lächerliche Eifersucht? Früher warst du anders, du standest über den Dingen, eine solche Nichtigkeit hätte dich niemals beeindrucken können. Du warst strahlend und … «

»… jung?«, beendete ich säuerlich den Satz.

Er blickte mich irritiert an. »Nein, ich wollte sagen, dass dir eine Stärke innewohnte, die mich bezwungen hat. Du hattest vor nichts und niemandem wirklich Angst. Angst hätte es niemals vermocht, deinen Blick für das Wesentliche zu trüben.«

Ich schnaubte verächtlich. »Nun, die Zeit bleibt nicht stehen, Horemheb. Amuns Priester drücken mir ihre Hand ins Genick, und meine Söhne sind unauffindbar. Es wundert mich, dass du nicht in der Lage bist, die Dringlichkeit und Notwendigkeit des Handelns zu erkennen.«

Er stand auf und schüttete einen Becher Wein hinunter. Ich fand, dass er in letzter Zeit viel zu viel trank.

»Ich suche nach deinen Söhnen, Sit-Ra. Ich unternehme alles in meiner Macht Stehende.«

Seine Stimme hatte an Intensität verloren. Ich wusste, dass ihn die ungeregelte Thronfolge ebenso beschäftigte wie mich. Es war für uns beide klar, dass Ramose den Thron Ägyptens niemals besteigen durfte. Wenn wir jedoch Sethos und Sekenre nicht bald finden würden, so trügen sie dereinst die Makel ihres Vaters. Ich konnte mir sehr gut vorstellen, wie er ihre Herzen vergiftete und sie gegen mich und Horemheb aufbrachte. Ich wollte ihn umarmen und ihm sagen, dass ich wusste, dass er alles versucht hatte, sie zu finden, doch Seth lenkte meine Zunge.

»Ja, ich habe deine ergebnislosen Versuche mitverfolgen können. Verzeih mir, wenn ich mich nicht länger auf deine sinnlosen Bemühungen verlasse. Ich werde weiter hoffen, dass es dir gelingt, Sethos und Sekenre zu finden, doch bis dahin versichere ich mich der Loyalität Karnaks. Mir scheint, sie sind die Einzigen, die derzeit wirklich noch des Handelns fähig sind.«

Er drehte sich um, und sofort bereute ich meine lose Zunge.

»Du bist ungerecht, Sit-Ra, weil du nicht klar siehst. Ist es wirklich die Angst, dass wir getrennt werden, die dich verwandelt hat? Sieh uns doch an. Was ist von dem geblieben, was wir einst waren? Wir sind lächerliche Figuren, die hin und her geschoben werden, handlungsunfähig.«

Er goss sich wieder Wein ein und trank gierig. Ich bedachte ihn mit einem verachtungsvollen Blick.

»Natürlich, du bist dem Wein verfallen, das macht dich handlungsunfähig.«

Er schenkte mir ein kühles Lächeln. »Und wenn schon, was macht das jetzt noch aus? Ich habe mich lächerlich gemacht – für dich, Sit-Ra. Ich habe dir vor Jahren gesagt, einer von uns wird stark genug sein müssen, die Sache zwischen uns zu beenden, bevor sie uns in den Untergang reißt.« Er ließ den Becher unachtsam aus der Hand gleiten. »Wir haben unsere Chance verpasst, Sit-Ra. Unser Übermut ist mit uns durchgegangen, und jetzt sind wir nur noch Zerrbilder unserer selbst. Ich bin ein trunksüchtiger Schwächling geworden und du eine verbitterte Frau, die vor Angst gelähmt ist.«

Ich wich seinem Blick aus.

»Ich will nicht so sein, wie ich jetzt bin.«

Er ließ sich schwerfällig in einen Sessel gleiten.

»Nein, das will ich auch nicht, und deshalb werde ich Theben verlassen und für eine Weile nach Nubien gehen. Ich will ein paar aufständische Stämme bekämpfen und die Arbeiten an meinen Heiligtümern überwachen.«

Ich nickte. »Ich denke auch, dass wir Theben für eine Weile verlassen sollten.«

Er schüttelte den Kopf. »Du wirst hier bleiben, Sit-Ra. Ich will alleine gehen.«

Ich sah ihn entgeistert an. »Ich soll hier bleiben?«

»Regiere Theben, solange ich fort bin, und stelle die Maat in deinem Herzen wieder her. Ich fürchte immer noch, dass Ramose versuchen könnte Theben zu besetzen, wenn wir beide fort sind. Ich werde weiter nach deinen Söhnen suchen.«

Ich wollte etwas sagen, doch mein Stolz verbot es mir. Vielleicht flackerte auch kurz die alte Sit-Ra in mir auf, die verstanden hatte, dass eine Trennung jetzt das einzig Richtige war. Deshalb nickte ich stumm und verließ seine Gemächer.

Bek-Amun ließ keine Zeit verstreichen, mich nach Karnak zu zitieren, und er machte sich dieses Mal noch nicht einmal die Mühe, den Anschein von Höflichkeit in seinem Sendschreiben zu erwecken. Als ich die Papyrusrolle mit dem Siegel von Karnak in den Händen hielt, spürte ich, wie allmählich wieder der Mut zu mir zurückkam. Überhaupt war seit Horemhebs Aufbruch die Lethargie langsam von mir abgefallen. Ich fragte mich, ob Menschen sich so sehr lieben konnten, dass sie irgendwann an einem Punkt ankamen, an dem sie sich derart einengten, dass eine Trennung unumgänglich war, um die Gefühle füreinander nicht für immer zu zerstören. Ich glaube, dies war damals zwischen Horemheb und mir geschehen. Doch Bek-Amun hatte Horemhebs Aufbruch als einen Hieb gegen Amun betrachtet, denn er hatte ihm nicht die Treue geschworen, sondern sich heimlich davongemacht, ehe Bek-Amun es bemerkt hatte. Ich wusste, dass ich diejenige war, die seinen Zorn darüber zu spüren bekommen sollte, und dafür brauchte ich jede Menge Mut. Ich betete zu Isis, sie möge an diesem Tag besonders nah an meiner Rechten stehen und meiner Zunge Gewandtheit verleihen.

Bek-Amun musterte mich mit zusammengepressten Lippen. Seine schönen glatten Gesichtszüge zeigten die Bedrohlichkeit der Schlange. Seine kalten Augen funkelten schwarz und unergründlich. Fast erwartete ich, dass eine gespaltene Zunge zwischen seinen Lippen zum Vorschein kam.

»Amun ist befremdet über den plötzlichen Aufbruch des Reichsverwesers. Kannst du mir das erklären, Prinzessin? Sollte dies eine offene Verweigerung des Treueids bedeuten?«

Ich spürte den kalten Schweiß in meinem Nacken. Warum nur machte er mir so viel Angst? Der alte Neb-Amun hatte seinerzeit sehr autoritär auf mich gewirkt, doch niemals hatte ich die Furcht des Opfers vor ihm verspürt. Bek-Amun jedoch schaffte es, dass ich mich schwach und klein fühlte. Ich rang um eine neutrale Antwort.

»Wichtige Staatsangelegenheiten haben einen sofortigen Aufbruch gefordert.«

»Oh! Welche könnten das wohl gewesen sein?«

Ich zwang mich, ihm in die Augen zu blicken, damit meine Antworten überzeugend klangen.

»Aufstände, die Goldminen in Nubien und natürlich die Suche nach den Prinzen.«

»Dies sind Probleme, die längst bekannt waren. Ich wüsste nicht, weshalb sie mit einem Mal mehr Brisanz haben sollten als vorher.«

Er hatte natürlich Recht. Es war lächerlich, so zu argumentieren. Ich spürte, dass ich keine befriedigende Antwort finden würde, und plötzlich merkte ich, wie Kraft durch meinen Körper fuhr. Auf einmal fühlte ich mich gestärkt und gefestigt, und ich blickte Bek-Amun trotzig an.

»Also gut! Horemheb hat nicht vor, einen Treueid auf Amun zu schwören, denn Amun weiß bereits, dass Horemheb ihm treu ergeben ist. Vielmehr missfällt es ihm, der Priesterschaft von Karnak einen Treueid zu schwören, und deshalb ist er gegangen.«

Bek-Amun sah mich sprachlos an. Meine Offenheit hatte ihn für eine kurze Weile verwirrt, doch er fing sich gleich wieder.

»Du sprichst gefährliche Worte aus, Prinzessin. Sie könnten deinen und Horemhebs Untergang zur Folge haben.«

Ich straffte meine Schultern. »Was willst du tun, Bek-Amun? Dem Volk sagen, Horemheb habe Amun gelästert? Oder willst du es den Soldaten weismachen?« Ich verzog meinen Mund zu einem boshaften Grinsen. Endlich war mir der rettende Gedanke gekommen. »Willst du ihnen sagen, Horemheb habe Amun gelästert, nachdem er seinen Feldzug in Mitanni fast nur für ihn führte? Willst du das den Soldaten sagen, die an seiner Seite gekämpft und mit eigenen Augen gesehen haben, was Horemheb für Amun getan hat? Wenn du das tust, werde ich gegen dich sprechen – beim Volk und bei den Soldaten.«

Ich spürte, wie der Raum von seinem Hass erfüllt wurde.

»Das ist ein viel zu gefährliches Spiel, Prinzessin. Horemheb ist nicht da, und du weißt nicht, ob du genug Autorität besitzt, um das Volk und die Soldaten zu überzeugen.«

»Aber du weißt es ebenso wenig. Wenn das Volk und die Soldaten sich gegen Karnak wenden, wird es auch für dich gefährlich.«

Er blickte mich versteinert an. Ich beschloss weiterzureden, denn ich sah, dass er am Zweifeln war.

»Unsere Chancen stehen gleich, Bek-Amun. Warum lassen wir uns nicht einfach gegenseitig in Ruhe und sind zufrieden, wie es jetzt ist?«

»Erwarte von Karnak keine Unterstützung mehr, Prinzessin Sit-Ra. Das Band zwischen Amun und dir ist zerschnitten worden.«

Ich drehte mich um. Im Gehen warf ich ihm zu: »Dann kannst du getrost darauf verzichten, mich zur monatlichen Reinigung nach Karnak zu bestellen. Ich werde die Reinigungsriten künftig im Heiligtum der Isis vollziehen.«

Nachdem ich mich von Bek-Amun befreit hatte, fühlte ich mich besser. Die Klaue in meinem Nacken lockerte den Griff, doch mir war klar, dass sie mich niemals ganz loslassen würde. Ich diktierte Horemheb ein Sendschreiben, dass die leidliche Sache aus der Welt geschafft worden sei, und rief dann Paranefer. Ich fühlte mich klar genug, um mich wieder den Regierungsangelegenheiten zu widmen. Ohne dass ich es mir eingestehen wollte, gelang es mir unter Horemhebs Abwesenheit, mein Leben zu ordnen. Ich empfing Paranefer in meinen Privaträumen. In all den Jahren war er für Horemheb und mich zu einem engen Vertrauten geworden – ein Umstand, der nicht in Gold aufzuwiegen war. Ich bot Paranefer frisches Obst und Wein an, und dann begannen wir etliche Listen und Sendschreiben durchzugehen, die ich in den letzten Wochen vernachlässigt hatte.

Während ich festlegte, wie die Güter auf die verschiedenen Tempel und Städte aufgeteilt werden sollten, was im

Palast verbleiben und was zum Handel freigegeben werden würde, fiel mir eine alte unangenehme Angelegenheit wieder ein.

»Paranefer, gibt es Hinweise auf einen Spion innerhalb der Palastmauern? Ich erinnere mich an den entflohenen Soldaten des Ramose. Wir nahmen an, er hätte Hilfe von innerhalb des Palastes gehabt.«

Er schüttelte entschuldigend den Kopf. »Da es uns nicht gelang, ihn aufzugreifen, gibt es keine Spur, die wir verfolgen könnten. Der Verräter könnte jeder im Palast sein. Es ist unmöglich, ihn ausfindig zu machen.«

Ich zog die Augenbrauen zusammen. »Ich will trotzdem, dass man weiter nach ihm sucht. Diese Sache ist zu gefährlich, als dass man sie übergehen dürfte.«

Er verbeugte sich pflichtbewusst.

»Ich werde verfahren, wie du es wünschst, Majestät.«

21.
Papyrus

Das Jahr war vergangen wie im Flug. Ich erhielt Sendschreiben von Horemheb, die ich pflichtschuldig beantwortete. Ich konnte wenig vertrauliches zwischen den Zeilen erkennen, und ich schrieb ihm wenige Vertrauliche Worte zurück. Es schien, als hätte sich unsere enge Beziehung langsam, aber sicher abgekühlt. Wir beide hatten neue Perspektiven entdeckt. Nach dem Zelebrieren des Neujahrsfestes zu Beginn von Horemhebs 14. Regierungsjahr hatte ich die Verwaltung des Landes wieder so fest im Griff, dass ich beschloss, mich nach Abschwellen der Nilflut nach Memphis zu begeben und Rehered mitzunehmen. May war wieder schwanger, für sie wäre die Reise zu anstrengend gewesen. Rehered dagegen war ein Freund, den man gerne auf eine Reise mitnahm, denn er war unaufdringlich und zuvorkommend. Ich hatte beschlossen, den Harem im Faijum zu besuchen und anschließend in Memphis unsere Truppen zu inspizieren. Ich wusste, dass dies eigentlich keine Aufgabe für eine Frau war, noch nicht einmal eine Königin sollte dies tun, doch ich hatte ja Rehered dabei, und außerdem war aus keinem von Horemhebs Sendschreiben zu vernehmen, dass er gedachte, in nächster Zeit nach Theben zurückzukehren.

Zwar sicherte seine Präsenz in Nubien Kemets südliche Grenzen, die nördlichen jedoch waren ungeschützt und zu lange bar jeglicher königlichen Autorität gewesen. Ich hatte beschlossen, mich mindestens den ganzen Peret dort aufzuhalten.

Wir reisten im Choiak ab, und die Nilfahrt ließ mich erneut die Schönheit Ägyptens erkennen, die Prinzessin in mir verliebte sich wieder in den ihr versprochenen Gemahl, der für eine göttliche Königin nur Ägypten heißen kann. Die Ufer waren fruchtbar, und die Fellachen bereiteten sich langsam auf den Peret, die Zeit der Aussaat, vor. Friedliche Bilder zogen an uns vorbei, und wenn ich abends mit Rehered an Deck speiste, beobachteten wir sie meist andächtig schweigend. Jedes Wort hätte den Zauber zerstören können, und das wollten wir beide unbedingt vermeiden. Erst wenn Re von Nut verschlungen worden war, begannen wir eine leise, meist tiefgründige Konversation über die Götter und die Zukunft Ägyptens. Ich wusste, dass Rehered mich dereinst gewarnt hatte, den Becher der Macht nicht bis zur Neige zu kosten, doch er war taktvoll genug, um mich nicht noch ein zweites Mal darum zu bitten. Vielleicht verstand er auch einfach, dass mein Auge nicht von meinem schönen Land ablassen konnte. Selbst wenn die hohen Federn nicht mein Haupt zierten, so hielten meine göttlichen Eltern sie doch bei jedem meiner Schritte über mich.

Rehered und ich erinnerten uns an die Zeit unserer Jugend und unserer ersten Reise von Memphis nach Theben, als ich ihn kennen gelernt hatte. Beide waren wir älter geworden, und manchmal hätte ich meine in den letzten Jahren gewonnenen Erfahrungen gerne abgelegt und wäre wieder derart jung und unbedarft gewesen wie einst. Rehered jedoch hatte schon damals eine tiefe Würde ausgestrahlt, und ich erinnerte mich, wie er Horemheb und Sethos für sich eingenommen hatte. Jetzt suchte ich in seiner Nähe nach Gelassenheit und Ruhe.

Ich bat Rehered sogar, mich in den Harem zu begleiten, und wir gingen gemeinsam die langen Flure entlang, ohne viel zu sprechen. Es war nicht nötig, der Harem wurde gut geführt, und es gab keinen Grund zur Klage. Nur kurz schoss mir ein unangenehmer Gedanke durch den Kopf, als ich hinter einer Tür eine Frau erblickte, die in grobes Leinen gekleidet war und an einem feinen Tuch arbeitete. Einen Augenblick lang sah sie mich traurig an, und ich erkannte Beket-Amun in ihr wieder. Schnell wandte ich mich ab und ging weiter. Ein säuerliches Gefühl stieg in mir auf. Wäre es so schlimm gewesen, hier zu leben? Ich musste dich für deine Tat bestrafen, aber jetzt hast du über mich triumphiert, indem du meine Tat zu einer Untat machtest. Verflucht seist du im Duat, wo wir uns wieder sehen werden.

Rehered bemerkte meinen abwesenden Gesichtsausdruck.

»Was ist, Prinzessin? Du siehst unglücklich aus.«

Ich schüttelte die dunklen Gedanken ab.

»Warum sollte ich unglücklich aussehen? An einem so schönen Tag.«

Wir erreichten Memphis bei Nacht. Es war nicht so geplant gewesen, doch auf einmal hatte ich keine Lust mehr auf einen offiziellen Empfang gehabt. Wir könnten dies mit einem Bankett nachholen, meinte ich, und so legten wir im Schutz der Dunkelheit am Haus des Stadthalters an und bezogen unsere Quartiere. Die Nacht brachte mir jedoch keinen Schlaf. Ich war aus irgendeinem unerfindlichen Grund beunruhigt. Ich diktierte ein Sendschreiben an Paranefer in Theben, doch auch das verlieh mir nicht die nötige Ruhe. Schließlich bat ich meine Dienerin, mir einen Mohntrunk zu bringen, der mich endlich in einen traumlosen Schlaf sinken ließ.

Die Truppen in Memphis waren gut gedrillt worden, was sie bei Streitwagenwettkämpfen und beim Bogenschießen unter Beweis stellten. Ich sandte Rehered verkleidet abends in die Schenken, damit er sich unter die einfachen Soldaten mischte, um sich an ihren Unterhaltungen zu beteiligen. Auf diesem Weg erfuhr ich, dass die Truppen Horemheb treu waren und von dieser Seite aus keine Gefahr bestand. Das löste einen Teil meiner Anspannung, jedoch konnte ich meine geistige Unruhe nicht unter Kontrolle bringen. Ich war nervös, sandte Schreiben nach Theben, um mich bei Paranefer nach allen möglichen Dingen zu erkundigen. Etwas Ruhe fand ich nur, während ich mit meinem treuen Freund das gemeinsame Abendmahl einnahm. Ich wusste, dass ich eigentlich nach Theben hätte zurückkehren sollen, doch etwas in mir wehrte sich ganz vehement dagegen. Als ich vor Jahren mit Ramose in Memphis residiert hatte, hatte ich mir nichts sehnlicher gewünscht, als endlich nach Theben zu meinen Freunden zurückkehren zu können, doch jetzt schien mir dieser Gedanke absurd. Die Zeiten hatten sich geändert, Theben kam mir wie ein großes Grab vor, es dürstete mich nach Freiheit und Unkompliziertheit. Deshalb blieb ich in Memphis und frönte dem Müßiggang. Ich gab Bankette, bei denen ich nicht gerade sparsam vorging, und orderte nur die besten Musikanten und die schönsten Tänzer und Tänzerinnen. Doch ich fühlte mich bald übersättigt und konnte dem ganzen Zeremoniell nichts mehr abgewinnen. Also wandte ich mich den Grabanlagen von Sakkara zu, in denen ich die Wurzeln unserer Kultur zu erforschen versuchte. Eine Zeit lang konnte mich diese Tätigkeit zufrieden stellen, bis ich eines Tages keine Lust mehr verspürte, die Grabanlagen aufzusuchen. An diesem Abend sprach mich Rehered endlich auf meine Rastlosigkeit an. Wir saßen gemeinsam im Garten des Anwesens, das wir bewohnten, und nippten an unserem kühlen Oasenwein.

»Prinzessin, meinst du nicht, wir strapazieren die Geduld unseres Gastgebers über die Maßen?«

Ich blickte ihn verwundert an. »Es ist alte Sitte, dass der Stadthalter das Haus für Besuch aus dem Königshaus räumt, wenn kein angemessener Palast vorhanden ist.«

»Oh, aber es gibt einen durchaus angemessenen Wohnsitz in Memphis, du willst ihn nur nicht bewohnen.«

Ich runzelte übellaunig die Stirn. »Ich habe wohl allen Grund dazu, diesen Palast zu meiden.«

»Wir könnten nach Theben zurückkehren, Prinzessin.«

Er seufzte gequält, und ich blickte ihn an.

»Du vermisst May, nicht wahr?«

Er wagte nicht zu nicken, doch aus dem Klang seiner Stimme konnte ich die Antwort heraushören.

»Unser Kind ist bestimmt schon geboren, und es lebt ohne Namen, da ich nicht dort bin, um mich mit den Priestern zu beratschlagen.«

»Also gut. Wir reisen in zwei Wochen ab.«

Ich konnte die Erleichterung, die von ihm Besitz ergriff, fast spüren, und seltsamerweise überkam mich eine Eifersucht auf May. Ich kämpfte innerlich dagegen an, aber es wollte mir nicht gelingen. Wir waren jetzt fast drei Monate von Theben fort, und so war es nur natürlich, dass es ihn dorthin zurückzog. Er hatte Menschen, die auf ihn warteten, doch was würde mich in Theben erwarten? Ich dachte an Bek-Amun, an Paranefer, der mich mit wichtigen Staatsfragen überhäufen würde, und an Horemheb, der nicht daran dachte, nach Theben zurückzukehren. Ich spürte eine leise Wut in mir hochsteigen. Warum sollte ich wieder einmal meinen Kopf hinhalten? Auf einmal kam mir ein Gedanke. Ich weiß nicht, wie Seth es schaffte, von mir Besitz zu ergreifen, aber ich zog mir plötzlich die Träger meines Kleides von den Schultern und küsste Rehered, ehe er überhaupt reagieren konnte. Ich spürte sein Erschrecken, was mich in meinem Vorhaben nur noch bestärkte. Ich nutzte seine Starre schamlos aus und drückte ihn zu Boden, um sofort über ihn zu kommen und seinen Schurz zu lösen. Mit grimmiger Befriedigung stellte ich fest, dass sein Körper alles andere als abgeneigt war. Ich ließ ihn in mich gleiten und genoss sein gequältes Aufstöhnen. Es dauerte nur ein paar Minuten, und alles war vorbei. Sein kurzes Aufbäumen bemerkte ich kaum, meine eigene Befriedigung bestand vielmehr darin, dass ich ihn May in diesem Moment genommen und somit einen Teil ihres von mir beneideten Glücks zerstört hatte.

Doch die Zufriedenheit diesbezüglich erlosch schnell. Als er aufstand und sich den Schurz umschlang, ergriff mich tiefe Scham. Ohne ihn anzublicken, flüsterte ich: »Es tut mir Leid.«

Er schüttelte den Kopf. »Ich habe es mir oft gewünscht, Sit-Ra, doch nicht so, nicht, wenn derart niedere Gefühle im Spiel sind.«

Er hatte mich also durchschaut. Ich sah nicht hoch, als er sich umwandte und ging. Ich fühlte mich nur noch schlechter als vorher.

Sit-Ra, du Närrin. Jetzt hast du deine letzte Chance auf ein gerechtes Herz beim Totengericht verspielt. Der Duat wird auf ewig deine Wohnstätte bleiben.

22.
Papyrus

Ich ging Rehered in den nächsten zwei Wochen schuldbewusst aus dem Weg. Wenn wir zusammen speisten, sprachen wir, als wäre nichts geschehen. Eigentlich war ja auch nichts geschehen. Kein Gefühl dessen, was man beim Lieben empfinden sollte, war zwischen uns gewesen, als es passiert war. Es war eine Verzweiflungstat meinerseits gewesen, und ich war irritiert darüber. Ich begann das ganze Ausmaß meiner schlechten Verfassung und meiner Depressionen zu begreifen. Es erschreckte mich über alle Maßen. Deshalb bestieg ich nicht mit Rehered die Barke, sondern sandte ihn allein nach Theben zurück, mit der Anweisung an Paranefer, die Staatsgeschäfte noch für weitere Monate zu übernehmen. Ich hatte beschlossen, mich selbst zu suchen. Erst wenn es mir gelang, zu mir zurückzufinden, würde ich nach Theben zurückkehren. Abends saß ich vor meinem Bronzespiegel und betrachtete das Gesicht darin. Ich sah ein Gesicht, das zwar nicht vom Alter, aber von Erfahrungen gezeichnet war. Mein ganzes Unglück bestand jedoch nur darin, dass ich diese Erfahrungen schlecht ausgewertet hatte und sie deshalb zu einer Last geworden waren, anstatt mich zu festigen. Ich sah an meinem Körper hinunter. Es war zweifelsfrei der

Körper einer Frau, der meinen Geist gefangen hielt. Nicht, dass ich unzufrieden gewesen wäre, als Frau geboren zu sein, nur war es so, dass mein jetziger Gemütszustand es als Belastung und Einschränkung empfand. Ich kniff mir in den Oberarm. Er war fest, aber schwach. Was hatte er getan, außer sich massieren, lieben und pflegen zu lassen? Was hatte mein Körper anderes getan als das? Unwillkürlich fiel mein Blick auf die Narben des Löwen. Wie hatten sie mich mit Stolz erfüllt. Sie hatten mir gezeigt, dass diese Arme etwas Nützliches tun konnten, dass sie stark waren, wenn sie es nur wollten. Mein Geist hatte sich in all den Jahren langsam und unbewusst meinem Körper angepasst, war in die Rolle geschlüpft, die ihm von Geburt an zugedacht gewesen war. Einem plötzlichen Verlangen folgend, warf ich den Spiegel mit einem wütenden Schrei an die Wand, wo er ein Stück des bemalten Putzes löste und ein hässliches Loch hinterließ. Ich betrachtete dieses Loch zufrieden. Es wirkte genauso deplatziert wie das Loch in meinem Ka.

Die ersten Tage waren hart. Meine Arme waren es nicht gewohnt, einen Bogen zu spannen oder zwei feurige Streitwagenrösser im Zaum zu halten. Meine Beine zitterten vor Anstrengung, wenn ich wieder festen Boden unter den Füßen hatte. Ich kämpfte gegen meine lähmende Angst an, die mich befiel, wenn die Pferde immer schneller wurden und ich das Gefühl hatte, ich würde sie nie wieder zum Halten bringen. Ich schrie sie an, ich zog an ihren Zügeln, wobei ich die Fäuste ballte, bis das Weiße meiner Fingerknöchel zu sehen war, während die Innenflächen meiner Hände von dem Zug der Lederriemen oftmals blutig waren, doch ich brachte diese feurigen Geschöpfe des Seth immer zum Stehen. Abends fiel ich dann auf meine Liege und schlief erstmals seit Monaten ohne Hilfe eines Mohntrunks traumlos und fest. Zuerst wurde ich von den Soldaten und den Kommandeuren misstrauisch beäugt. Es war gegen die Maat, dass eine Frau und erst recht eine königliche Prinzessin sich einem derartigen Drill unterzog. Doch bald verstanden sie, dass ich einen Kampf kämpfte, der sie nicht betraf. Es ging mir nicht darum, vor ihnen in die Schlacht zu ziehen, und das beruhigte sie ungemein. Es wäre für ihr Selbstbewusstsein bestimmt nicht förderlich gewesen, wenn ich mich als Horemhebs Nachfolger an ihre Spitze gedrängt hätte – es wäre ohnehin unmöglich gewesen. Bei allem, was ich in dieser Zeit über mich selbst und meine Kraftreserven lernte, blieb ich doch realistisch.

Der gesamte Schemu verging und ich war froh, dass ich ihn nicht in der Hitze Thebens verbrachte, denn hier im Norden war der Sommer doch um einiges erträglicher. Als ich jetzt in meinen Spiegel blickte, hatte ich nicht mehr das Gefühl, dass mein Ka unvollständig war. Mein Körper hatte sich nicht viel verändert, vielleicht waren seine Linien nicht mehr ganz so weich wie früher. Bestimmt waren es meine Hände nicht mehr, denn nach einer Weile hatten sich die Handinnenflächen verhärtet, und seitdem fiel es mir leichter, die Zügel zu führen und den Bogen zu spannen. Doch die offensichtlichste Veränderung hatte in meinem Gesicht stattgefunden. Es waren vor allem meine Augen, die nicht mehr gedemütigt und trüb ein bemitleidenswertes Etwas anstarrten. Jetzt blickten sie neugierig und vielleicht sogar etwas überheblich. Ich war durchaus zufrieden mit dem, was ich sah. Es war Zeit, nach Theben zurückzukehren.

23.
Papyrus

Paranefer hatte mich um eine Audienz ersucht, und ich hatte ihn eigentlich bis zum nächsten Tag vertrösten wollen, denn ich hatte Theben erst spätabends erreicht und wollte nur noch in mein Badehaus, doch er ließ mir ausrichten, dass sein Anliegen von allergrößter Wichtigkeit sei. Seufzend schickte ich seinen Boten mit der Nachricht an ihn zurück, dass er sofort kommen dürfe. Das schnelle Erscheinen seinerseits ließ mich schließlich zu der Überzeugung gelangen, dass sein Anliegen wirklich dringend sein musste.

»Prinzessin, ich danke dir, dass du trotz deiner ermüdenden Reise bereit warst, mich sofort zu empfangen.«

Ich nickte leicht und bedeutete ihm mit einem Handzeichen, fortzufahren.

»Ihr habt mich gebeten, weiter nach dem Mann zu suchen, der Ramoses Soldaten zur Flucht verholfen hat.«

Ich setzte mich urplötzlich kerzengerade in meinem Thronsessel auf, und alle Müdigkeit war von mir abgefallen.

»Du hast ihn gefunden, Paranefer?«

Er verbeugte sich noch einmal, bevor er weitersprach.

»Nicht ihn, Majestät, sie.«

Ich blickte ihn überrascht an.

»Eine Frau – einer Frau haben wir das alles zu verdanken?«

Ich war wie vor den Kopf geschlagen, denn wenn ich mich selbst auch für umsichtig genug eingeschätzt hätte, derartige Intrigen zu spinnen, so hätte ich das niemals einer der Palastfrauen zugetraut. Für mich waren sie immer nur genusssüchtige, dekadente Gänse gewesen. Ich hasste mich in diesem Moment für meine Unvorsichtigkeit. Was hätte ich alles verhindern können, wenn ich nur nicht so überheblich gewesen wäre.

»Wer ist sie?«

Meine Stimme klang gepresst, und Paranefers befangenes Schweigen ließ das Gefühl der Ohnmacht noch stärker werden.

»Wer ist sie?« Meine Stimme war schärfer, als ich es beabsichtigt hatte, und Paranefer zuckte zusammen.

»Es ist die Herrin Mutnedjemet, königliche Hoheit.«

Ich spürte, wie kurzfristig eine Lähmung von meinem gesamten Körper Besitz ergriff.

Dann regte sich endlich eine alles bereinigende Wut in mir.

»Lass sie festnehmen, Paranefer, und bring sie in das Gefängnis, wo das Gesinde festgehalten wird.«

»Prinzessin, sie ist von hoher Geburt, du kannst das nicht tun. Mitglieder des Königshauses werden unter Hausarrest gestellt«, wandte Paranefer ein.

Ich funkelte ihn wütend an. »Ich bin das Königshaus, Paranefer, vergiss das nicht.«

»Prinzessin, ich bitte dich, gib Horemheb Nachricht, damit er so schnell wie möglich zurückkommt und über sie richtet. Er ist der Reichsverweser, ihm obliegt es, sie zu bestrafen. Außerdem ist sie seine Gemahlin.«

Ich stand auf und trat vor ihn.

»Ich werde ihn benachrichtigen, Paranefer – sobald Mutnedjemet im Kerker ist.«

Ich spürte seinen Wunsch, mir noch etwas zu sagen, doch er wagte es nicht und verbeugte sich kurz und ging dann, um meinem Befehl nachzukommen.

Als er fort war, schrieb ich einige kurze, unpersönliche Zeilen an Horemheb, in denen ich ihn über die Ereignisse informierte. Mit höchster Befriedigung schrieb ich ihm auch, dass ich Mutnedjemet in den Kerker hatte bringen lassen – bis zu seiner Rückkehr. Ich wusste, nun würde er zurückkommen.

Ich machte mir nicht die Mühe, mit Mutnedjemet zu sprechen, sondern wartete auf die Antwort von Horemheb, die auch innerhalb kurzer Zeit eintraf. Mit Grimm erinnerte ich mich daran, wie lange ich in der letzten Zeit immer auf seine Sendschreiben hatte warten müssen. Ich hatte mit seinem Missfallen gerechnet, doch sein Zorn übertraf alles bisher Gewesene bei weitem. Er wies mich schroff an, Mutnedjemet sofort aus dem Kerker zu holen und sie bis zu seiner Rückkehr unter Hausarrest zu stellen. Er befahl es mir! Ich hatte jedoch zu viel Selbstvertrauen gewonnen, als dass ich mir etwas von Horemheb oder irgendjemand anderem hätte befehlen lassen, und deshalb bestellte ich erneut Paranefer zu mir.

»Paranefer, der edle Reichsverweser Horemheb hat mir befohlen, Mutnedjemet unverzüglich aus dem Kerker zu holen und sie unter Hausarrest zu stellen.«

Die Erleichterung in Paranefers Gesicht wirkte auf mich schon fast beleidigend.

»Ich werde mich unverzüglich darum kümmern, Prinzessin.«

Ich gebot ihm Einhalt. »Warte.«

Er blickte mich fragend an. Ich spielte mit einem geflochtenen schwarzen Zopf meiner Perücke und zeigte ein süffisantes Lächeln, weil ich mich von Paranefer hintergangen fühlte, der so offensichtlich Horemhebs Standpunkt vertrat. Ich ließ ihn seine Verwirrung noch eine kurze Zeit auskosten, bevor ich weitersprach.

»Horemheb hat mich angewiesen, Mutnedjemet aus dem Kerker zu holen und sie unter Hausarrest zu stellen, aber seine Ausführungen enthielten keinerlei Anweisung, wo sie unter Hausarrest gestellt werden soll.«

Ich stand auf, trat hinter den Thron und griff nach Krummstab und Geißel, die auf einem Beistelltischchen bereitlagen. Ohne Hektik ließ ich mich wieder in den Thronsessel sinken, wobei ich die Throninsignien kreuzte und dem Schreiber ein Zeichen gab, er möge meinen offiziellen Erlass zu Papier bringen.

»Dies ist der Wille von Amun, verkündet durch seine Tochter am 14. Tag des Monats Thot im Achet. Entlasst die Herrin Mutnedjemet aus dem Kerker und stellt sie unter Hausarrest. Amuns Wille ist es, dass man sie in die verfluchte Stadt Achet-Aton bringt, damit sie dort im nördlichen Palast ihr angemessene Gemächer bezieht.«

Paranefers Schweigen war eisig. Er wusste, dass ich mich entgegen Horemhebs Wünschen verhielt, aber mir war das egal. Horemheb hatte sich selbst für seine Abwesenheit entschieden und mir Verfügungsgewalt übertragen. Mir war klar, dass dies das letzte Mal sein würde, dass ich einen derartigen Status genoss, und ich hatte beschlossen, ihn so gut wie möglich zu nutzen.

Als Paranefer keine Anstalten machte, sich zu entfernen, fuhr ich ihn an: »Nun, Paranefer, gibt es noch etwas, oder wirst du dem großen Haus gehorchen und die Befehle ausführen? Ich will, dass Mutnedjemet sofort verschwindet. Bringe sie auf eine Handelsbarke, und sorge dafür, dass sie Theben noch heute Nacht verlässt.«

Er verbeugte sich und ging.

In der Kühle der Nacht genoss ich es, durch die Straßen Thebens getragen zu werden, vorbei an den vielen Gerüchen und dem Sprachengewirr der Menschen. Durch die Vorhänge meiner Sänfte konnte ich ihre Umrisse schemenhaft erkennen, doch waren sie unwirklich weit entfernt, denn meine Leibwache ließ nicht zu, dass sie sich näher als zwanzig Schritte der Sänfte näherten. Wir zogen vorbei an Häusern und Garküchen, Schenken und auch kleinen Tempeln, die Lokalgöttern geweiht waren, und erreichten schließlich den Landungssteg, an dem die Handelsschiffe anlegten. Ich schlüpfte aus der Sänfte und verschwand schnell auf dem Boot, ehe zu viele neugierige Blicke auf mir haften blieben.

Unter Deck war es dunkel und stickig, die Glut des Tages buk noch zwischen den Bordwänden – und mitten in diesem Gewirr aus Hitze, Feuchtigkeit und Moder hockte Mutnedjemet auf einer behelfsmäßigen Liege, die man für sie bereitgestellt hatte. In ihren erlesenen Gewändern wirkte sie deplatziert und paradox in dieser Szenerie. Als sie mich sah, zeigte sie ein spöttisches Grinsen.

»Prinzessin Sit-Ra, du weißt doch wohl, dass du dir mit diesem Erlass gegen meine Person deine politische Vernichtung selbst gewählt hast.«

Ich blickte sie ohne sichtbare Gefühlsregung an.

»Das war es mir wert, Mutnedjemet. Dich zu kompromittieren, so gut es geht. Jeder wird wissen, dass du in Ungnade gefallen bist, und niemand wird es je wirklich vergessen.«

Ihre Augen funkelten bösartig.

»Horemheb wird mich zurückholen, und dann ist eine von uns zu viel. Selbst wenn er es wollte, er könnte dich nicht mehr an seiner Seite dulden. Du hast nicht mich, sondern ihn übergangen. Wenn er dir das durchgehen lässt, wird niemand mehr auf ihn hören. Er hat nur eine Möglichkeit, seinen Ruf wiederherzustellen, und die wird dir nicht gefallen, Prinzessin.«

Die Schadenfreude in ihren Augen hätte mich früher wütend gemacht, doch ich war seltsam ausgeglichen.

»Es ist egal, was er tut, Mutnedjemet. Ich habe lange Zeit an seiner Seite verbracht. Wenn du ihn jetzt zurückbekommst, habe ich mir das Beste schon längst genommen. Nur darauf kommt es letztendlich an. Und wenn er zu dir zurückkehrt, werde doch immer nur ich es sein, an die er denkt. Erst recht, wenn er mich verbannen muss. Dadurch wird seine Liebe zu mir nur noch stärker.«

Sie kniff die Augen zusammen, denn sie wusste, dass es stimmte.

»Du sollst ewig im Duat umherirren, Prinzessin. Ich verfluche dich.«

Ich zuckte mit den Schultern, bevor ich mich zum Gehen umwandte.

»Ein Fluch mehr oder weniger – was hat das schon für eine Bedeutung.«

Horemhebs Botschaft erreichte mich kurz nachdem ich Mutnedjemet nach Achet-Aton verbannt hatte. Darin stand dieses Mal kein Tadel, sondern zwischen den Zeilen war tiefe Trauer zu lesen. Horemheb machte mir klar, dass er nun gegen mich vorgehen müsse, denn ich hätte ihm durch mein Handeln keine andere Wahl gelassen. Ich fand keinen Vorwurf in seinen Ausführungen, nur unendliche Trauer. Ich las sein Sendschreiben abends alleine in meinen Gemächern, und nachdem ich es ein paarmal überflogen hatte, begann ich Schreiben an Rehered, May und Paranefer aufzusetzen. Als dies erledigt war, konnte ich mich endlich dem Schreiben widmen, nach dem es mich wirklich verlangte es niederzulegen.

> »Heil dir, großer Horemheb, Reichsverweser, begünstigt von Amun, Hüter der beiden Länder, Herr der Kronen, Schönheit Ägyptens – Geliebter meines Herzens.
> Siehe, was ich getan habe, tat ich für uns und für Ägypten, ich tat es für unser Ka und unser Ba, und ich tat es für unser Weiterleben nach dem Tode.
> Du sagtest einmal, einer müsse die Kraft finden, die Sache zwischen uns zu beenden, wenn es an der Zeit sei, und da du diese Kraft nicht finden kannst, muss ich es nun tun. Wenn du zurückkehrst, werde ich

nicht mehr in Theben weilen. Ich werde mich nicht dem Gespött des Hofes aussetzen, mich von dir verbannen zu lassen, denn genau das müsstest du tun, wenn du mich hier antreffen würdest. Um dir und mir diese schmerzliche Entscheidung zu ersparen, werde ich gehen – zurück zu Ramose, wie auch immer er mich empfangen wird. Trauere nicht um mich, denn wenn ich erst einmal fort bin, werden Amuns Priester dir die Krone Ober- und Unterägyptens übergeben, damit du Kemet glücklich machst – ich weiß, niemand könnte das besser als du. Ich bin nicht gut für Ägypten, und Ramose ist es auch nicht. Vielleicht werden Sethos und Sekenre gut für Ägypten sein, es wäre mein Wunsch. Mutnedjemet wird deine große Königsgemahlin werden, doch regieren wirst du allein. Mein Herz wird bei dir sein und den Tag herbeisehnen, an dem die Götter uns endlich wieder vereinen, doch in dieser Welt ist unsere gemeinsame Zeit nun abgelaufen. Zürne mir nicht, denn ich tat nur, was endlich getan werden musste.
Mögen deine Schritte fest sein und die liebliche Hathor deine Nächte mit Schlaf segnen, während die süße Isis deine Tage erhellt.

Sit-Ra, geliebte Schwester des Herrn der beiden Länder«

24.
Papyrus

Mein Bruder, mein Herr, der Geliebte meines Herzens ist nicht mehr! Und jetzt, da er diese Welt verlassen hat, bin ich zurückbefohlen worden nach Theben, um mein Erbe anzutreten und die hohen Federn zu empfangen. Warum die Priester des Amun sie unbedingt mir geben wollen und nicht Sethos und Tuja – es ist mir ein Rätsel. Seltsam ist nur, dass ich diese Würden früher so sehr begehrte, während sie mir jetzt kaum mehr als ein müdes Lächeln entlocken können. Müde – ja, ich bin müde. Ich habe meinen jüngsten Sohn Sekenre im zarten Alter von sieben Jahren bestatten müssen, und ich habe meine große Liebe aufgegeben, um zu einem Mann zurückzukehren, der mich verachtet und mich diese Verachtung jeden Tag spüren lässt. Eine Freude in den letzten acht Jahren waren mir nur Tuja und meine Enkel. Der jüngste von ihnen, Ramesse, ist intelligent, und sein Vater nimmt ihn schon jetzt auf kleinere Feldzüge mit. Ramesse wird ein Großer werden – das hat mir Isis geflüstert. Isis, die Göttin, die mir die Treue hält. Ich bin ihre Tochter, allein sie habe ich niemals betrogen. Ramose wird nun doch noch Krummstab und Geißel halten, aber er wird nicht der große König sein, der er immer sein wollte. Sein Gesundheitszustand wird ihm nicht mehr viel Zeit dazu lassen. Ich werde an seiner Seite sein, so wie es die Götter wünschen, denn ich bin ihnen in den letzten acht Jahren eine gute Tochter und Dienerin gewesen. Doch wenn Ramose diese Welt verlässt, hält mich nichts mehr hier. Sethos ist schon längst ein Mann, und er wird Kemet Glück und Wohlstand bringen, dazu braucht er seine Mutter nicht, sie ist ohnehin mehr ein Makel, der ihm anhaftet, als eine Mutter. Je schneller das Volk mich vergisst, desto besser. Heimkehren will ich zu meiner großen Liebe, für die ich mich vor acht Jahren entschieden habe, indem ich sie in dieser Welt aufgab. O ja, Ramose weiß das ganz genau, und eben darum hat er mir nie verziehen. Er weiß sehr wohl, dass ich nicht wirklich zu ihm zurückgekehrt bin. Mögen die Götter Gnade zeigen und Horemheb mit mir vereinen – ich spüre, dass ich nicht mehr allzu lange warten muss. Wenn ich auf mein Leben zurückschaue, so kann ich lächeln und weinen. Nichts von beidem überwiegt, es war ein Leben voller Abenteuer, voller Liebe, voller Kummer – es war ein Leben, wie die Götter es einem als Prüfung zugedacht haben. Ich denke, ich habe ihre Lehren letztendlich doch noch verstanden, und dafür werden sie gnädig sein, wenn ich vor ihrem Gericht stehe. Horemheb und ich sind Ammit noch einmal entkommen. Jetzt stehe ich, wie einst auch die Amme Sit-Ra, am Ende meiner Aufzeichnungen und frage mich, wie ich damals so hart über Sit-Ra urteilen konnte, denn was werden die Menschen denken, wenn sie mein Leben anhand dieser Aufzeichnungen rekonstruieren. Sit-Ra, vielleicht ist es mir nicht gelungen, dich zu rächen, doch Mutnedjemet hat alles verloren, was sie verlieren konnte. Sie war nur mehr ein Schatten an der

Seite Horemhebs. Auch ihre Träume haben sich also zerschlagen. Es wäre sinnlos, diese Aufzeichnungen bis zu meinem Tod weiterzuführen, denn was gesagt werden musste, ist gesagt worden, was getan werden musste, wurde getan. Ich werde nicht derart grausam verschwinden wie meine Namensvetterin, ich werde gehen, wenn ich es beschließe. Doch eigentlich ist mein Ka schon jetzt fort, sobald ich den Federkiel beiseite lege und die letzte Hieroglyphe gezeichnet ist. Deshalb bleibt mir nur noch eines zu sagen: Heil dir, Isis, du Beschützerin meines Lebens, die du mir Gefährtin und Mutter warst und meinen Lebensweg geteilt hast, heil dir, schöne gute Göttin, ich wurde von dir mit unendlicher Liebe beschenkt.

Ramose regierte etwa drei Jahre als Ramses I. mit Sit-Ra als großer Königsgemahlin an seiner Seite. Sit-Ra starb kurz nach ihm und wurde in einem schmucklosen Grab im Tal der Königinnen bestattet. Ihm folgte sein Sohn Sethos I. mit Tuja auf den Thron der zwei Länder, der wiederum von seinem Sohn Ramesse beerbt wurde, den die Welt als Ramses II. oder Ramses den Großen kennt.

Epilog

Auch in diesem Buch habe ich wieder versucht Tatsachen mit Fiktion verschmelzen zu lassen. Das Verhältnis von Sit-Ra und Horemheb ist frei erfunden, die Ehe von Sit-Ra und Ramose, der später als Ramses I. in die Annalen einging, ist eindeutig bewiesen. Ihr Sohn Sethos ist ebenfalls eine historische Figur, der zweite Sohn, Sekenre, ist jedoch eine Schöpfung der Autorin. Dass Sit-Ra ein Nachkomme des Königshauses der 18. Dynastie war, wird angenommen, die Thronbesteigung Horemhebs mit Mutnedjemet als großer Königsgemahlin ist auch eine überlieferte Tatsache. Unter welchen Umständen es zu dieser Thronbesteigung kam – Horemheb wurde tatsächlich erst im Jahr 19 seiner Regierungszeit gekrönt, herrschte vorher eher als Verwalter –, kann nicht mehr eindeutig geklärt werden. Es liegt jedoch die Vermutung nahe, dass das Königshaus der 18. Dynastie ausgestorben war und das Reich eines starken Führers bedurfte, der das geschundene Ägypten nach der Chaosherrschaft Echnatons, der ein minderjähriger Tut-anch-Amun und ein vergreister Eje folgten, befrieden und versöhnen konnte. Horemheb brachte Ägypten mit seiner Herrschaft wieder eine Stabilität; besonders bekannt ist der Erlass gegen korrupte Beamte, der überliefert ist. Es ist wahr, dass die Ramessiden (die Herrscher der 19. Dynastie) aus einer Soldatenfamilie stammten. Da Horemheb Soldat war, liegt es nahe, hier eine Verbindung zu sehen. Ramses I. war ein Günstling Horemhebs, der seine Legitimation durch Sit-Ra (der Thronanspruch wurde in der Regel durch die weibliche Linie vererbt) erhielt. Wahr ist auch, dass Horemheb und Mutnedjemet keine Kinder hatten und dass Ramses I. schon sehr alt war, als er den Thron bestieg und kurz darauf starb.

Glossar

Aanch . . . . das ägyptische Henkelkreuz, am oberen Ende in einer Schlaufe verlaufend, die ewiges Leben symbolisiert; deshalb auch Lebenszeichen genannt. Im Aton-Kult spielte der Aanch eine tragende Rolle, da Aton »Leben spendend« war. Während in der gesamten ägyptischen Kunstgeschichte die Sonne als Sonnenball ohne Strahlen dargestellt wurde, wurde Aton mit Strahlen abgebildet, an deren Enden entweder kleine Hände waren oder jeweils ein Aanch.

Achet-Aton . . . . . . Reichshauptstadt während Echnatons und für kurze Zeit auch in Ejes Regierungsperiode (Übersetzung: Horizont des Aton)

Amun . . . . Reichsgott im neuen Reich, wurde kurzfristig von Aton verdrängt, was erbitterte Kämpfe zwischen besagten Priesterschaften auslöste

Aton . . . . das Tagesgestirn, alleiniger Gott während Echnatons und für kurze Zeit auch während Ejes Herrschaft

Barke . . . . Prunkschiff der Reichen, mit Ruderern besetzt

Chepresh . . . . blauer Kronhelm, irrtümlich als Kriegshelm bezeichnet, da Ramses II. ihn wohl mit Vorliebe bei Schlachten und Feldzügen trug

Doppelfederkrone — auch »die hohen Federn« genannt; durfte nur die große königliche Gemahlin tragen, mit dem Sonnenball in der Mitte, wenn sie gebärfähig war. Nofretete war also ganz bestimmt niemals legitime große Königsgemahlin, da sie nirgendwo mit den hohen Federn abgebildet wurde. Vielleicht erschuf sie sich aus Trotz deshalb ihren eigenen Kronhelm, der dem Chepresh ein wenig ähnelt und in der Geschichte Ägyptens einzig und allein von ihr getragen wurde.

Ka. . . . . »die Seele« – bei den Ägyptern gab es im bezeichnenden Sinne keine Seele, denn der Geist brauchte seinen Körper; es existierten mehrere verschiedene Einheiten, die zusammengehörten

Karnak . . . . Tempelbezirk des im neuen Reich als Reichsgott verehrten Gottes Amun

Kartusche. . . . . . . Namenszug, eingefasst in ein dargestelltes Seil; im neuen Reich wurden die Formen geometrischer, das Seil wurde zu einem einfachen Oval

Kemet . . . . altägyptische Bezeichnung für Ober- und Unterägypten; man nannte die beiden Länder auch das Land der Biene und das Land der Binse, was aus den Hieroglyphen resultiert

Nemes-Tuch . . . . . pharaonische Kopfbedeckung, für den König in seinen Farben (blau-weiß) gestreift und mit dem Uräus an der Stirn, wurde aber auch vom einfachen Volk getragen, dann natürlich ohne Königsabzeichen

Pektorale . . . . Brustschmuck, dessen Kette mit einem Gegengewicht für den Rücken versehen war

Pschent . . . . Doppelkrone, setzte sich zusammen aus der weißen und der roten Krone für Ober- und Unterägypten

Re oder Ra . . . . . . Sonnengott

Uräus . . . . die aufgebäumte Königskobra, die an der Krone des Königs saß und seine Feinde sofort vergiften sollte

Wesech . . . . breiter Kragen, den sowohl Männer als auch Frauen trugen, mit Edelsteinen besetzt